DÉLIVRE-NOUS DU MAL

DE LA MÊME AUTRICE
AUX ÉDITIONS ARCHIPOCHE

Le Sang des Belasko, 2022.
L'Art du meurtre, 2021.

CHRYSTEL DUCHAMP

DÉLIVRE-NOUS DU MAL

suspense

ARCHIPOCHE

Notre catalogue est consultable à l'adresse suivante :
www.archipoche.com

Éditions Archipoche
92, avenue de France
75013 Paris

ISBN 979-10-392-0316-6
Copyright © L'Archipel, 2022.

Prologues

1

Lundi 26 février 2018

Anaïs tendit l'index vers l'interphone et appuya avec hésitation sur le bouton à droite du nom « Esther Malori ». Puis elle patienta dans le froid hivernal, persuadée que sa sœur allait répondre et l'inviter à monter.

Ce ne fut pas le cas.

Elle sonna une seconde fois tout en sautillant sur place pour se réchauffer. Autour d'elle, les passants, engoncés dans leurs manteaux, se pressaient sur le chemin du travail. Leur foyer leur apportait-il chaleur et réconfort ? Leur famille se montrait-elle unie, soudée ? Ou, au contraire, l'un de ses membres avait-il coupé les ponts ? Depuis plusieurs jours, ce genre de questions obsédait Anaïs. Dans sa mémoire dansaient des scènes vues dans de stupides émissions du petit écran : des hommes et des femmes qui, après s'être volatilisés, réapparaissaient des années plus tard, derrière le rideau rouge d'un plateau de télévision. Des parents, des enfants, des frères, des sœurs, des amis se retrouvaient alors sous le regard de millions de téléspectateurs.

Suivaient les pleurs.
Et la promesse de ne plus se quitter.
Les rancunes étaient oubliées, les problèmes effacés.
Le rideau se refermait sur ce tour de magie.
Sourires mielleux des présentateurs.
Applaudissements.
Générique.
Fin.

Anaïs tentait de se rassurer : Esther n'avait pas disparu. Elle était tout simplement fâchée. Les deux sœurs s'étaient querellées au cours de leur dernière entrevue. Si elles étaient différentes à bien des égards, elles partageaient toutefois le même caractère volcanique. Chacune avait de fortes convictions et campait sur ses positions au point de transformer toute discussion en débat houleux. Cerise sur le gâteau : leur opinion des hommes – diamétralement opposée – les conduisait souvent à l'affrontement. Ce qui avait été le cas une semaine auparavant lors d'un déjeuner chez leurs parents. Anaïs avait assuré qu'elle serait épanouie en devenant mère au foyer, tandis qu'Esther soutenait n'avoir besoin ni d'un conjoint ni d'un enfant pour être heureuse.

— Ne sois pas égoïste, avait répliqué Anaïs.
— Ne pas vouloir fonder de famille n'a rien d'égoïste ! C'est un choix.
— Tu ne vas pas te contenter, toute ta vie, de la seule compagnie de ton chat ?

— Pourquoi pas ? Je préfère la compagnie de George à celle des hommes. Lui, au moins, m'est fidèle.

— Arrête de le nourrir et il ne le restera pas longtemps.

— Et toi, arrête de nourrir ton mec. Combien de temps tiendra-t-il avant de plier bagage ?

La conversation s'était envenimée et Esther, furieuse, avait quitté la table. Elle était rentrée chez elle et, depuis ce dimanche 18 février, n'avait plus donné de nouvelles.

Ces sept jours de silence n'avaient pas inquiété ses parents. Leur fille de vingt-cinq ans était indépendante, solitaire, casanière. En revanche, pour Anaïs, l'attitude d'Esther était inédite. Les deux sœurs entretenaient, certes, une relation tumultueuse et complexe, mais leur lien demeurait solide. Après une dispute, Esther enterrait souvent la hache de guerre en envoyant un texto à son aînée : « Je t'aime, grosse nouille. Tu viens boire un café ? » Il arrivait aussi – bien que ce fût plus rare – qu'Anaïs fasse le premier pas. Ce qu'elle avait entrepris trois jours plus tôt. Sur le répondeur de sa sœur, elle avait laissé un message confus, émaillé d'excuses. Esther ne l'avait pas rappelée. Pourquoi ? Une limite avait-elle été franchie ? Était-elle fâchée pour de bon ? En envisageant une rancune aussi tenace, Anaïs sentit le chagrin la gagner.

Elle chercha son portable dans son sac à main et lança Instagram. Esther ne commentait plus les publications de leurs connaissances communes, ne distribuait plus de cœurs sur les photos qui, habituellement, lui plaisaient, et ne postait plus ses créations graphiques sur sa page Facebook. Mais le plus inquiétant était ses statuts « hors ligne » sur Messenger et WhatsApp. Avait-elle cessé son activité numérique pour mieux fuir sa sœur ? La démarche semblait extrême pour cette accro aux réseaux sociaux. Et si ce n'était pas l'explication la plus rationnelle, c'était en tout cas la plus rassurante.

Après avoir sonné encore une fois, Anaïs – bien décidée à s'entretenir avec sa sœur et à régler leur différend – tapa le code sur le pavé numérique de l'interphone et s'élança dans la cage d'escalier en serrant contre sa poitrine un sachet de viennoiseries. Rien de tel qu'un petit-déjeuner improvisé pour se réconcilier.

Elle atteignit le quatrième étage en sueur. Après avoir quitté son écharpe et déboutonné son manteau, elle marqua une pause. Tout en reprenant son souffle, elle essuya ses bottines sur le paillasson – où un chat noir se fendait d'un jeu de mots ridicule – retira ses gants et tambourina à la porte.

Personne.

Impatiente, elle regarda sa montre.

8 h 06.

À cette heure matinale, Esther était forcément chez elle, à son bureau, en train de travailler. Lors du fameux repas dominical, elle avait annoncé être consultée pour une campagne publicitaire d'envergure. Elle avait prévu de se consacrer entièrement à ce dossier dont la date butoir était fixée au mercredi 28 février. Dans deux jours.

Anaïs insista :

— Je sais que tu es là !

Pas de réponse.

La jeune femme extirpa un trousseau de son sac – un jeu de doubles confié par Esther en cas de problème – et introduisit la clé dans la serrure. La porte s'ouvrit au premier quart de tour : elle n'était pas verrouillée.

Anaïs entra en appelant sa sœur, mais une odeur nauséabonde lui coupa la respiration. Elle remonta son écharpe sur le nez, arpenta le salon puis la cuisine. Le lave-vaisselle entrebâillé, rempli de couverts et d'assiettes sales, empestait.

La visite se poursuivit avec le bureau où régnait le désordre. Une montagne de pochettes s'était effondrée et des centaines de feuilles jonchaient le sol. Des boîtes de pizza vides traînaient sur une desserte, entourées de canettes de Coca-Cola. L'état de cette pièce détonnait avec la maniaquerie d'Esther : elle assurait que vivre dans la pagaille altérait sa créativité.

Dans la salle de bains, rien ne manquait. Brosse à dents, gel douche, shampoing, parfum, maquillage étaient rangés à leur place habituelle. Esther n'avait pas découché : cette éternelle coquette ne se déplaçait jamais, même pour une nuit, sans son nécessaire de toilette.

Anaïs se dirigea vers la chambre et elle comprit que l'odeur sentie en pénétrant dans l'appartement émanait de cette pièce. Elle ouvrit la porte et la scène qui se dévoila à ses yeux la tétanisa. Pour la première fois, elle n'attribua plus le silence de sa sœur à la rancune, mais à un événement plus inquiétant.

Les rideaux étaient décrochés et des lambeaux de tapisserie recouvraient le parquet. Des dizaines de vêtements formaient un tas devant la penderie. Des roses fanées, échappées d'un vase renversé, étaient éparpillées sur la commode.

Sur le lit était couché George, le chat angora d'Esther. En entendant du bruit, il se leva, se faufila entre les jambes d'Anaïs et disparut dans le couloir. La jeune femme inspecta le parquet : il était auréolé de taches et, dans un recoin, s'entassaient des excréments.

Elle retourna dans le salon. George était penché sur sa gamelle et buvait de grandes lapées d'eau. Si elle ne l'avait pas libérée, cette pauvre bête serait morte de faim ou de déshydratation.

Soucieuse, Anaïs déambula dans la pièce. À une patère pendait le sac à main de sa sœur. Il contenait son porte-monnaie, son chéquier, ses papiers, mais aussi son téléphone portable et ses clés de voiture.

Esther ne serait jamais partie sans informer ses proches de ses projets. Elle n'aurait jamais quitté son appartement sans le verrouiller. Elle n'aurait jamais enfermé son chat sans eau ni nourriture, le conduisant ainsi à une mort certaine. Et, surtout, elle n'aurait jamais oublié son sac et son téléphone portable.

Submergée par la panique, Anaïs composa le 17. Un policier lui demanda la raison de son appel et elle eut du mal à contenir son émoi. Lorsqu'elle parvint enfin à formuler ses craintes, sa voix se brisa dans un sanglot :

— Ma sœur a été enlevée.

2

Lundi 4 mars 2019

Dans un sac à dos, Mathéo rangea son reflex numérique – un Nikon muni d'un objectif grand angle – des barres de céréales, une bouteille d'eau, une lampe de poche et un couteau. Puis il noua les lacets de ses chaussures de sécurité, enfila un sweat à capuche et quitta son appartement.

Une épaisse couche de givre avait recouvert les pare-brise des voitures stationnées dans la rue. Mathéo pesta en montant dans sa vieille Opel avec la crainte quotidienne qu'elle ne démarre pas. Il tourna la clé de contact et fut soulagé d'entendre le moteur ronfler. Après avoir poussé le chauffage au maximum, il ressortit de son véhicule et alluma une cigarette, avec la douce illusion que fumer le réchaufferait.

La ville était encore plongée dans la pénombre mais, bientôt, les premiers rayons de soleil caresseraient la tour de la Part-Dieu. Il n'y avait pas une minute à perdre.

Mathéo chassa sommairement le givre sur les vitres, inhala une dernière bouffée de nicotine et s'installa au volant. Il frotta vigoureusement ses mains anesthésiées par le froid et, la sensibilité de ses doigts recouvrée, renseigna sur l'application GPS de son téléphone l'adresse de sa destination.

Trente et un kilomètres.

Mathéo estima la durée totale de son expédition à trois heures : une pour le trajet aller-retour et deux sur place. Si tout se passait comme prévu, il arriverait à temps au bureau pour la réunion hebdomadaire.

Il longea le quai Claude-Bernard, prit le pont de l'Université et poursuivit sa route en direction de Perrache. Dans quelques minutes, ces rues se gorgeraient de voitures, de bus et de tramways, de piétons imprudents et de cyclistes intrépides. Pour le moment, elles étaient presque désertes. Mathéo adorait cette quiétude. Ce vide et ce silence lui évoquaient un monde post-apocalyptique, une planète purgée de toute vie humaine.

Après avoir écouté le bulletin météo – qui promettait une journée radieuse –, le jeune homme inséra un album de The Cure dans l'autoradio et la chanson « The Same Deep Water as You » calma sa nervosité. Il savait que ses virées matinales pouvaient être semées d'embûches. Certains de ses confrères étaient morts, à l'instar de cet adolescent qui, un an auparavant, avait fait une chute de plusieurs mètres. Là résidait toute l'ambiguïté du loisir favori de Mathéo : des risques étaient courus, mais ils étaient eux-mêmes responsables d'un shoot d'adrénaline unique. Si la démarche frisait souvent l'inconscience, rien ne procurait autant de plaisir que de braver le danger et l'interdit.

Mathéo emprunta la sortie D307 et s'engagea sur une départementale sinistre. Des réverbères éclairaient de leurs lumières blafardes la route sinueuse bordée de grands bouleaux aux branches dépourvues de feuilles. Alentour, pas d'habitations, mais une vue plongeante sur des axes autoroutiers, des kilomètres de bitume, des rambardes de sécurité et, surtout, des dizaines d'usines aux cheminées dressées vers le ciel.

Mathéo consulta son GPS et décida de se garer. Pour plus de discrétion, il préférait parcourir les deux kilomètres restant à pied.

Quand il sortit de la voiture, un souffle glacial lui cingla le visage. Il releva la capuche de son sweat, en disant qu'avec des températures aussi basses un pull supplémentaire aurait été le bienvenu. La voix de sa mère résonna dans sa mémoire. « Tu ne t'habilles pas assez chaudement ! Tu vas prendre froid ! Qui te soignera maintenant que tu n'habites plus à la maison ? »

Maman était décédée l'année dernière et, depuis, pas un jour ne s'écoulait sans qu'il ait une pensée pour elle. Elle avait laissé un vide impossible à combler. Pourquoi était-elle partie si jeune ? Pourquoi n'avait-elle pas attendu que le projet de son fils se concrétise ? Mathéo s'était pourtant hâté pour le mener à bien. Il voulait que sa mère puisse admirer son travail, qu'elle soit fière de lui. Mais elle avait été hospitalisée d'urgence et la maladie l'avait rongée à une vitesse sidérante. Avant de mourir, elle avait supplié son fils de toujours croire en ses rêves, même les plus inaccessibles, et de ne jamais perdre espoir.

Il avait promis.

Distrait par ces souvenirs, Mathéo se trompa de chemin. Il revint sur ses pas en vérifiant l'itinéraire délivré par le GPS, qui lui indiqua une route en terre battue dont il ne se souvenait pas. Une grille haute de deux mètres empêchant toute progression raviva finalement sa mémoire. Un écriteau spécifiait que les lieux étaient interdits au public et que quiconque violerait cette injonction était passible de poursuites. Mais les habitués savaient que ce site désaffecté ne disposait ni de gardien ni de caméras de surveillance. Seuls des dealers rôdaient parfois dans les parages. Toutefois, croiser leur route constituait un danger bien plus grand que croiser celle des flics.

Mathéo déplia son couteau et le glissa dans la manche de son sweat, lame contre la paume. Il jaugea ensuite la hauteur de la grille et s'élança. En quelques secondes, il se retrouva de l'autre côté. Dans la zone défendue.

Rien n'était plus grisant que cet instant.

Dans une pénombre quasi totale, Mathéo traversa un parking à l'abandon. Il pensa à se servir de sa lampe torche, mais se ravisa. Un halo de lumière le rendrait visible et donc vulnérable.

Tandis qu'il allumait une cigarette, le jeune homme devina les contours d'une forme imposante se dessiner dans le ciel d'encre.

Il s'immobilisa.

Elle était là.

Belle. Froide. Imposante.

Presque irréelle.

Il pressa le pas et avala la distance qui le séparait de *l'ombre*. Enfin à ses pieds, il leva sur *elle* un regard admiratif. Sur une enseigne rouillée, son nom se dévoila : « Textiles Grimaud. »

L'entreprise avait été créée dans les années 1980 par Victor et Judith Grimaud. Durant vingt-cinq ans, le couple avait employé une centaine de salariés. Les affaires avaient été fastes jusqu'à ce que l'Asie devienne un concurrent redoutable. Les Grimaud avaient mené une lutte acharnée pour maintenir leur activité et leurs emplois, mais la crise financière de 2008 les avait entraînés vers l'inéluctable. Après une cascade de licenciements, due à une avalanche de dettes, l'entreprise avait fermé ses portes. Aujourd'hui, il n'en restait rien sinon une usine souillée par les intempéries ; un bloc de béton délabré, fissuré, tagué, envahi par les détritus et les mauvaises herbes.

Pour le commun des mortels, ce paysage de fin du monde ne suscitait que dégoût et mépris.

Pour Mathéo, il s'apparentait au Saint Graal.

Subjugué par ce décor, il marqua une nouvelle pause avant de pivoter vers l'est. Le soleil amorçait son ascension. Ses premières lueurs coloraient déjà l'horizon. Il fallait se dépêcher.

Mathéo contourna l'usine. La plupart des fenêtres étaient murées, les rideaux en métal des quais de livraison tirés, l'entrée principale verrouillée à l'aide de chaînes et de cadenas. Pour les curieux mal informés, l'aventure se serait terminée ici. Pour les autres, une ouverture en retrait, cachée par les bennes à ordures, permettait de pénétrer dans le bâtiment. Une planche, clouée contre l'encadrement mais partiellement arrachée, la condamnait. Mathéo glissa la main dans un interstice, fit levier et la porte de fortune céda. À l'intérieur, la pénombre rendait les lieux impraticables. Dangereux. En attendant que les rayons du soleil inondent les ateliers, Mathéo décida d'allumer sa lampe. Les murs étaient recouverts de graffitis, de tags, de peintures. Au plafond, les poutres métalliques se déclinaient dans un vaste nuancier de teintes électriques. Dans cette orgie de formes et de couleurs, Mathéo identifia les signatures d'artistes emblématiques du street art. Cette usine sans surveillance constituait le terrain de jeu de prédilection des graffeurs de la région.

Le lierre courait de toutes parts et des ronces agressives étreignaient les métiers à tisser à l'abandon. Le toit, dégradé par un incendie, laissait entrer la pluie, précipitant l'usure des machines et le délabrement du bâtiment. Le sol était jonché de pièces de tissus, d'outils rouillés, de bombes de peinture vides, de mégots et de tessons de bouteilles.

Mathéo évoluait entre les détritus en détaillant chaque recoin de l'atelier. Le nez en l'air, il en oublia l'essentiel, regarder où poser les pieds, et écrasa une plaque de métal sur son chemin. Un bruit effroyable résonna et une nuée de pigeons s'envola. Mathéo se baissa pour l'éviter et ne put retenir un juron. Sa discrétion était garante de sa sécurité : il devait surveiller chacun de ses pas. Alors, aux aguets, tout en resserrant l'étreinte autour du manche de son couteau, il emprunta un escalier de service pour atteindre le second niveau.

La lumière du jour se fraya enfin un passage dans l'atelier. Mathéo sortit son Nikon et prit quelques photos. Après avoir expérimenté différents réglages et cadrages, il les vérifia une à une sur l'écran de contrôle.

Depuis son plus jeune âge, la photographie le passionnait. À l'adolescence, il avait complété ce passe-temps par l'urbex[1] et, en 2006, s'était mis à sillonner la région Rhône-Alpes en quête d'usines désaffectées à immortaliser. Son rêve : publier un livre de photographies. En trois ans, il s'était constitué un dossier riche et varié qu'il soumettrait le mois prochain à des éditeurs. Le chemin était encore long, mais Mathéo croyait en son projet. Sa mère l'avait toujours soutenu dans cette démarche, assurant qu'il avait un don unique pour capturer l'âme du vide.

L'usine Grimaud avait été le premier site à passer derrière l'objectif de Mathéo. Depuis ce jour, ses progrès avaient été significatifs. À tel point que la veille, en visionnant sur son ordinateur les clichés pris à l'époque, il avait senti poindre la déception. Les cadrages, les réglages, la balance des couleurs : tout était perfectible. Il lui fallait retourner sur place. Mathéo se félicitait aujourd'hui de cette décision. Son Nikon affichait déjà vingt clichés et ils étaient, sans conteste, supérieurs à ceux captés trois ans auparavant.

Le jeune homme poursuivit sa séance par la salle de teinture, derrière les ateliers de tissage. Il poussa une lourde porte en acier et un autre groupe de pigeons fut délogé. Cette fois-ci, Mathéo ne sursauta pas, mais le spectacle qu'il découvrit lui arracha un cri.

Au centre de la pièce, au-dessus des cuves couvertes de graffitis, pendait une femme. Pieds nus, le

---

1. Exploration de lieux urbains abandonnés.

crâne rasé, vêtue d'une salopette violette, elle flottait à plusieurs mètres du sol.

Fébrile, Mathéo allait composer le 17, mais il se ravisa.

Des rayons de soleil filtraient à travers le plafond et s'échouaient sur le cadavre à la peau d'opale pour y dessiner des motifs géométriques. Dans cet environnement bigarré, le contraste était saisissant. Cette scène était si crue, si singulière, qu'elle en devenait belle.

Mathéo choisit un cadrage en plan large et appuya sur le déclencheur. Il chercha un autre point de vue et enchaîna les clichés.

Appeler la police attendrait.

3

Mardi 7 janvier 2020

Pierre posa son assiette et ses couverts sales dans l'évier et, avec une éponge, nettoya les miettes de pain sur la table de la cuisine. Nostalgique, il observa la toile cirée. Trouée dans les angles et couverte de taches persistantes, elle avait besoin d'être changée. Quant à son motif – des cerises, des groseilles et des framboises –, il avait été effacé. Pourtant, Pierre refusait de la remplacer. Pour deux raisons. La première : il fallait prendre la voiture direction la ville et il détestait conduire. La seconde : cette nappe était liée aux dernières heures de Teresa.

Un pincement lui serra le cœur et il réalisa à quel point l'être humain pouvait, au nom du passé ou de l'amour, s'attacher à des objets sans valeur.

Teresa l'avait quitté le 20 avril 2016, à l'âge de soixante-cinq ans. Ce jour-là, elle avait demandé à son époux de l'emmener au centre commercial. Pierre avait tout d'abord refusé avant de finalement céder. En se remémorant ce qui était arrivé ensuite, des larmes lui embuèrent les yeux. Tous les deux étaient montés dans la voiture et avaient parcouru les vingt kilomètres les séparant de la zone commerciale. Pierre, qui détestait les grands magasins, avait attendu son épouse sur le parking. Elle était réapparue une heure plus tard, enjouée, un rouleau de toile cirée sous le bras et des sacs en plastique remplis de babioles dans les mains. Elle avait rangé ses achats dans le coffre, sous le regard médusé de son époux, puis s'était assise sur le siège passager. Pierre, en imaginant l'argent dépensé, avait tout d'abord gardé le silence et, devant l'air désinvolte de son épouse, avait eu une réaction qu'aujourd'hui encore il regrettait : il s'était fâché. Il lui avait reproché de s'être éternisée dans ce stupide magasin et de dilapider les économies du foyer. Teresa l'avait écouté docilement avant de présenter ses excuses en baissant les yeux.

Le soir venu, le couple avait dîné en silence. À 21 heures, Teresa avait gagné sa chambre sans embrasser son époux. Ses achats étaient restés dans le hall d'entrée.

Pierre s'était assoupi devant la télévision et, vers 23 heures, avait rejoint la chambre à coucher. Les lampes de chevet étaient encore allumées et Teresa, assise dans le lit, les yeux mi-clos, avait la tête penchée sur le côté. Pierre l'avait interpellée en se déshabillant, mais n'avait obtenu aucune réponse. Il s'était assis près d'elle, l'avait saisie par les épaules pour la secouer. Elle n'avait pas réagi. Il s'était rué sur le téléphone et, quinze minutes plus tard, un médecin urgentiste et deux pompiers tentaient de ranimer Teresa. En vain. Une crise cardiaque l'avait terrassée.

Agenouillé près de son épouse, Pierre s'était mis à pleurer. Les secours étaient partis et il s'était retrouvé seul avec les obsèques à organiser et une quantité astronomique de documents à remplir. La cérémonie avait suivi. Puis l'inhumation. Il était resté de longues minutes devant la tombe de sa défunte épouse. Sur une plaque, il avait fait graver ce dernier message : « À mon amour éternel. Pietro. » D'origine italienne, Teresa adorait l'appeler ainsi en roulant le « r » d'une voix chantante. Elle vivait en France depuis son plus jeune âge mais avait conservé son accent.

Pierre ne serait plus jamais « Pietro ».

Pietro était mort avec Teresa.

Il avait ensuite convié sa famille et ses amis au bar du village. Des larmes. Des éclats de rire. Des accolades. Lucile, fille unique de Pierre, avait promis de téléphoner souvent et de lui rendre visite régulièrement. Promesses qu'elle n'avait pas tenues.

À la fin de cette journée éprouvante, Pierre était rentré chez lui, dans un appartement vide et silencieux. Il s'était couché sur les draps et avait enfoui sa tête dans l'oreiller qui portait encore l'odeur de Teresa. Sans son épouse, il était livré à lui-même. Abandonné. Jamais il ne supporterait la solitude. Comment survivre sans cette femme avec qui il avait partagé toute son existence ? Allait-il s'habituer à son absence ? Non. Il la verrait toujours franchir le seuil de la cuisine emmitouflée dans son peignoir rose. Il entendrait son rire s'élever entre les murs du salon. Il sentirait son parfum flotter dans l'air. Il devinerait ses pas fouler le parquet. Teresa serait toujours là. Son souvenir ne le quitterait pas.

Presque quatre ans s'étaient écoulés.

Le chagrin de Pierre s'était peu à peu dissipé et, même si son épouse lui manquait, il s'était accoutumé à cette vie solitaire.

Pour contrer l'ennui, il avait instauré de nombreux rituels. Chaque matin, à heures fixes, il allait acheter le pain et le journal. Puis il se rendait au bar pour échanger des banalités avec deux amis autour d'un verre de vin blanc. À midi, de retour chez lui, il préparait le repas et déjeunait. L'après-midi était consacré à la lecture, aux mots fléchés, aux émissions à la radio. La journée se terminait par le repas du soir devant la télévision. Le lendemain, la routine recommençait, dans une monotonie implacable qui rassurait Pierre.

Le regard vissé sur la grande horloge, il essuya l'assiette qu'il venait de laver. Aujourd'hui, le temps semblait s'étirer plus lentement. Il détestait cette impression.

Las, il se dirigea vers le téléphone. Personne n'avait laissé de message ou cherché à le joindre. Sa fille l'avait oublié et il déplorait cette attitude égoïste. Parfois, Pierre remisait son amertume et décidait de prendre des nouvelles de Lucile. Mais la plupart de ses coups de fil restaient sans réponse. Si, par chance, sa fille décrochait, la même rengaine était entonnée : *Je suis pressée. Je te rappelle ce soir.*

Elle ne rappelait jamais.

Chassant ces pensées qui alimentaient sa colère, Pierre se posta à la fenêtre. En ce début d'après-midi, le village était calme. Pas de voitures. Pas de promeneurs. Juste le clocher de l'église qui sonnait 14 heures.

Soudain, Pierre fut pris de vertiges. Il tituba jusqu'à sa chambre et s'allongea sur le lit. Il ferma les yeux et tenta de s'endormir lorsqu'une vague de chaleur déferla sur lui. Il se redressa et passa la main dans son dos trempé de sueur.

Il essuyait son front avec un mouchoir quand une silhouette fantomatique apparut dans l'encadrement de la porte.

Teresa.

Terrifié, Pierre se releva et vacilla jusqu'à la fenêtre.

De l'air. Il lui fallait de l'air.

— N'aie pas peur, mon amour. C'est moi !

La voix de son épouse était douce mais teintée d'inquiétude : celle d'imaginer son époux victime d'une crise cardiaque face à ce choc d'une telle intensité. Elle le rassura :

— Tout va bien. Regarde-moi.

À contrecœur, il s'exécuta.

Teresa était entrée dans la chambre et approchait de lui, les bras tendus en signe d'apaisement.

— Écoute-moi.

— Non... Tu es... morte...

Elle s'offusqua de cette réaction.

— Morte ? Non ! J'étais dans ton cœur, mon amour. Contre toi dans ce lit. À table à tes côtés. Je ne t'ai jamais quitté. Je ne te quitterai jamais.

Pierre se pencha à la fenêtre. Il lui fallait de l'aide. N'importe quel passant ferait l'affaire. Mais la rue était déserte.

— Assieds-toi, Pierre. Tu dois coopérer, sinon le plan échouera.

Le visage de Teresa était à présent déformé par un sourire diabolique. Sa beauté et la douceur de ses traits s'étaient envolées. Un monstre l'avait remplacée dans cette petite robe bleue à fleurs blanches.

Elle agrippa le bras de son époux et y enfonça ses ongles. À la vue du sang qui perlait, Pierre paniqua, plaqua les mains sur le buste de son épouse et la repoussa de toutes ses forces. Elle chancela, puis, stupéfaite, lui lança un regard noir.

— Voilà comment tu me traites ! Après tout ce que j'ai enduré !

Dans un mouvement aussi leste que brusque, elle se rua sur lui. Folle de rage, elle entoura le cou de son époux de ses doigts et serra. Pierre essaya de se dégager de l'étreinte de cette furie sans y parvenir. Comment une femme aussi frêle pouvait-elle avoir autant de force ? Était-ce réellement Teresa revenue d'entre les morts ?

Non, cette femme n'était pas celle qu'il avait aimée.

Qui était-ce alors ?

Qu'importe.

Pierre était en danger. Il devait agir.

Puisant dans ses maigres ressources, il s'appuya contre le rebord de la fenêtre et, après s'être donné un peu d'élan, bascula en arrière en entraînant son assaillante. Il vit la terreur sur son visage et entendit ces mots :

— Tu gâches tout, idiot !

Les époux chutèrent avant de s'écraser sur les pavés.

Plusieurs minutes s'écoulèrent sans que ni l'un ni l'autre montre le moindre signe de vie.

Soudain, Pierre remua les doigts. Il ouvrit les yeux et une lumière blanche l'aveugla. Il avait survécu. Se rappelant qu'il était en danger, il voulut fuir mais ses jambes refusèrent de le porter. Il retomba sur les fesses et, alors, il sentit une main caresser son dos. Un parfum familier s'éleva et une voix lui susurra « Pietro » au creux de l'oreille.

Elle était *toujours* vivante.

PREMIÈRE PARTIE

– Disparaître –

1

Lundi 26 février 2018

— Dépêche-toi, Léa !
— J'arrive !
Thomas leva les yeux sur l'horloge de la cuisine. 7 h 57.

Il appela sa fille pour la troisième fois et elle apparut enfin. Léa avait rassemblé ses cheveux châtains en chignon, coiffure que son père avait baptisée « le champignon atomique ». Elle avait rehaussé ses pommettes de poudre rose, premiers pas vers le maquillage. Pourtant, la coquetterie ne semblait pas être sa priorité comme en témoignait son style vestimentaire. Ce matin, elle portait un jean bleu large et un pull gris informe trop grand pour elle. Noyée dans ses fringues, elle ressemblait à une brindille. Son père se demandait souvent si elle n'était pas trop maigre pour son âge. Il avait partagé ses inquiétudes avec son ex-femme qui s'était empressée de le rassurer.

Léa déposa un baiser furtif sur la joue de son père et se laissa tomber sur une chaise. Avec une moue de dégoût, elle détailla la nourriture sur la table avant de plonger le nez dans son bol de chocolat au lait.

— Il est froid ! dit-elle en grimaçant.
— Ça fait une heure qu'il t'attend !
— Impossible : tu es debout depuis dix minutes !
— Change de ton, Léa ! Je ne suis pas ton pote.
— Pardon…
— Tu veux qu'on le réchauffe au micro-ondes ?
— Qui ?
— Ton chocolat chaud !
— Il ne l'est plus, chaud.
— Justement !
— Non, c'est bon.
— Une tartine de confiture ?
— Je n'ai pas faim.
— Tu pars au collège le ventre vide ?
— Il y aura mon chocolat au lait à l'intérieur. Tu sais, mon chocolat chaud mais froid ?
— Tu vas me rendre chèvre, Léa. Il faut que tu manges ! Si je souffle sur tes épaules, tu t'envoles !
— On s'est goinfrés de pizzas, hier soir.
— Concernant ton appétit, je n'aurais pas utilisé le verbe « goinfrer ».

Le visage de Léa se durcit. Elle n'avait pas envie de plaisanter lorsque le sujet épineux de la nourriture était abordé.

— Même le sachet de Schoko-Bons est encore plein ! ajouta Thomas. Avant, il ne survivait pas à ton passage.
— On peut parler d'autre chose, p'pa ?

Il but une gorgée de café et, après avoir attendu un instant, relança la conversation :

— As-tu des problèmes à l'école ?
— Non, pourquoi ?

— Simple question. Si tu as des soucis, on peut en…
— Oui, t'inquiète.
— Tu as l'air soucieuse en ce moment.
— Je te dis que ça va !

Léa avait élevé la voix et Thomas comprit que, s'il voulait éviter une dispute, il ne devait pas insister. Il lui adressa un clin d'œil auquel elle répondit par un sourire crispé.

— Quel est ton emploi du temps cette semaine ?
— Il est collé sur le frigo.
— Léa !
— OK ! Que voulez-vous savoir, commandant ?
— As-tu des contrôles ?
— J'ai une évaluation de maths cet après-midi et un devoir d'anglais jeudi. Mercredi, maman m'emmène au centre commercial pour un après-midi shopping.
— Parfait ! Je te donnerai des sous pour t'acheter un truc.
— Cool ! À toi ! Quel est ton emploi du temps ?
— Pas intéressant.
— Le planning d'un commandant à la PJ n'est pas *intéressant* ? Tu plaisantes, j'espère ?
— Non. On n'est pas dans une série Netflix.
— Pourquoi ne veux-tu jamais parler de ton travail avec moi ? Tu essaies toujours de me convaincre que tu n'as rien à me raconter, quand tu ne trouves pas une bonne excuse pour changer de sujet.

Elle avait raison. Depuis quelques années, Léa insistait pour obtenir des détails sur les enquêtes de son père, mais il s'y refusait. Quel dossier pouvait être relaté à une adolescente de quatorze ans ? Celui de cette mère de famille battue à mort par son conjoint sous les yeux de ses enfants ? Celui du viol collectif et du meurtre d'une gamine dans les caves d'un immeuble ? Non. Rien dans son quotidien ne méritait de parvenir aux oreilles de Léa.

Tandis qu'il cherchait comment se tirer de cette impasse, la sonnette de l'entrée retentit. Béatrice, son ex-femme, se tenait sur le seuil, emmitouflée dans un manteau en fausse fourrure.

— Un café ? proposa Thomas.

— Non, je suis pressée ! J'ai une réunion dans trente minutes.

— Préfères-tu que je dépose Léa ?

— Non. J'avais promis de la récupérer ce matin. Si on commence à faire des exceptions, ça va devenir compliqué.

Elle accompagna ces mots d'un regard appuyé qui signifiait : « Cette remarque est aussi valable pour toi. » Thomas ne put qu'acquiescer. Parfois, il ne tenait pas ses engagements. Il décalait la garde de Léa, oubliait de la récupérer à la sortie du collège, modifiait le planning des vacances au dernier moment… Pourtant, il s'était juré de ne jamais incarner ce cliché du flic obsédé par son travail. Il avait échoué. Même à ses débuts, rien n'était plus important que son boulot. Béatrice, avant de l'épouser, l'avait interrogé : était-il comme ces flics dans les films ou les romans ? Aussi impliqué qu'eux. Aussi égoïste.

« Bien sûr que non ! », avait-il protesté.

Mais en croisant les doigts dans sa poche, il avait pensé :

« Je suis sans doute pire… »

Avec la naissance de sa fille, Thomas s'était persuadé que l'heure du changement avait sonné. Ses bonnes résolutions avaient été honorées jusqu'au premier « papa » bredouillé par Léa. Peu à peu, les mauvaises habitudes étaient revenues, et la situation s'était aggravée quand, à l'aube de la quarantaine, Thomas avait choisi de passer le concours pour devenir commandant. Les anciens – en lui inculquant l'opiniâtreté – l'avaient ensuite façonné dans un schéma devenu suranné. Travailler le week-end et regagner le service à toute heure pour prendre part à une procédure : la routine idéale pour celui qui veut dynamiter son couple. Un succès : Béatrice avait demandé le divorce.

Thomas n'éprouvait ni rancune ni colère. Impossible de reprocher à cette femme d'avoir quitté un époux absent et égoïste. Il avait accepté la séparation, blessé par l'échec de son mariage et désolé d'imposer à sa fille les contraintes d'une famille décomposée. Contre toute attente, Léa – adolescente fragile et sensible – s'était bien adaptée. Un week-end sur deux, elle rejoignait son père dans son appartement du VIe arrondissement de Lyon et passait le reste du temps auprès de sa mère et de son nouveau compagnon, Gauthier, dans leur maison d'Écully. Le plaisir coupable de Thomas était de questionner sa fille au sujet du don Juan qui avait séduit Béatrice.

— Il est ringard, il raconte des blagues qui ne font rire que lui, il boit comme un trou et, en plus, il est moche. Il ne t'arrive pas à la cheville, p'pa.

Si Thomas déplorait que Léa n'apprécie pas son beau-père, il s'amusait toutefois de ses critiques assassines et savourait le bonheur de représenter, à ses yeux, le père idéal. Le vrai. L'unique.

En regardant sa fille enfiler sa doudoune, il jugea sa prétention déplacée ; il n'avait aucune fierté à tirer de cette situation.

Béatrice et Léa s'apprêtaient à partir lorsqu'il les interrompit :

— Peux-tu nous laisser cinq minutes, ma puce ?

L'adolescente opina et disparut dans l'escalier. Le bruit de ses pas résonna dans l'immeuble et, dès que le silence fut revenu, Thomas confia ses inquiétudes à son ex-femme :

— Léa n'a rien mangé ce week-end ! Elle refuse tout ce que je lui prépare. Si je n'avais pas commandé des pizzas, tu l'aurais récupérée le ventre vide.

— Il faudrait peut-être remettre en question ta façon de cuisiner.

Béatrice excellait dans l'art de la digression perfide, attitude qui exaspérait Thomas.

— Je suis sérieux. Sa maigreur me préoccupe.

— Le médecin l'a pesée et mesurée il y a deux mois. Tout allait bien. Mais je reconnais que Léa a un appétit d'oiseau. Je lui en ai déjà parlé et elle m'a assuré se gaver à la cantine à midi et ne plus avoir faim le soir.

— Nous ne sommes pas là pour vérifier.

— Certes. N'oublie pas qu'elle a quatorze ans. Quand je discute avec les mères de ses copines, je constate que toutes ces gosses sont pareilles ! Comment étais-tu à son âge ? La bouffe était-elle ton centre d'intérêt ?

— Non. Je ne pensais qu'au skateboard et à mes potes.

— Tu as bien changé depuis. N'est-ce pas, *monsieur l'épicurien* ?

Avec un sourire moqueur, Béatrice planta son index dans le ventre de son ex. Contrairement à elle, Thomas n'avait pas envie de prendre ce sujet à la légère.

— Je ne plaisante pas.

— Je sais. Mais, selon moi, tu culpabilises encore d'avoir imposé à Léa notre divorce.

Impossible de la contredire : Thomas redoutait les conséquences d'un tel bouleversement. Cette situation le renvoyait à son propre passé. La séparation de ses parents avait engendré un ouragan dans son enfance.

— Je te rassure, conclut Béatrice, elle le vit mieux que tu l'imagines.

Elle le serra dans ses bras et s'en alla.

Thomas la regarda partir avec amertume. L'attitude qu'elle avait eue était typique de son caractère parfois immature. Cette facette de sa personnalité avait – de nombreuses fois – été source de conflits dans leur couple.

Il se dépêcha dans la salle de bains pour se doucher, se brossa les dents et coiffa ses cheveux bruns avec du gel. Dans le miroir, il détailla son reflet en ressassant les recommandations de ses amis : « Lève le pied avec le boulot ! Sors avec nous ! Trouve-toi une copine ! Tu es encore séduisant malgré ta petite brioche et tes quarante-cinq piges ! ».

Ne leur déplaise : il était célibataire depuis deux ans et cette vie lui convenait.

Thomas quitta son appartement, monta dans sa voiture et se mit en route. Durant tout le trajet, il ne cessa de penser à Léa. Et quand il se gara sur le parking de la PJ, son pressentiment s'était à présent mué en certitude : sa fille avait un problème dont elle refusait de parler.

2

Thomas traversa le hall d'accueil, salua distraitement les collègues qu'il croisa et s'enferma dans son bureau. Les lundis matin durant lesquels chacun décrivait – une tasse de café à la main – le week-end écoulé l'agaçaient. Il ne supportait plus d'entendre ces joies partagées en famille, ni qu'on se tourne vers lui en demandant : « Et toi, bon week' ? » Thomas, même lorsqu'il avait la compagnie de sa fille, passait rarement des samedis et dimanches dignes d'être racontés. Quant à ceux qui méritaient de l'être, il préférait qu'ils demeurent son jardin secret.

Il rangea les dossiers qu'il avait emportés chez lui vendredi et alluma son ordinateur. Sa boîte mail débordait déjà de courriels non lus. Il les ouvrit un à un, en commençant par les plus urgents. Au fil des messages et des demandes, son attention se relâcha et fut attirée par une photographie accrochée au mur : Béatrice et Léa enlaçaient Thomas sur une plage de l'Atlantique. Août 2015 : leurs dernières vacances ensemble. Six mois plus tard, le divorce était prononcé. Cette épreuve s'était révélée plus douloureuse qu'il l'aurait imaginé. Son ex-femme éprouvait une rancune tenace et lui reprochait sans cesse l'échec de leur mariage. Les relations post-rupture avaient été houleuses jusqu'à ce que Léa – témoin impuissant d'une énième dispute entre deux adultes égoïstes – manifeste son mécontentement dans une lettre rédigée à leur attention. Ses mots étaient forts, durs, et attestaient d'un mal-être certain. Les anciens époux, anéantis, avaient alors décidé d'apaiser leur relation et d'oublier leur rancœur. Depuis, l'entente était cordiale et respectueuse.

Thomas détailla Léa sur le cliché. Elle était la copie conforme de sa mère : une chevelure rousse flamboyante, des yeux verts, une peau diaphane mouchetée de taches de rousseur, un visage tout rond et un petit nez retroussé. Cette gamine ne ressemblait pas du tout à son père, un homme aux traits anguleux, à la peau mate et au regard noir. Un contraste tellement saisissant que les collègues de travail de Thomas avaient conclu, en découvrant Léa six mois après sa naissance, qu'elle était trop belle pour être sa fille. Cette remarque ne l'avait même pas froissé. Si Béatrice s'était parfois montrée infidèle, Thomas n'avait jamais eu de doutes quant à la paternité de Léa : cette gosse ne lui ressemblait pas physiquement, mais elle avait le même caractère que lui.

Trois coups frappés à la porte arrachèrent le commandant à ses souvenirs. Il bredouilla l'autorisation d'entrer et Étienne, adjoint de sécurité, apparut dans l'encadrement.

— Vous avez passé un bon week-end ?

Thomas acquiesça avec un sourire feint et changea de sujet :

— En quoi puis-je t'aider ?

— Anaïs Malori est à l'accueil. Elle souhaite vous voir mais ne présente aucune convocation.

Six ans auparavant, Thomas s'était rendu avec Béatrice au mariage d'un ami. Ils avaient sympathisé avec un couple assis à leur table, Rémi et Anaïs Malori, et la soirée avait été agréable en leur compagnie. Thomas avait gardé le contact avec eux, plus particulièrement avec Anaïs, auteure de polars qui sollicitait régulièrement son expertise. Parfois, elle l'appelait tard le soir pour lui poser une question. Il ne rechignait jamais à lui répondre, ravi de l'aider et de participer, d'une certaine façon, à la genèse d'un roman.

Thomas hésita – son retard avec la paperasse s'accumulait et il avait rendez-vous avec la commissaire dans une heure – avant d'accepter finalement de recevoir son amie.

Quand elle entra dans son bureau, il fut surpris par la mine bouleversée qu'elle affichait. Ses paupières étaient gonflées par le chagrin et ses yeux rougis par les pleurs.

— Désolée de ne pas t'avoir prévenu de ma visite, Thomas. Je te dérange ?

— Je suis débordé, mais je peux t'accorder quelques minutes. Une question urgente pour ton futur roman ?

— Non. J'ai un problème… personnel. Ma sœur a disparu.

Prononcer cette phrase semblait lui avoir demandé beaucoup d'énergie et elle dut marquer une pause avant de poursuivre :

— Je suis allée au commissariat du IIIe arrondissement. D'après le policier qui m'a reçue, je n'ai pas à m'inquiéter. Inutile de te préciser que je ne suis pas d'accord avec lui. Voilà pourquoi j'ai besoin de ton aide.

— Raconte-moi.

— Je suis sans nouvelles d'Esther depuis une semaine. Je l'ai vue pour la dernière fois chez mes parents, dimanche 18 février. Comme elle ne répondait ni à mes textos ni à mes appels, j'ai décidé, ce matin, avant d'aller au travail, de lui rendre visite. J'ai sonné à son interphone, puis frappé à sa porte. Personne. Je suis alors entrée dans son appartement qui n'était pas fermé à clé. Il était dans un tel désordre... Mais le plus troublant était George, le chat d'Esther, enfermé dans la chambre.

— Je ne comprendrai jamais les gens qui baptisent leurs animaux avec des prénoms d'humains.

— Quand on connaît Esther, ce choix n'est pourtant pas surprenant. Elle a toujours préféré la compagnie des chats à celle de ses pairs.

— George était-il vivant ?

— Oui, mais très affaibli. Quand je l'ai libéré, il s'est précipité sur sa gamelle d'eau dans le salon.

— Ta sœur a pu s'absenter quelques jours et enfermer son chat par inadvertance.

— Impossible, elle tient bien trop à lui. Elle n'avait pas, non plus, l'intention de partir. Dimanche dernier, elle m'a confié répondre à un appel d'offres urgent. La date butoir était fixée à mercredi. Un client avec un budget important à la clé.

Anaïs se moucha. Son affliction était touchante, toutefois elle ne devait pas altérer l'objectivité de Thomas. Car pour l'instant, sinon un appartement en désordre et un chat dans une chambre, rien n'indiquait une disparition inquiétante, mais plutôt un départ précipité. Il formula sa réflexion à voix haute et son amie rétorqua :

— Dans le hall d'entrée, j'ai trouvé le sac à main d'Esther avec, à l'intérieur, ses papiers, ses clés et son téléphone. Après l'avoir mis en charge, je l'ai allumé : il contenait un nombre incalculable d'appels en absence et de SMS non lus. Le dernier coup de fil que ma sœur a passé date du lundi 19, à 9 h 14. Il y a une semaine.

Une situation délicate se présentait : Esther était majeure et, aux yeux de la loi, avait le droit de se volatiliser sans en informer quiconque. La première étape était donc d'essayer d'identifier si sa disparition était volontaire ou non. Les statistiques étaient claires à ce sujet : chaque année, environ cinq mille personnes choisissaient de couper les ponts avec leur entourage – parents, époux, enfants, amis – sans donner d'explications. Leur but : tout abandonner et tout recommencer. Les proches pouvaient solliciter une enquête pour « recherche dans l'intérêt des familles » ou engager une procédure dite « de l'absence ». Mais les délais étaient longs et apportaient rarement d'éclairage.

Diverses raisons motivaient les disparitions volontaires : une vie de couple devenue insupportable, un travail épuisant ou frustrant, des dettes impossibles à combler, une maladie difficile à annoncer…

— Un événement récent aurait-il pu donner à Esther l'envie de fuir ? questionna Thomas. Des tensions au sein de votre famille ou avec son petit ami, par exemple. Des soucis de santé ou d'argent…

— Elle en aurait parlé. Et fuir ne lui ressemble pas : elle préfère affronter les problèmes. Mais supposons qu'elle ait voulu changer de vie, comme tu le suggères, pourquoi n'aurait-elle pas pris un nécessaire de toilette, des vêtements, son sac à main, ses clés de voiture et, surtout, son portable ! Qui, de nos jours, partirait sans ce truc ?

— Quelqu'un qui veut rompre tout lien avec son passé. Une démarche, hélas, assez courante.

— Le flic que j'ai rencontré au commissariat a tenu le même discours que toi. Pourquoi essayez-vous de me convaincre qu'il n'est rien arrivé à ma sœur ?

— Parce qu'elle est majeure et que nous devons garder à l'esprit l'hypothèse d'une disparition volontaire.

— Cette hypothèse est à chier !

Au chagrin d'Anaïs se mêlait à présent la colère. Mentalement, Thomas dressa la liste des éléments dont il disposait :
– *un appartement non verrouillé et en désordre,*
– *un sac à main et un téléphone oubliés,*
– *un chat enfermé dans une chambre.*

Il plongea ensuite le regard dans celui de son amie et, en constatant tout le désespoir qui s'y trouvait, décida de lui venir en aide.

— Je vais contacter une amie au commissariat du IIIe. Elle prendra ta déposition.

Anaïs joignit les mains en signe de reconnaissance et un sourire furtif habilla ses lèvres.

— Merci, Thomas.

— Si un détail te revient, n'hésite pas à m'appeler.

Elle tourna la tête, visiblement gênée. De sa poche, elle sortit une feuille pliée en quatre et la tendit à Thomas. Il allait s'en emparer lorsqu'elle la ramena contre sa poitrine.

— Il y avait une note sur la table basse du salon. J'accepte de te la montrer, mais tu dois me promettre que ton amie enquêtera tout de même.

Il réfréna son agacement et promit.

Anaïs lui confia la feuille.

Quatre mots y étaient inscrits : « Ne me cherchez pas. »

— Eh bien voilà ! s'écria Thomas. N'est-ce pas la preuve que...

— Non, ce n'est pas une preuve. Car cette note n'a pas été rédigée par ma sœur. Ce n'est pas son écriture, mais celle de l'homme qui l'a enlevée !

3

La réunion hebdomadaire avait débuté à 17 heures. Trente minutes s'étaient déjà écoulées durant lesquelles le commandant avait dû lutter pour rester concentré. Il n'était pas acteur de ce briefing, à peine spectateur. Son manque d'attention se résumait à un prénom : Léa. Thomas se posait une multitude de questions au sujet de l'adolescente. Béatrice ne semblait pas inquiète, mais connaissait-elle sa fille aussi bien qu'elle le croyait ?

Non. On ne connaît jamais les gens qui nous entourent. Aussi proches soient-ils. Ils peuvent avoir des réactions surprenantes ou prendre des décisions déconcertantes.

Voilà ce que le commandant aurait d'ailleurs dû expliquer à Anaïs. Mais il avait promis de l'aider et s'était engagé à contacter Louise, une amie capitaine en charge des disparitions au commissariat du IIIe. Il ne l'avait pas encore fait. La note « Ne me cherchez pas » l'en avait dissuadé. Il voulait être sûr de ne pas confier à sa collègue une affaire de disparition inquiétante qui n'en était pas une. Aussi, avant le déjeuner, Thomas avait-il appelé Anaïs pour lui demander des échantillons de l'écriture de sa sœur. Elle lui avait envoyé un e-mail avec six pièces jointes : une carte postale, un courrier, un formulaire administratif… Thomas avait immédiatement transféré ces documents à Jacques, graphologue, accompagnés de ces mots :

Besoin de ton aide en off. Merci.

La réponse était arrivée dix minutes plus tard :

Je m'en occupe. Tu m'en devras une !

— Commandant ?

Thomas leva la tête. Trois regards étaient posés sur lui. Celui d'Idris, trente et un ans, de Laurent, trente ans et de Wilfried, vingt-cinq ans.

— Oui ?

— Veux-tu qu'on retourne interroger les voisins dans l'affaire Sylvani ? répéta Idris.

— Oui ! Il me semble vous l'avoir déjà dit !

Thomas regretta aussitôt d'avoir usé d'un tel ton. Faire montre d'une autorité déplacée avec ses coéquipiers était stupide, inutile. Il bredouilla des excuses et donna, à chacun, les objectifs de la semaine. La réunion terminée, les trois brigadiers quittèrent la salle en adressant un large sourire à leur chef. Son émoi n'avait échappé à personne.

Le commandant gérait plusieurs groupes, mais il appréciait particulièrement travailler avec celui-ci. Cette équipe était réputée la plus soudée, la plus dévouée et la plus efficace de la PJ. Ce n'était pas un hasard si Thomas leur confiait les dossiers les plus complexes, à l'instar du meurtre d'Alice Sylvani. La jeune femme de vingt-cinq ans avait été battue à mort. Les pompiers avaient découvert son cadavre le 15 février, dans son studio du IIe arrondissement. Les voisins, alertés par l'odeur fétide dégagée par le corps en décomposition, avaient contacté la police. Tout indiquait l'implication du concubin d'Alice dans ce drame, même si sa culpabilité restait à prouver. L'enquête devait se contenter des preuves récoltées par les agents de la police technique car, comme souvent, le jour du meurtre, personne n'avait rien vu, rien entendu. Quant aux proches de la victime, ils assuraient que son compagnon était un homme doux et gentil.

Tandis qu'il retournait à son bureau, Thomas croisa Anthony, quarante ans, capitaine :

— La réunion est terminée ? demanda-t-il essoufflé.

— Oui. On t'a attendu jusqu'à 17 heures.

— Je suis désolé. Mon rendez-vous s'est éternisé. Tu me débriefes ?

Le commandant était incapable de résumer la demi-heure qui venait de s'écouler. Aussi, il prétexta être pressé et conseilla au capitaine de solliciter Wilfried pour un compte rendu.

Il s'apprêtait à prendre congé lorsque Anthony le retint :

— J'aimerais te parler.

— Plus tard, d'accord ?

— OK. Tu es sûr que ça va, Thomas ?

— Oui, ne t'inquiète pas.

— Tu as mauvaise mine…

— Je ne mange pas assez de carottes.

— Je suis sérieux. Si tu as besoin de te confier, je suis là…

Depuis qu'il était célibataire, Thomas avait perdu l'habitude d'être choyé. Qu'un collègue lui propose son soutien l'emplit d'allégresse. Mais il ne pouvait se résoudre à partager ses inquiétudes au sujet de sa fille. Ses problèmes personnels ne devaient en aucun cas interférer avec sa vie professionnelle.

Dans son bureau, le commandant consulta sa boîte mail avec une excitation qui se dissipa aussitôt : pas de nouvelles du graphologue.

Mains dans les poches, il se posta devant la fenêtre. La nuit était tombée sur Lyon. À quelle heure Thomas rentrerait-il ce soir ? Il n'en avait aucune idée. Ses soucis l'avaient écarté d'une journée ordinaire, autant que le quotidien d'un enquêteur de PJ puisse l'être. La réunion du matin avec la commissaire Laurine Vaulher, sa cheffe de service, s'était éternisée : elle ne tolérait plus aucun délai pour la remise du rapport sur les commissions rogatoires en cours ; la solidité de son argumentaire en préfecture en dépendait. Les tâches administratives prenaient souvent le dessus sur l'essence du métier de Thomas et, hélas, la procrastination ne l'en exonérait pas.

Bien décidé à se remettre au travail, il s'assit à son bureau, mais l'appel tant espéré du graphologue contraria ses plans.

— Thomas !

— Jacques ! Comment vas-tu ?

— La routine… J'attends ma semaine de vacances avec impatience. Je n'ai pas skié depuis une éternité !

— Prépare-toi à te casser une jambe.

— Merci pour tes encouragements ! Et toi, des projets ?

— Je voulais emmener Léa en Haute-Savoie mais je vais devoir annuler. Le cadavre du IIe arrondissement me mobilise soirs et week-ends.

— Ne te plains pas d'être débordé, Thomas : tu perds ton temps avec des requêtes en *off* !

— Tu parles de la note que je t'ai transmise...

— Exactement ! Je l'ai comparée avec les exemples manuscrits que tu m'as fournis. Tous les supports présentent des différences même si j'ai relevé quelques points communs : les boucles des H et la façon de tracer le N majuscule. Selon moi, Esther a rédigé ce mot, mais un détail a modifié sa graphie. Plusieurs options : soit une blessure à la main, soit un état émotionnel intense. Le chagrin, la peur peuvent, par exemple, impacter notre écriture en la rendant plus tremblotante.

— Peut-on envisager qu'Esther ait rédigé cette note sous la menace ?

— Pourquoi pas. Hélas, la graphologie est un outil performant, mais ce n'est pas une science exacte. Des paluches ont-elles été relevées sur ce morceau de papier ?

— Pas encore. Comme je te l'ai dit, je suis en *off* pour l'instant. Je voulais en savoir plus avant de mêler une collègue à cette affaire. Quelle est ta conclusion ?

— Selon moi, Esther est l'auteure de cette note à 60 %.

— Et je suis censé me débrouiller avec les 40 % restants ?

— C'est pour cela qu'on te paie, non ?

Thomas remercia le graphologue et raccrocha.

« Ne me cherchez pas. »

Cette phrase avait-elle été dictée par le ravisseur d'Esther ? En choisissant ces mots, il retardait les procédures et distançait les policiers. Si la jeune femme avait bel et bien été enlevée, un temps précieux était alors perdu.

Une nouvelle fois, la sonnerie du téléphone retentit et la voix entrecoupée de sanglots d'Anaïs se fit entendre. Ce qu'elle racontait était incompréhensible et Thomas dut lui demander de répéter.

— Je suis dans l'appartement d'Esther, dit-elle irritée. Tu m'écoutes, oui ou non ?

— Oui ! Calme-toi !

— Je ne me calme pas ! Il faut absolument que tu me rejoignes. J'ai trouvé un truc et, cette fois-ci, j'en suis certaine : quelque chose de grave est arrivé à ma sœur !

4

Avant de quitter la PJ, Thomas envoya un texto à sa fille : « Comment vas-tu, ma puce ? J'espère que ton évaluation de maths s'est bien passée. Je t'aime. »

Il avait pensé l'appeler mais s'était ravisé. Il ne fallait pas donner à Léa l'impression d'être surveillée : c'était le meilleur moyen de la braquer.

La réponse qu'elle lui adressa cinq minutes plus tard le frustra : « Top ! Biz. »

Deux mots.

Insuffisant pour rassurer un père inquiet.

La pudeur et le silence de Léa lui étaient insupportables, et il n'avait pas la moindre idée de la méthode à utiliser pour la conduire à se livrer. Jamais il n'aurait cru que son rôle de père serait plus difficile que son métier de commandant.

En cette fin de journée, la circulation dans le IIIe arrondissement était dense. Thomas décida de se garer sur le cours Gambetta et de poursuivre à pied jusqu'à l'adresse indiquée par Anaïs. Au-dessus de lui, le ciel, teinté de violet, présageait d'importantes chutes de neige. Un vent glacial s'engouffrait dans les ruelles de Lyon. Thomas remonta la fermeture

Éclair de son blouson et pressa le pas en soufflant sur ses doigts. Arrivé devant l'immeuble d'Esther, il enfonça le bouton de l'interphone et une voix tremblotante l'invita à monter au quatrième étage.

Quand il entra dans l'appartement, il découvrit Anaïs qui arpentait le salon avec nervosité. Lorsqu'elle devina la présence de son ami, elle posa sur lui un regard tourmenté. Dans sa main droite, elle serrait un mouchoir en papier.

— Merci d'être venu aussi vite !

— Tu aurais dû me parler de ta découverte au téléphone.

— Je voulais que tu constates de tes propres yeux.

Elle conduisit son ami dans la cuisine, ouvrit le placard sous l'évier et, d'un signe de la tête, désigna la poubelle. Elle contenait des dizaines de morceaux d'essuie-tout imbibés de sang.

— N'ai-je pas raison de m'inquiéter ? clama Anaïs.

— Tu n'as touché à rien ?

— Pas à ça, non.

— Ni à rien d'autre dans l'appartement ?

— Si. J'ai un peu… fouillé.

— Anaïs !

— Que voulais-tu que je fasse ! La police se fiche de mon problème !

— OK ! Ne touche plus à rien, entendu ?

— Oui.

— Pourquoi es-tu ici ?

— Je suis passée à la sortie du travail, un peu après 18 heures, avec l'espoir de trouver ma sœur assise à son bureau. Comme elle n'était pas là, j'ai décidé d'inspecter chaque pièce.

Tout en l'écoutant, Thomas examina le plan de travail. Il manquait un couteau dans un set de six. Dans la poubelle, un éclat brillait au milieu des détritus : une lame en métal tachée de sang.

— Depuis quand es-tu sans nouvelles de ta sœur ?
— Dimanche 18 février, je te l'ai déjà dit !
— Es-tu certaine qu'Esther n'a pas de problèmes de santé, d'argent ou de…
— Ça aussi tu me l'as demandé ce matin et la réponse n'a pas changé : non. Si Esther avait eu des soucis, elle se serait confiée à moi. Quant à des problèmes d'argent, elle en aurait parlé à nos parents qui l'auraient aidée sans hésiter.
— Comment sont les relations familiales ?
— Rien à signaler. Papa et maman sont cool et nous nous entendons très bien avec eux.
— Esther a-t-elle des amis ?
— Elle ne connaît pas beaucoup de monde ici. Nous sommes originaires d'Annecy. Pour ma part, j'ai quitté la région il y a dix ans pour suivre des études à Lyon. Nos parents ont déménagé il y a cinq ans pour s'installer dans une maison dont ils avaient hérité. Esther avait vingt ans et venait de passer deux années en fac d'arts plastiques à glander. Elle a alors décidé de reprendre son avenir en mains et a intégré une école de communication en Suisse. Diplôme en poche, elle a trouvé un poste de graphiste dans une agence de publicité genevoise. Mais la hiérarchie lui pesait et sa famille lui manquait. L'année dernière, elle a finalement démissionné pour nous rejoindre dans le Rhône et se mettre en free-lance. Depuis son arrivée à Lyon, elle n'a pas tissé de liens amicaux. Elle sort peu, parce qu'elle n'en a pas le temps et

pas l'envie. Ma sœur est plus sociable sur les réseaux que dans la vraie vie. Je la surnomme « ours Paddy » et j'ai baptisé son appartement « la grotte ».

— Un petit ami ?

— Non.

— Des informations sur sa dernière histoire de cœur ?

— Une amourette qui n'a pas duré. Comme d'habitude… Esther est très exigeante avec les hommes. Au moindre faux pas, hop, ça dégage !

— Connais-tu son dernier copain ?

— Ma sœur m'a assuré qu'il était trop insignifiant pour m'être présenté. Je sais seulement qu'il s'appelait Benoît, vingt-huit ans, comptable à son compte. Ils ont rompu quelques jours avant Noël. Esther me l'a annoncé par texto… Je garde tous mes messages. Si tu veux, je peux te donner la date exacte.

Sans attendre l'aval du commandant, Anaïs s'empara de son portable et tapota sur l'écran.

— J'ai ! « Benoît et moi : fin de mission ! » Reçu le 22 décembre 2017. J'ai tout de suite appelé Esther pour lui remonter le moral. Devine ce qu'elle m'a répondu.

— Je t'écoute.

— « Cette rupture est mon plus beau cadeau de Noël ».

— Eh bien !

— Les histoires sentimentales d'Esther sont toujours compliquées. De toute façon, elle ne pourra jamais avoir de relation saine et équilibrée si elle continue à se comporter de la sorte. Elle déteste les hommes. D'après elle, ce sont tous des cons ! Ces raccourcis m'agacent. Non, vous n'êtes pas tous les mêmes.

— Merci pour ton soutien à la gent masculine.

— Ce systématisme m'exaspère. Nous nous sommes d'ailleurs disputées à ce sujet dimanche d...

Anaïs s'interrompit subitement et se mordilla la lèvre.

— Et depuis, silence radio, conclut Thomas.

— Oui, mais ça ne prouve en rien que sa disparition est volontaire. Esther n'est pas rancunière et ce genre d'altercation nous est coutumier. Et même si elle était en colère contre moi, nos parents auraient eu de ses nouvelles.

Après s'être accordé un temps de réflexion, Thomas annonça :

— OK. Je contacte ma collègue.

La jeune femme murmura une flopée de mercis et le commandant s'isola pour appeler Louise, capitaine au commissariat du IIIe.

— Hello, Tom !

— Comment vas-tu, Lou ?

— Bien ! J'ai plein de trucs à te raconter ! Partant pour un resto ?

— Envoie-moi tes dispos. En attendant, j'aurais besoin de tes services.

Thomas dressa un compte rendu rapide de la situation et précisa qu'il avait d'ores et déjà sollicité l'aide du graphologue.

— D'après lui, c'est 60-40 sur l'écriture de la note.

— Voilà qui n'aide pas.

— Je suis certain que tu vas t'en sortir. Tu aimes les challenges.

— Tu parles comme mon chef ! Et ce n'est pas un compliment. Bon... Que ton amie vienne dès que possible. Je dois partir dans une heure.

— Merci, Lou.

— C'est moi qui te remercie pour ce beau dossier de merde.

Après avoir raccroché, Thomas expliqua à Anaïs qu'elle devait se rendre au commissariat du IIIe et demander la capitaine Louise Arsac pour signaler une disparition inquiétante. Il invita enfin son amie à quitter les lieux :

— Ne touche plus à rien dans cet appartement, compris ?

— Compris.

Une dernière fois, le commandant observa les essuie-tout et le couteau jetés dans la poubelle. Plusieurs scénarios pouvaient expliquer leur présence, mais l'un d'eux semblait le plus probable : Esther aurait été agressée à son domicile et enlevée.

Si tel était le cas, où était-elle à présent ?

Et, surtout, était-elle encore vivante ?

5

L'enquête fut ouverte lundi 26 février à 19 heures. Louise s'entretint longuement avec Anaïs pour recueillir un maximum d'informations. Elle en profita pour collecter des photos d'Esther afin de diffuser son portrait sur les réseaux sociaux et dans les journaux. La capitaine transféra, par e-mail, l'un des clichés à Thomas qui l'imprima et le scotcha sur le mur face à lui. Esther avait un magnifique regard émeraude qui fixait l'objectif avec assurance. Elle arborait une longue chevelure de feu qui détonnait avec son teint de porcelaine. Anaïs avait précisé que sa sœur était blonde, mais qu'elle se teignait en rouge depuis l'âge de vingt ans.

Le lendemain matin, M. et Mme Malori furent entendus par Louise et confirmèrent les propos de leur fille aînée : jamais leur benjamine ne se serait absentée sans les prévenir.

À 11 heures, l'appartement d'Esther fut investi par l'équipe en charge de l'enquête. Thomas s'invita aux recherches, ce qui lui valut les sarcasmes de Louise.

— Je croyais que t'étais débordé !

Avec son visage en forme de lune, ses yeux rieurs et ses pommettes roses, la capitaine avait des allures de personnage de manga. En dehors du service, elle débordait de créativité pour coiffer ses cheveux et redoublait d'imagination pour s'habiller : des pulls à l'effigie de ses dessins animés préférés, de longues jupes colorées, des collants aux motifs improbables... La capitaine venait de fêter ses trente-quatre ans et tout indiquait, pourtant, qu'elle n'avait pas quitté l'adolescence.

— Anaïs est mon amie, se défendit le commandant. Je veux m'assurer du bon déroulement de l'enquête.

— Merci pour ta confiance.

— Ce n'est pas une histoire de confiance, Lou. J'ai trop d'empathie, tu le sais. Surtout quand l'affaire concerne des gens que je connais et que j'aime.

— OK, tu peux rester. À une seule condition : tu te rends utile.

Pendant que la police technique procédait aux premiers prélèvements dans la cuisine, Thomas visita l'appartement et s'attarda finalement dans le bureau d'Esther. Il enfila des gants et jeta son dévolu sur un agenda ouvert à la page du 19 février et le feuilleta. Il ne contenait que des informations professionnelles : réunions avec des clients, départ de fichiers pour impression... Les rendez-vous personnels étaient sans doute renseignés dans le téléphone d'Esther. Le commandant le trouva, en charge, sur la table basse du salon. Anaïs avait dit l'avoir branché pour l'allumer. Thomas fronça les sourcils en imaginant cet objet souillé par les empreintes de son amie.

Il déverrouilla l'écran et parcourut le contenu de l'appareil. Lundi 19 février, un numéro masqué avait contacté Esther à huit reprises entre 10 heures et 10 h 30. Elle n'avait pas répondu. Une réquisition à l'opérateur téléphonique s'imposait pour identifier celui ou celle qui avait essayé de joindre la jeune femme avec tant de pugnacité.

Thomas allait regagner la chambre d'Esther lorsqu'il croisa Xavier, agent de police technique, des sachets plastiques dans les mains.

— Vous en savez plus sur le désordre dans cette pièce ? questionna le commandant.

— Notre suspect numéro un est le chat. Fou d'être enfermé sans eau ni nourriture, il a dû tout mettre en œuvre pour s'échapper. Mais cela ne signifie pas qu'il n'y a pas eu d'altercation dans cet appartement. Nous allons le passer au luminol pour voir si du sang n'a pas été nettoyé. Quant aux essuie-tout et au couteau, je vais les envoyer au labo. Nous aurons le groupe sanguin dans la journée, ce qui nous permettra de patienter jusqu'au profil ADN.

Puis Xavier baissa la tête et détailla ses pochettes de scellés d'un air désabusé. Il n'avait que vingt-six ans et, pourtant, semblait aussi blasé qu'un flic proche de la retraite. Toutefois, Thomas adorait travailler avec cet agent sérieux et serviable. C'est d'ailleurs lui qui avait été dépêché sur la scène de crime d'Alice Sylvani et qui avait permis la collecte d'éléments importants. En songeant à cette affaire, le commandant ne put s'empêcher de lister les similitudes entre les deux victimes : Alice et Esther avaient le même âge et partageaient une certaine ressemblance physique. Alice avait été violée et assassinée quatre jours avant la disparition supposée d'Esther, et l'arme blanche constituait un autre point commun. Quant aux IIe et IIIe arrondissements, ils étaient proches géographiquement. En revanche, les deux affaires présentaient une différence majeure : le cadavre d'Alice avait été localisé alors qu'Esther demeurait introuvable.

— La rue dispose-t-elle de caméras de surveillance ? demanda Thomas à Xavier.

— Non. Et c'est dommage ! Nous aurions pu voir si Esther avait reçu une visite lundi 19 février et si elle était sortie seule ou accompagnée de son immeuble. Pourquoi n'est-ce jamais simple ?

— Parce que si ça l'était, notre métier n'aurait pas lieu d'exister.

Xavier soupira et, avec son flegme habituel, se dirigea vers la salle de bains. Dans le couloir apparut Louise, téléphone plaqué à l'oreille.

— Joachim vient de contacter tous les hôpitaux de la région, dit-elle après avoir raccroché. Aucun n'a accueilli de patiente correspondant au signalement d'Esther. Et toi, du nouveau ?

— Je viens de consulter son téléphone portable. Son dernier coup de fil date de lundi 19 février à 9 h 15. Depuis, elle n'a appelé ou répondu à personne, n'a plus donné de nouvelles à ses proches et a déserté les réseaux sociaux. Détail important : ce même jour, entre 10 heures et 10 h 30, un numéro masqué a tenté de la joindre huit fois.

— J'ai demandé les fadettes à l'opérateur. Nous découvrirons qui...

La capitaine fut interrompue par Xavier :

— Je viens d'inspecter le linge dans la machine à laver et regardez ce que j'ai trouvé.

Louise et Thomas observèrent la culotte que leur tendait l'agent. Elle était maculée de traces blanches qu'ils identifièrent immédiatement : des résidus de sperme.

6

Thomas quitta l'appartement d'Esther à midi après avoir reçu un appel de la commissaire Vaulher lui reprochant son absence.

L'après-midi s'écoula, puis la journée de mercredi, sans que Louise donne d'informations sur l'avancée de l'enquête. À 18 heures, impatient, le commandant décida de se rendre au commissariat du IIIe pour faire un point sur l'affaire Malori. Il trouva la capitaine dans son bureau, tellement absorbée par ses dossiers qu'elle ne l'entendit pas entrer.

— Je croule sous le boulot, expliqua-t-elle exténuée.

— Ça se voit sur ta tête.

— Tu sais parler aux femmes. Que me vaut ta visite ?

— Je voulais qu'on débriefe sur la disparition d'Esther.

— Il existe un appareil qui s'appelle le téléphone. C'est super pratique. Tu devrais essayer.

— Très drôle. Alors ?

— J'ai bossé sur le sujet hier après-midi. Hélas, ce matin, le dossier Loumin est tombé et…

— Loumin ? Le préfet ?

— Oui.
— Que lui arrive-t-il ?
— Sa fille a disparu.
— Penses-tu que les deux affaires sont liées ?
— Quarante mille personnes se volatilisent chaque année en France, Tom. Toutes ne sont pas liées.
— Une fugue ?
— Non. Caroline a vingt-quatre ans. Inutile de te préciser la pression de dingue que nous met le chef.
— J'imagine ! Mais promets-moi de ne pas reléguer l'affaire Malori au second plan.
— J'ai prévu de m'y consacrer demain.
— Merci. Où en êtes-vous ?
— Hier, les collègues de la section de roulement ont interrogé le voisinage. Les habitants de l'immeuble ont assuré ne pas avoir remarqué l'absence d'Esther Malori ni constaté de détails alarmants le jour de sa disparition. En revanche, Pauline Costa, locataire au cinquième étage, a affirmé avoir entendu des bruits sourds en provenance de l'appartement d'Esther, le 19, aux alentours de 11 heures. Elle est allée frapper à sa porte, mais personne ne lui a ouvert. Un quart d'heure plus tard, Pauline partait de chez elle pour se rendre à un rendez-vous.

Louise poursuivit en expliquant que la réquisition auprès des banques n'avait rien donné. Le compte d'Esther n'affichait aucun mouvement : ni retrait d'espèces, ni achat par carte bleue, ni virement, ni chèque.

— On pouvait s'en douter, souligna le commandant. Son sac à main est resté dans son appartement avec tous ses moyens de paiement à l'intérieur.

Parle-moi à présent de l'ordinateur que vous avez embarqué lors de la fouille.

— La boîte mail débordait de courriels non lus. Le dernier qu'Esther a consulté provient d'un client : des corrections orthographiques à apporter à un catalogue. Reçues lundi 19 février à 10 h 46.

— Tout s'est vraiment joué ce matin-là.

— Oui. L'informaticien a parcouru l'historique du navigateur Internet, ainsi que les réseaux sociaux de la jeune femme. Elle dispose d'un compte Instagram sur lequel elle partage ses créations graphiques et un compte privé sur Facebook qui se révèle plus intéressant. Il n'est visible que d'un groupe restreint : cinquante-quatre personnes. Sur ce profil, Esther se montre sans concessions au sujet de son job. Elle déplore le mauvais goût de ses clients, les heures de travail jetées à la poubelle, les dossiers à refaire parce que des informations sont erronées. Dans une de ses publications, elle résume l'attitude de ses clients en trois mots – incompétence, incohérence, irrespect – et jure de tout envoyer balader dès qu'elle le pourra. Esther est une femme sensible au caractère bien trempé. On peut imaginer sans problème qu'elle ait pété un câble et décidé de tout plaquer pour élever des chèvres dans le Larzac.

Thomas sourit à cette évocation : certains jours, lui aussi se verrait bien enfiler le costume de berger.

— Anaïs m'a dit que sa sœur était assez solitaire.

— Je confirme. J'ai contacté certains de ses « amis » Facebook. La plupart sont des camarades de l'école de graphisme qu'elle a perdus de vue. Idem pour ses collègues de travail. Anaïs avait raison, encore une fois : Esther ne semblait pas avoir tissé de liens sociaux depuis son arrivée à Lyon.

— Les relations avec ses parents sont-elles bonnes ?

— Oui. La plupart des textos se terminent par un « je t'aime ». Cette famille semble soudée.

— Et concernant ses histoires de cœur ?

— Son dernier mec se prénomme Benoît. D'après le journal du téléphone, le couple a eu des contacts réguliers entre le mois de juin et le mois de décembre 2017. À partir du 21, jour de leur rupture, les échanges se font plus rares.

— As-tu pu lui parler ?

— Je lui ai laissé un message hier soir. Il ne m'a pas encore rappelée

— As-tu vérifié ses antécédents ?

— D'après Anaïs, leur relation n'était qu'une amourette…

— Vérifie le profil de ce type.

— Et celui de tous les ex d'Esther ?

— Pourquoi pas !

— J'avais oublié à quel point c'était chiant de t'avoir sur le dos. N'oublie pas que tu n'es plus mon chef, et qu'on n'est pas à la PJ, ici ! Tu connais nos limites en commissariat…

Louise avait travaillé cinq ans sous les ordres de Thomas. « Les plus belles années de ma vie », avait-elle dit. Puis leurs chemins professionnels s'étaient séparés. Mais leur amitié avait survécu et s'était même renforcée avec le temps.

— Il faut s'entretenir avec ce mec, Lou.

— Je m'en occupe.

— Nous n'avons pas reparlé du numéro masqué qui a appelé Esther huit fois.
— J'attends la réponse de l'opérateur. Les dossiers ont beau être estampillés d'un gros « URGENT »...
— Avez-vous inspecté l'appartement au luminol ?
— Xavier s'en est chargé hier après-midi. Il y avait des traces de sang dans la cuisine et une flaque assez importante dans le salon.
— Des paluches ont-elles été relevées sur le manche du couteau ?
— Oui. Les mêmes que celles recueillies un peu partout. Sans doute les empreintes d'Esther.
— C'est donc elle qui aurait brandi cette arme...
— Peut-être pour se défendre.
— Et les traces sur la culotte ?
— On attend les résultats ADN. Hélas, le service d'Écully est débordé. Et comme les spermatozoïdes ne sont pas doués de parole, nous n'avons qu'à prendre notre mal en patience.

Cette note d'humour n'eut aucun effet sur Thomas. Le débrief qu'il venait d'entendre le décevait. Il voulait à tout prix que l'enquête progresse et, pour cela, il était prêt à mettre toutes les chances de son côté.

— As-tu cherché Esther dans le TAJ[1] ?
— Pas encore.
— Tu perds trop de temps, Lou !
— Je ne perds pas de temps, je n'en ai pas assez !

Le commandant ne put masquer son agacement. Aucun détail ne devait être sous-estimé sinon c'était l'échec assuré. Depuis qu'il exerçait ce métier,

---

1. Traitement des antécédents judiciaires.

Thomas gardait à l'esprit l'affaire du petit Grégory, symbole d'une enquête mal gérée dès son ouverture. Chaque Français pouvait témoigner du fiasco qui avait suivi.

Consciente de sa négligence, Louise détourna le regard et Thomas devina qu'elle pleurait. Cette femme était une bonne policière, mais elle ne supportait pas la pression. C'est d'ailleurs pour cette raison qu'elle avait quitté la PJ.

— Je vais rester au bureau et chercher Esther dans le TAJ, dit-elle en reniflant.

— Je m'en occupe, Lou. Rentre te reposer. Tu en as bien besoin. Pardon de m'être emporté. Je suis à cran sur ce dossier. J'aimerais tellement que l'enquête avance...

— Elle avance, Tom.

En prononçant ces mots, elle lui tendit une liasse de feuilles : les analyses du sang trouvé sur les essuie-tout et le couteau. Thomas parcourut rapidement le compte rendu et s'attarda sur la conclusion.

« A+ ».

Le sang prélevé correspondait au groupe sanguin d'Esther. Mais le laboratoire ne donnait pas seulement cette information. Il en apportait une autre. Plus troublante.

« AB- ».

Un second groupe avait été identifié.

7

De retour à la PJ, Thomas commanda une pizza. Une demi-heure plus tard, lorsque le livreur traversa le couloir, des effluves de fromage fondu et de pâte chaude dans son sillon, tous les policiers encore présents ne purent retenir des cris d'extase. Laurent se précipita même dans le bureau de Thomas pour lui proposer son aide.

— D'aide pour quoi ? demanda le commandant circonspect.

— Pour manger *ça*.

— Si tu veux qu'on partage, tu dois rester bosser avec moi !

— Sans façon. Je préfère rentrer et dîner avec ma famille.

Aujourd'hui, rares étaient les enquêteurs qui se consacraient jour et nuit à leur travail. Sauf en cas d'urgence. Le rythme avait changé ces dernières années et on ne sacrifiait plus sa vie personnelle sur l'autel de sa vie professionnelle. Le commandant appartenait aux exceptions. Et, comme si ce n'était pas suffisant, il alourdissait son planning de dossiers supplémentaires, des affaires qui ne concernaient même pas son service. Pourquoi agissait-il de la sorte ?

Pour fuir le vide abyssal de son existence.
Ici, il était utile.
Ici, il se sentait vivant.

Il ouvrit le carton à pizza et saliva devant le repas qui l'attendait. Si Béatrice avait été là, elle n'aurait pas hésité à le réprimander, ou à se moquer de lui en plantant l'index dans sa bedaine. Elle aurait assorti ce geste de ce « pouik-pouik » qui agaçait tant Thomas. Certes, il avait pris de l'embonpoint depuis leur rupture, mais il s'en fichait. Il n'avait pas envie de plaire, pas plus que de se réinvestir dans une relation amoureuse. La vie de couple était trop contraignante pour lui.

Avant de débuter sa recherche dans le TAJ, Thomas consulta son téléphone portable. Béatrice lui avait envoyé une photo de Léa, entourée de gamines de son âge : le cours de hip-hop du mercredi. « Dernière répétition avant le spectacle de vendredi. Notre fille compte sur ta présence. »

Sur le cliché, Léa portait un débardeur noir à fines bretelles qui laissait entrevoir toute sa maigreur. Ses bras étaient anormalement fins et ses clavicules saillaient sous la peau. Un autre détail était encore plus inquiétant : toutes les danseuses souriaient à l'objectif, sauf Léa, voûtée, la tête penchée sur le côté, l'air hagard.

Si nourrir l'adolescente était un combat perpétuel, à cela s'était ajouté un autre problème : l'apathie de la jeune fille. Elle passait ses soirées terrée dans sa chambre, le nez sur son portable. Elle était très secrète et se contentait de répondre par « oui » ou par « non » aux questions qui lui étaient posées. Ses résultats scolaires n'étaient plus aussi bons qu'avant.

Seule la danse semblait encore lui procurer du plaisir. Pour combien de temps ?

Thomas engloutit une première part de pizza en étalant sur son bureau les copies des analyses de sang données par Louise et lut une nouvelle fois la conclusion.

« Présence de deux groupes sanguins. »

À qui appartenaient-ils ?

Les analyses ADN permettaient d'éclaircir ce point, mais, sans suspect en garde à vue, accélérer la procédure promettait d'être compliqué. Quant aux passe-droits, ils étaient de plus en plus difficiles à obtenir.

Thomas envoya un texto à l'un de ses contacts à l'IML[1] pour lui exposer le cas et tenter de gagner du temps. Puis, il lança la base de données de Traitement des antécédents judiciaires. Si Esther était liée à une affaire, son nom ressortirait ici. Parfois, cette étape ne fournissait aucune information exploitable, pourtant elle était essentielle. Et Louise, submergée de travail, l'avait négligée.

Dans la barre de recherche, le commandant tapa « Esther Malori » et découvrit, avec stupeur, le résultat à l'écran : la jeune femme avait déposé une plainte samedi 23 décembre 2017 au commissariat de Villeurbanne.

Thomas se connecta au LRP[2] et sélectionna le service concerné. Esther avait accusé Benoît Perriot, son ex-petit ami, de viol. Détail plus troublant : elle avait retiré sa plainte le lendemain, dimanche 24 décembre.

---

1. Institut médico-légal.
2. Logiciel de rédaction des procédures de la Police nationale.

Le commandant parcourut les différentes pièces du dossier et s'attarda sur un PV de renseignements concernant le suspect. Après l'avoir lu deux fois, il rédigea un texto à l'attention de Louise :

Rendez-vous demain à 9 heures au commissariat. Nous rendrons visite à Benoît Perriot, l'ex-petit ami d'Esther. Il appartient au groupe sanguin AB-.

8

Le lendemain, Thomas arriva avec dix minutes d'avance au rendez-vous. En attendant son amie, il sortit son carnet et, sur une page blanche, traça une ligne qu'il scinda en plusieurs parties. Sous chaque section, il apposa une date et une annotation :

– *21 décembre : Le couple se sépare après six mois de relation.*

– *23 décembre : Esther Malori dépose une plainte au commissariat de Villeurbanne : Benoît Perriot l'aurait violée la veille.*

– *24 décembre : Esther revient sur ses propos et demande le retrait de sa plainte.*

Pourquoi s'était-elle rétractée ? Avait-elle eu peur ? Sa disparition avait-elle un lien avec les accusations portées contre son ex ? Avait-il décidé de faire taire celle qui le menaçait ?

Parmi toutes ces questions, l'une prévalait : pourquoi Perriot n'avait-il pas rappelé Louise ? Dans le message vocal à son attention, la capitaine l'informait de la disparition de son ancienne petite amie. Pourquoi ne s'inquiétait-il pas ? Avait-il quelque chose à se reprocher ? Si tel était le cas, accepterait-il d'ouvrir, ce matin, sa porte à la police ?

— Comment va mon poulet préféré ?

Thomas leva le nez de son carnet et découvrit la mine joviale de Louise.

— Ma poulette a-t-elle passé une bonne soirée ?
— Oui ! C'est si agréable de rentrer tôt. Une douche chaude, des makis végétariens, une série, un plaid... Le rêve ! Bon : raconte-moi cette histoire de viol présumé.

Le commandant montra la frise chronologique qu'il avait tracée et la commenta. À son tour, Louise extirpa une feuille de la poche de son manteau et la tendit à son collègue.

— Je viens de recevoir le listing de l'opérateur téléphonique d'Esther. Nous savons enfin qui se cache derrière le numéro masqué : Benoît Perriot.
— Merde !
— Je résume : Esther porte plainte contre ce type pour viol, il la contacte huit fois le jour présumé de sa disparition, et son groupe sanguin est identifié dans son appartement. Beaucoup de coïncidences, non ?
— Il faut qu'Écully s'active. Perriot est fiché. Nous devons savoir si son ADN matche.

Si on colle ce type en garde à vue, Écully se bougera. Revenons-en au viol, Tom. J'imagine qu'une enquête a suivi...

Le commandant confirma : dans la juridiction française, toute plainte déposée – même si elle était retirée par le plaignant – entraînait l'ouverture d'une enquête.

— L'affaire a été classée. Perriot n'a pas été reconnu coupable des accusations qui planaient sur lui. Dans le dossier, il est stipulé qu'Esther est revenue plusieurs fois sur ses déclarations, qu'elle a changé de version… L'idéal pour dégommer sa crédibilité.

— La plainte a-t-elle été enregistrée dans mon commissariat ?

— Non. Au commissariat de Villeurbanne.

— Pourquoi Esther est-elle allée là-bas ?

— Sans doute pour ne croiser personne de son quartier… Les victimes de viol sont souvent pétries de honte. Ce qui les encourage à se cacher. Bon, je te propose de poursuivre cette discussion sur la route.

— Oui, chef !

— Tu conduis !

— Sérieusement ?

— Bien sûr, pourquoi ?

— Mes collègues masculins ne veulent jamais. « Femme au volant… »

— Ils te font ce genre de remarques ?

— Oui.

— Ils ont de la chance de ne pas être sous mes ordres. Je les aurais envoyés au placard. On aurait vu s'ils différenciaient les balais mâles des balais femelles.

Dix minutes plus tard, le tandem se garait dans le VIIe arrondissement. Ils sonnèrent à l'interphone de Benoît Perriot, mais le jeune homme ne leur ouvrit pas. Mariette Sablon, une vieille dame à la voix tremblotante, accepta de leur déverrouiller l'entrée. Louise tambourina à la porte du suspect, sans plus de succès. Le duo décida alors de rendre visite à Mme Sablon. Elle leur proposa un café qu'ils refusèrent poliment.

— En quoi puis-je aider la police ?

— C'est au sujet de Benoît Perriot. Votre voisin du dessus.

— Ah ! Quoi encore ?

— Pourquoi « encore » ? demanda la capitaine intriguée.

— Ce jeune homme est un voyou ! Il a emménagé ici il y a deux ans et, depuis, c'est l'horreur ! Il écoute sa musique de dégénéré à fond toute la journée, il rentre tard et réveille tout le monde. Je vous épargne les cris des jeunes filles qu'il ramène chez lui...

— Quel genre de cris ?

— De jouissance, voyons ! Cet appartement est un vrai lupanar ! Puisque vous êtes là, vous pourriez le raisonner.

— Nous voulions nous entretenir avec lui, mais il ne nous ouvre pas. L'avez-vous aperçu récemment ?

— Non. Mais il est vrai que, depuis quelques jours, je n'entends plus sa musique de fou.

— Vous rappelez-vous la dernière fois où vous l'avez vu ?

— Il y a une semaine environ. Dimanche 18. Mes enfants déjeunaient avec moi quand cet énergumène a poussé le volume de sa chaîne Hi-Fi à fond. Ludovic, mon fils aîné, l'a menacé de prévenir les gendarmes. Depuis : silence absolu !

Dimanche 18 février, avait-elle dit.

Soit la veille de la disparition d'Esther.

La capitaine montra à Mme Sablon une photographie de la jeune femme.

— Reconnaissez-vous cette personne ?

— Non, désolée.

— Bien. Je vous laisse ma carte. Si Perriot est de retour, contactez-nous !

Thomas et Louise regagnèrent leur véhicule et planifièrent la suite.

— Il faut géolocaliser le téléphone portable de Perriot et checker où pointent ses derniers appels, indiqua le commandant. Auditionne ses proches, ses amis, ses clients. Cherche-le sur les réseaux sociaux. Il faut mettre la main sur ce type !

La capitaine s'arrêta à un feu rouge et prit à son tour la parole :

— Le 19 février, Perriot a contacté huit fois son ex entre 10 heures et 10 h 30. On sait aussi que, ce jour-là, aux alentours de 11 heures la voisine du dessus a entendu du bruit dans l'appartement d'Esther. Et si Perriot était allé chez elle et que la situation avait dégénéré ? Imagine la scène : il se jette sur Esther pour la violer, elle s'empare d'un couteau et blesse son ex. Il gît inconscient dans le salon, ce qui explique la flaque de sang révélée par le luminol. Esther, dans un état de choc émotionnel intense qui, comme l'a suggéré le graphologue, altère son écriture, rédige une note. Les mots qu'elle choisit ne sont pas anodins. Ils peuvent même concorder avec une éventuelle culpabilité : « Ne me cherchez pas », sous-entendu : j'ai déconné.

— Elle aurait tué Perriot et disparu avec le corps ?

— C'est mon hypothèse, soutint la capitaine.

— Comment aurait-elle descendu la dépouille jusqu'au rez-de-chaussée ?

— L'ascenseur. Et elle a pu solliciter l'aide de quelqu'un.

— Deux personnes traînent un corps sans vie, en pleine journée, dans un immeuble du centre-ville de Lyon sans attirer l'attention de quiconque ?

— Ce ne serait pas la première fois. Tout cela a pu, aussi, se dérouler durant la nuit. Nous n'avons plus de traces d'Esther à partir de 10 h 46, mais cela ne signifie pas qu'elle n'était plus vivante, non ?

Thomas ne répondit pas. Le scénario proposé par Louise était plausible. Il exigeait néanmoins d'inverser les rôles tenus par les deux protagonistes de l'histoire. Et si celle que l'on prenait depuis le début pour la victime était en réalité la coupable ?

9

— Qui cherche-t-on ? Esther ou Perriot ?
— Les deux. Leurs silences ne sont pas le fruit du hasard. Ils sont liés. Il faut interroger la brigade des mœurs de Villeurbanne au sujet du viol présumé d'Esther. Qui a recueilli la plainte, comment s'est déroulée l'enquête... Demande du renfort, Lou !
— Je te l'ai déjà dit : tout le monde bosse sur la disparition de Caroline Loumin.
— Alors je vais t'aider ! Je rencontre les mœurs pendant que tu t'occupes des recherches sur Perriot.
— Si tu commences à poser des questions sur une affaire qui ne concerne pas ton service, tu risques de t'attirer des ennuis.

Thomas fixa son amie d'un air espiègle :
— Se faire rabrouer n'a jamais tué personne, non ?

Un quart d'heure plus tard, il attendait dans le hall d'accueil du commissariat de Villeurbanne. Le fantôme d'Esther se matérialisa sous ses yeux. Il imaginait la jeune femme patienter sur l'un de ces sièges et s'armer de courage pour livrer son secret. Le commandant avait pleinement conscience de la difficulté de cette démarche. Les victimes de viol se sentent honteuses, souillées, parfois coupables. Franchir la porte d'un commissariat pour porter plainte est une épreuve que beaucoup ne parviennent pas à surmonter.

— C'est vous qui m'avez demandé ?

Thomas pivota. Un homme d'une cinquantaine d'années lui tendait la main. Avec ses bretelles, sa petite moustache et son nœud papillon, il semblait revenir d'un voyage dans le temps.

— Commandant Missot, PJ de Lyon. Je souhaite vous parler d'Esther Malori. Vous vous souvenez d'elle ?

— Bien sûr ! Ne me dites pas qu'elle est morte…

— Non. Elle a disparu.

— Disparu ? Pourquoi l'affaire a-t-elle été confiée à la PJ, alors ?

Thomas avait anticipé cette réaction. Sa légitimité à interroger un homologue des mœurs était inexistante. La meilleure parade : ignorer la question et enchaîner. Ce qu'il fit. Par chance, le policier face à lui ne s'en formalisa pas.

— Elle a porté plainte contre Benoît Perriot, son ex-petit ami et je voudrais en savoir plus sur l'enquête qui a suivi.

— Tout est dans le dossier.

— Certes, mais j'aimerais avoir votre ressenti personnel.

— Soit… Esther Malori était assez… confuse. Ses propos étaient contradictoires. Au début de l'interrogatoire, elle a affirmé être en couple avec Benoît Perriot avant d'expliquer qu'ils s'étaient séparés la veille. Autre exemple : elle s'est montrée incapable de détailler les sévices subis. Je lui ai demandé s'il y avait eu pénétration : elle n'a pas su me répondre.

— Les victimes de viol ont subi un lourd traumatisme. La réaction d'Esther semble normale.

— Certes, mais son attitude était différente des autres femmes que j'avais pu auditionner. Certaines m'ont raconté être sorties de leur corps pendant leur agression, ou s'être senties dans un état proche du coma… Dans tous les cas, elles étaient capables de décrire ce qu'elles avaient vécu. Pas elle. Son témoignage était si décousu et incohérent que, l'espace d'un instant, j'ai pensé qu'elle mentait. Ce qu'il s'est passé ensuite n'a pas joué en sa faveur. Elle a refusé de voir Danielle, notre psychologue, et quand je lui ai annoncé qu'un médecin l'examinerait pour constater les sévices, elle a répondu s'être douchée et avoir lavé ses vêtements. Son manque de coopération était troublant. Aussi, lorsqu'elle s'est présentée le lendemain pour retirer sa plainte, je n'ai pas été surpris.

— Pourquoi s'est-elle rétractée ?

— Elle n'a pas voulu me le dire. J'ai essayé de la convaincre de ne pas revenir sur ses propos, mais sa décision était prise.

— Comment a-t-elle réagi en apprenant qu'une enquête serait tout de même ouverte ?

— Elle s'est liquéfiée et a tenté d'empêcher la procédure de suivre son cours. Ce qui, vous le savez, est impossible. Le 26 décembre, nous sommes donc allés cueillir le suspect chez lui pour le placer en garde à vue. Benoît Perriot était estomaqué que sa petite amie ait pu proférer de telles accusations à son encontre. Selon lui, cette attitude s'expliquait par le surmenage de la jeune femme. Il nous a appris qu'elle était éprouvée par son travail et qu'il lui arrivait de boire pour surmonter ses angoisses.

Les publications d'Esther sur Facebook au sujet de son métier de graphiste dansèrent dans la mémoire de Thomas, mais la justification fournie par son ex lui semblait exagérée.

— Une enquête de voisinage a eu lieu, continua le policier, mais elle ne nous a apporté aucune preuve. Quant aux proches de Malori, nous n'avons pas pu les questionner : la jeune femme refusait de les mêler à cette histoire. Au bout du compte, nous étions dans la pire des situations : la parole de l'un contre celle de l'autre. Nous avions une victime qui changeait sans cesse de version et ne se pliait pas à la procédure, face à un suspect cohérent, crédible et enclin à subir des prélèvements ADN. Résultat : Perriot a été relaxé.

— Ce n'était peut-être pas la meilleure des décisions…

Vexé par cette remarque, le policier bomba le torse et se posta face au commandant. Sa mâchoire se crispa et des sillons creusèrent son front.

— Peut-être, mais elle n'a pas été prise à la légère. Nous avons déployé tous nos efforts pour aider Esther Malori. Pour l'écouter. Pour lui rendre justice. Le juge a d'ailleurs prononcé une injonction d'éloignement. Cette affaire était complexe et, depuis sa clôture, pas un jour ne s'écoule sans que je pense à cette jeune femme.

— Je comprends. J'espère juste qu'une grosse erreur n'a pas été commise.

Thomas aurait aimé ne pas employer ce ton de reproche, mais c'était impossible. Envisager que l'appel au secours d'Esther ait pu être sous-estimé à cause de ses propos incohérents l'emplissait de colère. Malgré lui, il émettait des doutes quant à la façon dont s'était déroulé le dépôt de plainte et, à cet égard, il craignait le pire. Il avait déjà entendu des homologues masculins manipuler des femmes victimes de leur compagnon : « Cet homme risque d'aller en prison. Êtes-vous certaine de vouloir gâcher sa vie ? C'est quand même le père de vos enfants ! » Ce genre de réflexion désarçonnait parfois la plus déterminée des plaignantes.

Des exemples comme celui-ci, le commandant pouvait en citer des dizaines. Une phrase extraite d'une audition était d'ailleurs devenue virale sur les réseaux sociaux. Elle rapportait les propos d'un policier au sujet d'une femme agressée sexuellement dans le métro : « Quand on a vos yeux, on marche en baissant le regard pour ne pas attirer celui des hommes. »

La culpabilisation des victimes de viol était une réalité. Ces femmes à qui l'on reproche leurs jupes trop courtes, leurs talons trop hauts, leur poitrine trop généreuse, leurs hanches girondes... Des excuses étaient régulièrement brandies pour excuser un viol et, dans cette démarche de décrédibilisation fumeuse, nombreux étaient les complices : proches suspicieux, flics pourris, système juridique bancal...

Le policier face à Thomas semblait sincère, mais avait-il effectué son travail correctement ? N'avait-il pas, malgré lui, instillé le doute dans l'esprit d'Esther ? Et le juge : avait-il manqué de preuves, de discernement et blanchi, au final, un criminel sexuel ? Si oui, cela signifiait qu'une victime avait été abandonnée à son prédateur. Une seule solution s'était imposée à Esther : rendre justice elle-même.

10

Jamais Thomas n'éprouvait de difficultés à se concentrer. Pourtant, ces derniers jours, c'était le cas. Son inquiétude au sujet de sa fille devenait obsessionnelle. Il aurait souhaité passer chaque minute de son temps libre avec Léa pour tenter d'identifier la raison de ses tourments. Depuis lundi, il ne cessait de lui envoyer des textos auxquels elle répondait de manière laconique. Ce mutisme le désolait. Mais il ne pouvait pas reprocher à Léa ses réticences à se livrer. Elle était comme lui : secrète et pudique. Souvent, il se remémorait le gamin qu'il était : quels mots aurait-il aimé entendre ? Aurait-il accepté de confier ses problèmes à un adulte ?

Alors qu'il rédigeait un nouveau message à l'attention de Léa, la porte de son bureau s'ouvrit avec fracas. Les cloisons tremblèrent et le portemanteau tangua. Louise apparut dans l'encadrement.

— T'es folle d'entrer comme ça ! reprocha Thomas.

— Désolée, mon poulet.

— Arrête de m'appeler « mon poulet ».

Elle brandit un sachet en kraft :

— Je suis allée m'acheter à manger et je me suis dit qu'on pourrait déjeuner ensemble. J'ai pris un poulet mayonnaise pour toi et un tofu sauce sésame pour moi.

— On mange maintenant ? Quelle heure est-il ?

— Midi et demie.

Thomas ronchonna : il avait perdu du temps ce matin avec la disparition d'Esther et ses propres dossiers n'avaient pas avancé.

Constatant l'abattement de son ami, Louise entreprit de lui masser les épaules avec vigueur. Le commandant hurla de douleur en la repoussant.

— Tu es aussi douce qu'un chat dans sa litière.

— Je voulais être sympa. Bon, on juge mes compétences de kiné ou tu me racontes ta visite aux mœurs ?

Thomas résuma son entretien avec le policier en insistant sur les incohérences d'Esther, son refus de coopérer et la docilité inattendue du suspect.

— Affaire classée, conclut-il. Perriot a été blanchi avec seulement une mesure d'éloignement. J'espère qu'une mauvaise gestion des interrogatoires n'a pas conduit Esther à revenir sur ses propos ou à être incohérente.

— Ce qui arrive avec les personnes fragiles, souligna Louise. Mais Esther n'a pas l'air d'appartenir à cette catégorie.

— Ne nous en tenons pas au ressenti de sa famille. D'après les mœurs, Esther n'aurait pas souhaité mêler ses proches à l'enquête. Pourtant, Anaïs m'a certifié que, si sa sœur avait rencontré des problèmes, elle lui en aurait parlé… Ce qui n'a pas été le cas. À toi ! Du nouveau sur Perriot ?

— J'ai une bonne et une mauvaise nouvelle. La mauvaise : Bertrand s'est penché sur la géolocalisation du portable : éteint ! L'appareil a borné pour la dernière fois lundi 19 février à 13 h 21, dans le secteur où habite notre suspect. La bonne : j'ai le numéro de téléphone de ses parents. On pourrait profiter de notre pause pour les appeler…

Le commandant ne se fit pas prier pour composer les dix chiffres que lui dictait Louise. Il activa le haut-parleur et, à l'issue de la troisième sonnerie, une femme répondit.

— Madame Perriot ?
— Elle-même.
— Capitaine Louise Arsac. Je vous contacte au sujet de Benoît, votre fils.
— Lui est-il arrivé quelque chose ?

Le tandem ne pouvait répondre avec certitude à cette question et Louise préféra se montrer rassurante :

— Non, ne vous inquiétez pas. Avez-vous eu de ses nouvelles récemment ?
— Nous nous sommes appelés il y a quelques jours, dit-elle hésitante.
— Pourriez-vous me donner la date exacte ?
— Je vais consulter mon journal d'appels. Ne quittez pas… Voilà : lundi 19 février, à 12 h 30.
— Comment allait-il ?
— Bien. Il projetait de partir en vacances. Il a promis de me téléphoner à son retour.
— Vous a-t-il dit où il allait ?
— En Haute-Savoie, mais il n'a pas précisé où. Excusez-moi : y a-t-il un problème avec Benoît ?

— En réalité, c'est son ex-petite amie que nous cherchons. Elle a disparu depuis le 19 février.

— Esther Malori ?

La voix de Mme Perriot trahissait tout son mépris à l'égard de la jeune femme. Thomas indiqua à Louise de poursuivre dans cette direction.

— Vous a-t-il parlé d'elle ?

— Et comment ! Cette petite garce lui a gâché la vie ! Elle l'a séduit et vampirisé avant de le jeter comme une vieille chaussette alors qu'il était fou amoureux d'elle. Comme si ce n'était pas suffisant, elle l'a traîné dans la boue avec ses mensonges et l'a accusé, à tort, de viol !

— Pourquoi aurait-elle menti ?

— Pour l'argent. Elle avait flairé le bon parti.

La famille Perriot appartenait à une classe sociale aisée : le père était un promoteur immobilier incontournable de la région ; la mère officiait dans un cabinet d'architectes. Esther avait-elle fait chanter son ex-petit ami ? Anaïs avait pourtant assuré que sa sœur ne rencontrait pas de problèmes financiers, mais, encore une fois, n'y avait-il pas quelque secret que la graphiste avait choisi de ne pas ébruiter.

— Nous ne parvenons pas à joindre votre fils, l'informa Louise. Pourriez-vous essayer ?

— Vous envisagez de reprendre les poursuites ?

— Nous voulons seulement nous entretenir avec lui. Il est peut-être l'une des dernières personnes à avoir vu Esther Malori avant qu'elle disparaisse.

L'hésitation se devina dans la voix de Mme Perriot mais elle acquiesça.

La conversation terminée, Thomas soumit à sa collègue l'hypothèse des soucis financiers d'Esther.

Elle lui rappela que les comptes en banque de la jeune femme avaient été décortiqués et qu'aucun problème d'argent n'était apparu. La graphiste avait même des économies placées sur un livret d'épargne. Le commandant jeta son reste de sandwich devant lui et croisa les bras sur la poitrine. Louise devina sa lassitude et tenta de le rassurer. Il aurait aimé croire chacun de ses mots, hélas, plus le temps passait, plus le pessimisme s'installait dans son cœur.

À 14 heures, la capitaine quitta Thomas qui décida de consacrer son après-midi à ses dossiers en cours. Prendre du recul avec la disparition d'Esther serait bénéfique. Ses mains commencèrent à courir sur le clavier pour ne s'arrêter qu'à 17 heures, lorsque son téléphone portable sonna. Au bout du fil, Louise, incapable de contenir son excitation :

— Mme Perriot vient de m'appeler. Elle a laissé plusieurs messages à son fils dans lesquels elle disait être inquiète. Il n'a répondu à aucun ! Elle a contacté Édouard et Fred, ses meilleurs amis, et même eux ne savent pas où il est !

Puis elle marqua une pause avant de conclure :

— Cette fois, c'est une certitude, Tom. Nous n'avons plus un problème de disparition, mais deux.

11

Le lendemain, Thomas arriva à la PJ aux aurores. Ce n'était pas la disparition de Perriot qui l'avait empêché de dormir, mais son inquiétude au sujet de Léa. La veille, en fin d'après-midi, Béatrice l'avait appelé, catastrophée. Elle avait surpris leur fille en train de se forcer à vomir dans les toilettes. En urgence, elle l'avait conduite chez le médecin. Le verdict était tombé : « trop maigre pour son âge. »

Des mots lourds de sens avaient été prononcés : troubles du comportement alimentaire, anorexie. Le médecin avait terminé la consultation par la prescription d'une prise de sang. À l'ordonnance, il avait joint un courrier destiné à un confrère psychologue.

À 18 heures, Thomas s'était précipité chez son ex-femme. Léa était au lit, amorphe. Il s'était allongé près d'elle et l'avait suppliée de se confier. Seul le silence lui avait répondu. Désemparé, il avait tendrement caressé les cheveux de sa fille, l'avait bordée et était parti.

Une longue nuit blanche avait suivi.

Ne supportant plus de voir les chiffres rouges défiler sur le réveil, Thomas s'était levé et mis en route pour la PJ. Enfermé dans son bureau, il allait profiter du calme ambiant pour rattraper son retard. Il étala les brouillons les plus urgents devant lui et un profond sentiment d'inutilité l'envahit. Taper à l'ordinateur les PV en retard, les vérifications, les réquisitions, les constatations. Remplir des dossiers, se pencher sur la notation de son équipe, gérer les heures supplémentaires sur Geopol[1]. Passer d'innombrables coups de fil. Lire et répondre à des centaines d'e-mails... Quand des inconnus lui demandaient quelle profession il exerçait, Thomas répondait : « secrétaire », réplique qui avait d'ailleurs beaucoup amusé Anaïs lors de leur rencontre. Sa vie de flic ne ressemblait en rien à celle décrite dans les romans. Jamais les lecteurs n'auraient frémi en suivant les faits et gestes du commandant. Pire : ils se seraient assoupis devant tant de monotonie. Aussi, Thomas ne blâmait pas son amie romancière lorsqu'elle s'écartait du cadre rigoureux des procédures judiciaires. Lui-même appréciait de dévorer des polars nerveux dans lesquels les flics s'apparentaient plus à des justiciers qu'à des fonctionnaires de l'État, le nez dans leur paperasse.

Thomas avait choisi de devenir commandant, grade qui représentait pour lui l'évolution logique de sa carrière. Il avait conscience que le terrain lui manquerait, sans imaginer toutefois à quel point son quotidien serait pollué par les obligations administratives et par la hiérarchie. L'homme d'action qu'il était avait rapidement éprouvé de la frustration. C'est d'ailleurs pour y remédier qu'il s'invitait volontiers sur l'affaire Malori.

---

1. Le système Geopol est un logiciel de gestion des horaires de la Police nationale.

La matinée s'écoula et, alors que Thomas s'apprêtait à se servir un café, son téléphone sonna.

— Perriot est de retour chez lui ! hurla Louise à l'autre bout du fil.

— Quoi ?

— La voisine vient de m'appeler. Elle l'a vu monter les escaliers, une grosse valise à la main. Je passe te prendre à la PJ et on file lui rendre visite !

Une demi-heure plus tard, Louise et Thomas se garaient dans le VIIe. Mme Sablon les attendait, assise derrière sa fenêtre. Dès qu'elle les vit en bas de l'immeuble, elle quitta son fauteuil pour déverrouiller la porte du hall. Les deux policiers grimpèrent jusqu'au troisième étage et toquèrent chez Benoît Perriot. Lorsqu'il ouvrit, la capitaine lui brandit sa carte sous le nez.

— C'est à quel sujet ? bégaya-t-il.

Thomas savait qu'il ne fallait jamais s'en tenir à la première impression, mais celle que lui fit le jeune homme était ambiguë. Son regard fuyant et ses gestes hésitants lui donnaient des allures de bête apeurée, mais son physique avantageux et sa musculature imposante le rangeaient aisément dans la catégorie des séducteurs nés.

— Nous sommes à la recherche d'Esther Malori et nous voudrions savoir pourquoi vous avez l'appelée huit fois lundi 19 février.

Instantanément, Benoît recula d'un pas. Il prit conscience qu'en plus de subir un interrogatoire improvisé il était soupçonné de la disparition d'une femme. Il croisa les bras sur la poitrine, tourna la tête et fixa une affiche de film punaisée contre un mur : *Le Village* de M. Night Shyamalan.

— Nous nous sommes séparés au mois de décembre, murmura-t-il. Je voulais renouer avec elle.

— C'est elle qui a rompu ?

— Oui. Dès qu'elle a compris que notre relation devenait sérieuse, elle s'est envolée.

— Combien de temps êtes-vous restés ensemble ?

— Six mois.

— Revenons-en aux huit coups de fil. Esther ne vous répond pas et vous lui rendez visite.

— Pardon ? Non, pas du tout ! Je...

— Alors comment expliquez-vous la présence, dans sa poubelle, de votre sang sur des essuie-tout ?

En réalité, rien n'indiquait aux enquêteurs que le sang prélevé datait du 19 février, ni qu'il appartenait à Perriot : les analyses ADN n'avaient pas encore parlé. Concrètement, Louise et Thomas n'avaient aucune preuve de la présence du jeune homme dans l'appartement d'Esther le jour de sa disparition. La technique du bluff était risquée mais elle pouvait porter ses fruits. Ce qui fut le cas. Les joues de l'ex-amant se teintèrent d'un rouge écarlate. Il tendit les mains devant lui en signe d'apaisement.

— OK, ça va ! Je peux tout vous expliquer. Oui, je suis allé la voir. Qu'elle ignore mes appels me brisait le cœur. Je voulais juste la convaincre de redonner une chance à notre couple.

— Quelle heure était-il ?

— 11 heures, je crois. Elle m'a d'abord reçu sur le palier et m'a répété mille fois que c'était fini...

— Mais vous avez insisté ?

— Oui.

— Que s'est-il passé ?

— Elle refusait de m'écouter alors... j'ai forcé le passage pour entrer chez elle. Elle s'est mise à hurler. J'ai essayé de la calmer, mais elle était en transe. Une vraie furie ! Je ne la reconnaissais pas... Elle avait cette lueur dans les yeux... Terrifiante... Très vite, j'ai compris qu'Esther n'était pas dans son état normal. Ensuite, elle s'est précipitée dans la cuisine et...

Benoît marqua une pause. Il pouvait choisir de se taire à tout instant. « Je ne parlerai qu'en présence de mon avocat, blablabla. » Il ne fallait surtout pas que cela se produise. Le commandant décida de prendre le relais :

— Vous avez été coopératif jusqu'à présent, monsieur Perriot. Il n'y a aucune raison de ne plus l'être. Poursuivez, je vous prie.

— Esther s'est précipitée dans la cuisine pour s'emparer d'un couteau et elle m'a menacé. Son visage était tordu par la haine. J'ai assuré ne lui vouloir aucun mal, mais elle s'en fichait. Elle hurlait. J'ai essayé de la désarmer, mais la lame a glissé dans ma main.

Tout en relatant cette scène, Benoît montra sa paume droite : elle était striée d'une cicatrice.

— Dans la panique, Esther s'est blessée, elle aussi. C'était... Horrible... Je ne comprenais pas comment nous avions pu en arriver là... Nous étions tous les deux en pleurs. Je suis allé chercher du Sopalin pour que l'on essuie nos blessures. J'ai insisté pour conduire Esther à l'hôpital, mais elle a refusé. Je me suis penché pour l'aider à se relever mais elle m'a repoussé en criant : « Si tu restes une

minute de plus dans cet appartement, je te tue. »
J'ai abdiqué et je suis parti. Une fois chez moi, j'ai appelé ma mère pour la prévenir que je prenais des vacances. Et j'ai plié bagage.

— Où êtes-vous allé ?
— Dans les Alpes. À Combloux.
— Où avez-vous dormi ?
— À l'hôtel des Randonneurs.

Devant l'absurdité du récit qu'il venait d'entendre, le commandant resta bouche bée : un homme se dispute violemment avec son ex-compagne, la laisse derrière lui blessée et court se réfugier dans les sommets enneigés.

— Pourquoi étiez-vous injoignable ?
— J'avais éteint mon portable et déconnecté ma boîte mail. Fini la famille, les potes, les filles, le travail : je voulais disparaître. J'ai même pensé à... Bref... Hier soir, quand j'ai vu les appels de mes amis et l'inquiétude de ma mère, je me suis dit que l'heure était venue de rentrer.

Louise soupira et Thomas devina qu'elle était aussi dubitative que lui. Cet homme n'était-il pas trop bavard pour un innocent ?

— Votre façon de vous livrer est déconcertante, commenta la capitaine.

— Parce que je n'ai rien à cacher ! Oui, j'ai forcé la porte d'Esther. Oui, nous nous sommes disputés. Oui, j'ai déconné. Mais en aucun cas je ne suis responsable de sa disparition. Elle était vivante quand je suis parti, je vous le jure !

Thomas se remémora la conclusion de Xavier après l'inspection de l'appartement d'Esther au luminol. Une flaque de sang avait été nettoyée sur le parquet du salon, mais ce détail prouvait-il la culpabilité de Perriot ? Esther était-elle – comme il l'affirmait – consciente après leur affrontement ? Et s'il l'avait tuée par accident ? Il aurait alors paniqué et emmené la jeune femme pour se débarrasser du corps...

Ce scénario tissé, Thomas décida d'aborder la plainte pour viol. Contre toute attente, ce sujet ne dérouta pas le suspect :

— Esther m'a accusé d'avoir abusé d'elle le lendemain de notre séparation. Je peux vous certifier qu'elle a tout inventé !

— Vous lui en voulez ?

— Évidemment !

— Dans ce cas, pourquoi avez-vous tenté de la reconquérir ?

Incapable de se justifier, Benoît fixa la capitaine sans prononcer un mot.

Elle reprit :

— Un autre point m'interpelle. Dans votre dossier, il est stipulé que, même si l'affaire a été classée sans suite, vous étiez tenu de ne plus approcher Esther Malori. Pourquoi avoir pris ce risque ?

— Je voulais qu'elle me pardonne. Et qu'elle s'excuse.

— Qu'elle s'excuse ?

— Esther m'a sali avec ses mensonges. Elle a ruiné ma vie ! J'ai perdu la moitié de mes clients ; certains de mes amis se sont détournés de moi et j'ai sombré dans la dépression. Le juge m'a reconnu innocent, mais je dois vivre, au quotidien, avec le poids de ces accusations. Dans toute cette histoire, il n'y a qu'une seule victime : moi !

La justice n'avait pas pu prouver la culpabilité de Perriot dans cette affaire de viol présumé. Esther avait-elle menti dans le seul but de nuire à son ex ou, comme l'avait suggéré Mme Perriot, pour le plumer ?

S'il devait garder ces hypothèses à l'esprit, le commandant n'oubliait pas que, toutefois, celle qui manquait aujourd'hui à l'appel était la jeune femme, que Perriot était le dernier à l'avoir vue et qu'il avait choisi de disparaître pendant plus d'une semaine. Une attitude qui ne correspondait pas vraiment à celle d'un innocent.

12

Ce vendredi 2 mars, plusieurs heures d'interrogatoire s'écoulèrent sans que la capitaine obtienne d'avancée significative quant à la disparition d'Esther Malori.

Au commissariat, Perriot maintint la version délivrée le matin même dans son appartement. Elle se résumait à quelques mots : le 19 février, à 11 heures, il avait rendu visite à son ex, les deux anciens amants s'étaient battus, et Benoît était reparti laissant derrière lui la jeune femme blessée, mais vivante. « C'est tout », avait-il conclu, penaud.

Thomas aurait aimé superviser cette audition, mais l'enquête ne lui appartenait pas. Le commandant Jourdin – le supérieur de Louise – s'était d'ailleurs employé à le lui rappeler dans un e-mail cinglant. Il lui ordonnait de s'écarter du dossier Malori – ou de saisir la PJ après accord du parquet – et le menaçait, s'il s'entêtait, d'en référer à sa hiérarchie. Derrière son écran, Thomas avait traité son homologue de *connard*, avant d'admettre qu'il avait raison.

Vers 14 heures, grâce à la garde à vue de Perriot, Louise put exiger, en urgence, les analyses du sang sur les essuie-tout, et celles du sperme recueilli sur la culotte d'Esther. L'ADN était bel et bien celui de Benoît. Cette information capitale fut utilisée pour déstabiliser le suspect. Sans succès. Il assurait être victime d'un plan machiavélique orchestré par son ex. Qu'elle aurait conservé ce sous-vêtement sale pour l'incriminer à la première occasion.

En définitive, les enquêteurs ne parvenaient pas à déterminer si Perriot les manipulait avec brio ou s'il était tout simplement honnête. De son côté, Louise occultait avec difficulté la facilité avec laquelle il s'était livré le matin même, ni sa coopération lorsqu'en décembre il avait accepté que son ADN soit prélevé alors qu'Esther, la victime, refusait toute expertise médicale ou psychologique.

— Je suis perdue, soupira Louise au téléphone, après avoir terminé son compte rendu à Thomas.

— Ces dossiers « parole contre parole » sont les pires.

— Oui. J'ai préféré confier la suite de l'interrogatoire à l'un de mes collègues. Je n'y voyais plus assez clair. Quand je suis retournée dans mon bureau, un Post-it avec un numéro de téléphone m'attendait. À 17 heures, l'accueil a reçu un appel d'une certaine Gaëlle qui souhaitait s'entretenir avec le policier en charge de l'enquête Malori. Cette femme aurait reconnu Esther sur un avis de recherche relayé via Facebook. Apparemment, elle dispose d'informations sur Benoît Perriot, mais aussi sur une autre femme disparue en décembre. Je m'apprêtais à contacter cette Gaëlle. Si tu veux te joindre à moi, tu es le bienvenu !

Ravi d'entendre une telle proposition, le commandant courut jusqu'à sa voiture. Dix minutes plus tard, il arrivait au commissariat du IIIe. Dans le couloir, il évita Jourdin, accoudé à une photocopieuse. Thomas se faufila dans un recoin et patienta. Lorsqu'il entendit le chef de Louise s'éloigner, il se remit en marche, direction le bureau de sa collègue.

— Tu as l'air nerveux, remarqua-t-elle.

— Jourdin m'a envoyé un e-mail assassin, ce matin.

— Dans lequel il te recommandait de rester à ta place ?

— Exact... Faut pas qu'on déconne, Lou.

— Compte sur ma discrétion, mon poulet.

— Je participe à ce rendez-vous téléphonique et après : stop !

— Oh non ! J'aime tellement bosser avec toi...

— Si tu en as tant envie, je t'informe d'une ouverture de poste dans mon service. Le capitaine de mon équipe s'en va.

— Anthony ?

— Oui. Il me l'a annoncé hier. C'était un chouette garçon. Irremplaçable. Enfin, sauf peut-être par toi.

— Tu connais ma réponse : je déteste travailler avec les cadavres. Si je t'ai rendu mon tablier il y a quelques années, c'est pour cette raison. Et si tu intégrais mon équipe ?

— Pour suivre les directives de ce bras cassé de Jourdin ? Jamais de la vie ! Sérieusement, Lou : étudie ma proposition.

— Promis ! Mais ne te berce pas d'illusions. En attendant, passons notre coup de fil !

La capitaine s'empara de son téléphone et composa le numéro inscrit sur le Post-it. Elle tendit à Thomas un bloc-notes et un stylo.

— Je mène la danse. Si tu as des questions ou des remarques, inscris-les ici.

À ce moment-là, la voix de Gaëlle Gordeau s'éleva dans le bureau. Louise se présenta et exposa les quelques détails du dossier Malori qu'elle était autorisée à partager. Gaëlle écouta avec attention, avant de livrer son témoignage :

— Samedi 9 décembre, je suis allée au Venice Club, une boîte de nuit située en périphérie de Saint-Étienne. Mes potes et moi nous sommes donnés rendez-vous sur un parking, vers la Part-Dieu. Nous étions assez nombreux. Une quinzaine, je crois, répartis dans quatre véhicules. Vous savez comment se déroule ce genre de soirées : les amis d'amis invitent d'autres amis... Et parmi tous ces gens se trouvait Esther Malori. Je me souviens d'elle car nous avons beaucoup discuté ce soir-là.

Immédiatement, le commandant se rappela les propos d'Anaïs. Elle avait assuré que sa sœur n'était pas sociable, qu'elle n'aimait pas sortir et qu'elle ne fréquentait personne sur la région. Il inscrivit quelques mots sur le bloc-notes et le tendit à Louise qui formula la question :

— Esther vous a-t-elle semblé intégrée au groupe ?

— Non, elle était en retrait. Tout le contraire de son mec. À mon avis, il avait insisté pour qu'elle l'accompagne, mais elle se fichait éperdument d'être là.

— Parlez-nous de son petit ami.

— Un blond aux yeux bleus plutôt beau gosse. Un certain Benoît.

Gaëlle s'interrompit. Se confier semblait la terroriser. Louise la rassura :

— Poursuivez. Votre témoignage est très important pour notre enquête.

— Nous avons quitté la Part-Dieu et, une heure plus tard, nous nous sommes présentés devant la boîte de nuit. Les garçons étaient déjà bien éméchés. Le videur nous a tout d'abord refusé l'accès. Nous, les filles, avons promis de surveiller nos hommes et, à force d'insister, il nous a permis d'entrer. Nous nous sommes assis dans un petit salon sous une alcôve et nous avons commandé à boire. J'ai tout de suite sympathisé avec Esther. Elle m'a dit qu'elle habitait le IIIe arrondissement de Lyon – comme moi – et qu'elle était graphiste indépendante. Je lui ai parlé de ma marque de fringues – je suis styliste – et du logo dont j'avais besoin. Elle s'est proposée de m'aider et m'a tendu sa carte de visite. Une fille assez froide au premier abord, mais en définitive très sympa. Cyrielle a ensuite rejoint notre conversation. Une nana de Saint-Étienne qui sortait avec l'un des mecs de notre groupe. Esther et Cyrielle semblaient se connaître. Elles se sont prêté un truc, un livre ou un Blu-ray, je n'ai pas bien vu. Cyrielle a dit à Esther : « Réfléchis-y. » Ces mots m'ont intriguée, mais je n'ai pas voulu questionner les filles. Leurs histoires ne me regardaient pas. La soirée a suivi son cours. Un DJ très prisé avait été invité pour mixer et, lorsqu'il s'est mis aux platines, nous nous sommes tous rués sur la piste de danse. Sauf Cyrielle et Benoît qui sont restés dans les fauteuils à siroter leur cocktail.

— Esther a-t-elle dansé ? s'étonna Louise.

— Oui. Elle était un peu ivre. Boire l'aidait à se sociabiliser, d'après ce qu'elle m'a confié. Le DJ a terminé son set et nous sommes retournés nous asseoir. Cyrielle et Benoît n'étaient plus là. J'ai senti de l'inquiétude chez Esther. Une inquiétude démesurée que j'ai attribuée à de la jalousie.

— Elle n'aimait pas l'idée que son mec se soit éclipsé avec une autre nana ?

— Sans doute. Même si rien ne prouvait qu'ils s'étaient éclipsés ensemble. D'ailleurs, Benoît a réapparu quelques minutes plus tard : il était allé fumer à l'extérieur. Nous lui avons demandé s'il savait où était Cyrielle. Il a assuré que non. Les garçons sont donc partis à sa recherche. Bar, piste de danse, toilettes, vestiaire... Nous l'avons appelée sur son portable. Pas de réponse. Nous étions tous préoccupés. Sauf Benoît. Son détachement était... surprenant. Sans oublier que nous l'avions laissé en tête à tête avec notre amie une heure plus tôt...

Il y eut une pause et le commandant devina que Gaëlle allumait une cigarette. Elle aspira quelques bouffées avant de poursuivre :

— J'ai vu l'avis de recherche d'Esther sur Facebook et je me suis tout de suite souvenu de son petit ami, cet homme qui avait vu Cyrielle pour la dernière fois...

— Pour la dernière fois ?

Gaëlle ne put contenir un rire forcé.

— Vous devriez vous rapprocher de vos homologues stéphanois, car une enquête a été ouverte dimanche 10 décembre. C'est nous qui avons prévenu la police lorsque nous avons trouvé la voiture de Cyrielle sur le parking du club, avec, sur le siège passager, son sac à main et son téléphone portable. Et depuis cette nuit-là, nous sommes sans nouvelles d'elle.

13

— On t'attend, Tom ! Où es-tu ?
Le commandant regarda sa montre et jura. 19 h 12.
— J'ai zappé...
— Putain, Tom !
— Je suis désolée, Béa.
— Léa traverse une période difficile. Elle comptait vraiment sur ta présence.
— Passe-la moi !
Quelques secondes s'écoulèrent durant lesquelles Thomas se prépara à un affrontement. La suite lui prouva qu'il avait eu raison de craindre le pire.
— Je ne viendrai pas à ton spectacle, ma puce.
— Quoi ?
— Ne m'en veux pas, Léa.
— Je te déteste, papa ! Tu m'entends ? Je te hais !
Puis il y eut un « clic ».
Sans attendre, Thomas recomposa le numéro de Béatrice :
— Je veux parler à Léa, cria-t-il.
— Tu la rappelleras demain. Elle semble très en colère contre toi.
Il fallut quelques instants à Thomas pour digérer cet échange. L'attitude de sa fille l'avait bouleversé.

D'une certaine façon, il était heureux qu'elle exprime enfin un ressenti, mais elle l'avait fait de manière si soudaine, si brutale… Béatrice avait raison : il devait être plus présent. Léa avait besoin d'être soutenue et lui, comme un imbécile, préférait s'occuper de dossiers ne le concernant même pas.

Déterminé à se racheter, il sortit des toilettes où il s'était isolé et décida de quitter le commissariat. Il avait dix minutes pour se rendre à la salle de spectacle où sa fille se produisait ce soir.

Quand il fut certain que Jourdin ne traînait pas dans les parages, il regagna le bureau de sa collègue.

— Je dois partir, Lou. Impératif familial.
— Un problème avec Léa ?
— Oui.
— Envie de te confier ?
— Non. Nous ferons un point sur l'affaire Malori demain matin, d'accord ?
— Bien sûr. J'ai prévu de reprendre la main sur l'interrogatoire de Perriot. Je vais lui parler de Cyrielle Ortiz. Les comptes rendus d'interrogatoires montrent qu'il a été questionné à l'époque, mais que rien n'a été retenu contre lui. Et les caméras de surveillance sur le parking n'ont apporté aucun renseignement.

Le rapport de Louise fut interrompu par l'appel d'un officier. Thomas allait s'esquiver, mais son amie lui signifia de patienter. Elle raccrocha et entraîna le commandant dans le couloir : un homme avait reconnu Esther Malori sur un avis de recherche. Il voulait s'entretenir avec la capitaine en charge de l'enquête.

Après s'être assurés que la voie était libre, Thomas et Louise s'élancèrent en direction du hall principal. Un homme d'une cinquantaine d'années, le crâne rasé, la barbe naissante et l'air fatigué, les attendait. Il serra vigoureusement la main des deux policiers et leur montra la photo d'Esther parue dans le journal.

— Je suis chauffeur de taxi et, le 19 février, j'ai pris cette jeune femme en course. À 12 h 16, précisément ! C'est écrit dans mon carnet. Regardez ! Je note tout ! Mon épouse se moque de moi, mais elle a tort ! La preuve : ça peut servir.

Thomas était estomaqué par cette nouvelle. Après son altercation avec Benoît, Esther avait quitté, seule, son appartement et ce chauffeur de taxi devenait ainsi la dernière personne à l'avoir vue vivante.

— Vous rappelez-vous d'un détail concernant Esther ?

— Oh oui ! Impossible d'oublier son visage maculé de sang. Quand elle m'a hélé, j'étais persuadé qu'elle voudrait être conduite à l'hôpital. Il n'en était rien.

— Où l'avez-vous déposée ?

— À Feyzin. L'adresse exacte est aussi notée dans mon carnet.

— Comment se comportait-elle ?

— Elle n'était pas dans son état normal. Elle semblait ivre. Ou droguée.

— Vous a-t-elle payé la course ?

— Oui. Un billet de cinquante euros. Elle a refusé la monnaie.

— Vous a-t-elle parlé durant le trajet ?

— Je l'ai questionnée, mais elle ne m'a pas répondu. Elle a gardé le front collé contre la vitre et n'a pas bougé. Elle était comme... paralysée. Nous sommes arrivés à destination, je l'ai déposée et je suis reparti. J'ai beaucoup pensé à elle au cours de la journée. J'étais inquiet d'avoir laissé cette fille blessée et désorientée dans un endroit aussi lugubre...

— Lugubre ?

— Une usine désaffectée. Quand j'ai découvert l'article dans le journal et que j'ai compris que cette femme avait disparu, j'ai eu un choc. J'aurais dû suivre mon instinct et aider cette pauvre fille. L'emmener à l'hôpital sans lui demander son avis. Mais je l'ai abandonnée. Si vous saviez comme je regrette...

— Vous êtes venu au commissariat pour témoigner, c'est déjà bien.

— Peut-être. Pourtant, plus j'y pense, plus cette histoire me ronge. Je n'oublierai jamais cette femme. Chaque matin, dès que je me réveille, je revois sa silhouette s'éloigner. Avec son dos voûté et ses pieds nus...

— Nus ? coupa Louise.

— Oui. Quand j'ai remarqué ce détail, j'ai attendu un instant au volant de ma voiture. Comme pour m'assurer que cette jeune femme n'était pas en danger... Mais elle s'est enfoncée dans la brume et a disparu.

14

Le spectacle de Léa avait commencé depuis une demi-heure. Thomas s'installa au fond de la salle en prenant garde à ne pas faire de bruit. Il tenta de se concentrer sur le groupe d'adolescentes qui dansaient sur scène. En vain.

L'affaire Malori l'obnubilait.

Une théorie s'imposait peu à peu.

Elle se résumait à un mot.

Le commandant activa le mode silencieux de son portable et s'enfonça dans sa chaise en plastique.

Une équipe venait d'être envoyée à l'adresse indiquée par le chauffeur de taxi : Textiles Grimaud, zone industrielle des Biches, Feyzin.

Que trouveraient-ils sur place ?

Thomas imaginait le pire : Esther, les veines ouvertes, baignant dans une mare de sang séché au cœur d'une usine désaffectée.

La jeune femme n'avait pas voulu rendre justice elle-même comme les enquêteurs le pensaient. Elle avait décidé de fuir une vie de souffrance.

Oui, l'hypothèse la plus probable se résumait à un mot.

« Suicide. »

DEUXIÈME PARTIE

– Mourir –

15

Lundi 4 mars 2019

Les lueurs crues du soleil d'hiver baignaient les Textiles Grimaud. Un voile brumeux enveloppait l'usine désaffectée, lui conférant une aura particulière. L'atmosphère était fantasmagorique. Inquiétante. Lugubre. Ce dernier mot avait d'ailleurs été choisi par le chauffeur de taxi d'Esther pour décrire cet endroit. Arbres sans feuilles, bitume éventré, grillages arrachés, murs tagués, détritus jonchant le sol : tous ces détails confinaient à la tristesse et à la mélancolie.

Au loin, de hautes cheminées s'élevaient dans le ciel et crachaient une fumée grise, opaque. Elles étaient partiellement masquées par la végétation sauvage, coupant encore plus les Textiles Grimaud de toute civilisation.

Pour parfaire ce sinistre tableau, cinq corbeaux – derniers résidents de ce site à l'abandon – croassaient sur une ligne électrique. L'être humain avait déserté cette usine pourtant construite de ses mains, la livrant aux intempéries et aux affres du temps. La société Grimaud avait été liquidée en 2008, entraînant le licenciement de cent deux salariés. Il ne demeurait rien de ce passé flamboyant, sinon un imposant bâtiment en ruines à la façade sombre et poussiéreuse. Un vaisseau fantôme.

En se garant sur le parking, Thomas fut surpris de ne pas voir de journalistes agglutinés contre les grilles. Avant qu'il occupe son poste actuel, gérer la presse lui incombait. Cette tâche complexe reposait sur un fragile équilibre : délivrer suffisamment d'informations pour garantir la tranquillité des opérations sans toutefois compromettre l'enquête.

Tout en consultant sa montre – 11 heures –, le commandant se mit en marche vers la scène de crime. Ici, il avait la sensation d'être hors du temps, dans un autre monde. Contre toute attente, cette atmosphère inquiétante possédait un charme singulier et exerçait sur lui un pouvoir d'attraction qu'il n'aurait su décrire. Après s'être senti désarçonné par cette perception équivoque, il se rassura : il n'était pas le seul à être touché par une telle esthétique. Le photographe qui s'était introduit sur ce site à la beauté énigmatique, pour l'immortaliser, partageait aussi cette fascination.

Avant de pénétrer dans l'usine, Thomas extirpa une photo de son blouson. Elle l'accompagnait depuis le début de l'enquête.

Le portrait d'Esther.

Ce cliché avait été diffusé dans la presse et sur les réseaux sociaux, ce qui avait attiré l'attention de Gaëlle Gordeau et celle du chauffeur de taxi qui avait communiqué aux policiers l'adresse où Esther avait demandé à être déposée.

Ici même.

Une théorie s'était immédiatement imposée à Thomas : la disparue avait choisi ce lieu reculé pour se suicider. Se cacher pour mourir : une pratique courante chez les personnes désespérées. Quant à ses motivations, elles s'expliquaient par la raison suivante : la jeune femme, violée à plusieurs reprises par son ex-petit ami, avait été abandonnée de tous et avait décidé de mettre un terme à une existence aussi douloureuse que dangereuse. Morte, elle ne subirait plus de violences et, surtout, plus d'injustice.

Dans l'heure qui avait suivi le témoignage du chauffeur de taxi, des policiers s'étaient rendus aux Textiles Grimaud pour inspecter le bâtiment et les alentours. Mais le crépuscule avait rendu les investigations délicates. Le lendemain, un groupe était retourné sur place accompagné de la police technique et de l'équipe cynophile. Un chien pisteur avait flairé la trace de la jeune femme jusqu'à une salle de teinture.

Des battues avaient été organisées. Les Malori s'étaient associés aux recherches. Un hélicoptère avait survolé la zone.

Esther était restée introuvable.

Un an s'était écoulé.

Thomas était revenu de nombreuses fois, en solitaire, déambuler sur le parking des Textiles Grimaud. Au fil des saisons, le scénario du suicide s'était révélé de moins en moins plausible : si Esther avait mis fin à ses jours, son corps aurait été retrouvé. L'imagination du commandant avait alors façonné d'autres théories, notamment celle de la mauvaise rencontre : dealers et drogués erraient souvent dans les sites désaffectés. La jeune femme aurait pu croiser la route de l'un d'eux. Ou surprendre un trafic. Sa présence gênante lui aurait coûté la vie.

Quelle que soit l'hypothèse, une part d'ombre subsistait : pourquoi Esther avait-elle demandé à être conduite dans cette usine désaffectée ? Louise avait cherché des liens entre les Malori et les Grimaud, mais n'en avait trouvé aucun.

Avec dévouement et opiniâtreté, elle avait poursuivi les investigations – bénéficiant du soutien discret de Thomas. Hélas, les voies sans issue se multipliaient et l'affaire demeurait insoluble. Louise avait d'abord placé beaucoup d'espoirs en Benoît Perriot, leur suspect numéro un, mais le témoignage du chauffeur de taxi avait discrédité la thèse de son implication. Tout au long des interrogatoires, l'ex-compagnon d'Esther avait maintenu sa version initiale. Quant aux allégations de viol, il les rejetait en bloc et se positionnait sans cesse en victime plutôt qu'en coupable.

Le mystère Esther hantait Thomas au quotidien et le chagrin d'Anaïs ne cessait de l'affecter. Il avait soutenu son amie lorsque son couple s'était disloqué, incapable de survivre à l'épreuve de cette disparition. Chaque fois qu'ils se téléphonaient ou se voyaient, le commandant redoublait d'efforts pour consoler Anaïs et maintenir l'espérance. Mais, peu à peu, sa propre conviction s'étiolait et, plus le temps défilait, plus il acquérait la certitude que jamais Esther ne serait retrouvée.

Pourtant, ce matin, une lueur s'était allumée dans l'obscurité. Le nom des Textiles Grimaud était, une nouvelle fois, parvenu aux oreilles de la police. Aux aurores, un photographe amateur d'urbex avait découvert, à l'intérieur du bâtiment, le corps d'une femme pendu à une poutre métallique.

Xavier – le technicien du SLPT[1] qui avait effectué, un an plus tôt, les prélèvements dans l'appartement d'Esther Malori – avait été dépêché sur les lieux. Il s'était empressé de prévenir Thomas dont il n'avait pas oublié l'implication dans cette affaire.

— On a un cadavre aux Grimaud ! J'ai tenté de joindre Louise, mais je tombe sur son répondeur.

Immédiatement, le commandant s'était enquis de la couleur des cheveux de la victime.

— Elle a le crâne rasé, avait répondu Xavier. Mais vu sa pilosité, nous pensons qu'elle était blonde.

La couleur naturelle d'Esther, avait pensé Thomas.

Il s'était mis en route pour Feyzin car, même si cette enquête ne lui avait pas été confiée, il voulait savoir si ce cadavre était celui de « sa » disparue. Impossible de rester les bras croisés à attendre le verdict de ses homologues.

Il salua un gardien de la paix posté devant l'entrée et pénétra à l'intérieur des Textiles Grimaud. La surface de la pièce principale était impressionnante, tout comme la hauteur sous plafond. Policiers et pompiers s'activaient de toutes parts, mais l'effervescence semblait se concentrer à l'arrière du bâtiment, où Thomas se dirigea.

Sur son chemin, il croisa un décor qu'il connaissait déjà : les métiers à tisser enlacés de lierre, les bureaux tapissés de fientes d'oiseaux, les dossiers éparpillés sur le sol. Le plus stupéfiant était ce bouleau enraciné dans le bitume. Des tags et des

---

1. Service local de police technique.

graffitis recouvraient chaque mètre carré de béton. Une fresque monumentale ornait le côté ouest. Elle représentait une mante religieuse dévorant la tête de son partenaire durant l'accouplement.

Hypnotisé par cette peinture, Thomas sursauta en entendant son prénom. Derrière lui se tenait Xavier, paré de l'attirail de circonstance : combinaison blanche, gants, masque et sur-chaussures.

— Le cadavre est dans la salle de teinture, annonça le technicien. Je t'y conduis. As-tu prévenu Louise ?

— Oui. Elle est en formation. J'ai laissé un message sur son répondeur pour qu'elle nous rejoigne au plus vite.

Thomas s'empressa de suivre son collègue mais dut ralentir l'allure pour se maintenir à sa vitesse. Le flegme du technicien – qui habituellement l'amusait – l'agaçait aujourd'hui. Garder son calme lui était difficile.

Qu'espérait-il ?

Trouver la dépouille d'Esther ? Cette option abrégerait les douleurs causées par l'absence. Anaïs avait dit préférer la certitude de sa mort à l'ignorance. Mais cette issue apporterait un lot incalculable de questions. La plus troublante : si le corps d'Esther était dans cette usine – pourtant inspectée de fond en comble un an auparavant – où s'était volatilisée la jeune femme entre le 19 février 2018 et le 4 mars 2019 ?

Xavier s'arrêta dans l'encadrement d'une porte en fonte et tendit l'index.

— Elle était pendue à cette poutre bleue. Vu la hauteur sous plafond, les sapeurs-pompiers du GRIMP[1]

---

1. Groupe de reconnaissance et d'intervention en milieu périlleux.

ont été sollicités. Ils l'ont détachée il y a quelques minutes. Bien entendu, j'ai pris des photos de la scène avant décrochage. Je te les enverrai par e-mail.

Thomas emprunta un escalier en métal cerné de cuves de teinture rouillées.

— Nous pensons qu'elle s'est jetée de cette plateforme, commenta Xavier qui marchait sur ses pas. Une chute de deux mètres.

Une corde coupée flottait dans le vide. Sur le sol, une silhouette reposait dans une housse en plastique.

Une peau d'opale.

Un crâne rasé.

Un corps squelettique nageant dans une salopette violette.

— La victime a environ vingt-cinq ans. Elle n'avait rien sur elle. Pas d'argent, pas de papiers, pas de téléphone portable. Pour l'heure, nous sommes dans l'incapacité de l'identifier.

— Sauf si je reconnais Esther.

— Et si ce n'est pas elle, espérons que les empreintes ou l'ADN matchent avec un profil dans nos bases de données.

— À quand remonte le décès ?

— Quatre jours, mais le légiste affinera. Les températures sont très basses depuis la semaine dernière, ce qui a pu favoriser la conservation du corps.

— Une fouille du bâtiment est en cours ?

— Oui.

Xavier désigna la victime :

— Dans l'une de ses poches, nous avons trouvé une paire de ciseaux tachés de sang avec de jolies empreintes. Nous n'avons pas encore déterminé le rôle de cet objet : la pendue ne présente aucune blessure externe. Le médecin de permanence soupçonne, comme nous tous, un meurtre maquillé en suicide. Le lieu choisi, le vêtement très léger pour cette saison...

Thomas ne répondit pas. Des situations abracadabrantes, il pouvait en citer des dizaines. Lui revint en mémoire une affaire qui l'avait ému lorsqu'il était lieutenant. Un retraité s'était tiré une balle dans la tête. Le malheureux avait mis fin à ses jours dans la cave de sa maison. Il avait enfilé ses plus beaux habits et s'était agenouillé sur des feuilles de journal pour ne pas souiller son pantalon de terre battue. Ne se doutait-il pas qu'une fois mort, ses vêtements seraient tout de même maculés de sang et de morceaux de cervelle ?

— L'OPJ qui a procédé aux constatations a appelé Gabriel pour un examen *in situ*. Il vient d'arriver. Si tu veux essayer d'identifier la victime, c'est le moment.

Thomas acquiesça et approcha du corps. Il ne se sentait pas dans son état normal. Ses doigts étaient engourdis et un vrombissement résonnait entre ses tympans. Dans sa cage thoracique, un étau compressait son cœur. Il se massa le torse et s'agenouilla en grimaçant. Sa carrière était jalonnée de cadavres, mais celui-ci était différent et il dut s'armer de courage pour l'affronter.

Durant plusieurs secondes, il ne quitta pas la victime du regard. Incapable de se prononcer, il sortit la photographie d'Esther de sa poche et, d'une main tremblante, la plaça contre le visage de la pendue.

16

— Tu la reconnais ?
— Non. Je pensais identifier une femme disparue il y a un an mais, hélas, ce n'est pas elle.
— Pourquoi « hélas » ? C'est plutôt bon signe, non ? Ça signifie que ta disparue est peut-être encore vivante.

Cette remarque aurait dû rassurer Thomas mais ce ne fut pas le cas. Qu'une personne soit morte dans l'usine désaffectée où Esther avait été vue pour la dernière fois n'était pas un hasard.

Il fallait connaître un grand désespoir pour attenter à ses jours dans un tel endroit et d'une façon si brutale. Pour autant, s'agissait-il d'un meurtre comme l'avait suggéré Xavier ? L'autopsie balaierait une partie des doutes à ce sujet.

Le commandant observait Gabriel, le légiste, appliqué aux premiers examens et – néanmoins conscient qu'il l'importunait – se risqua à lui demander :

— As-tu constaté quelque chose d'inhabituel ?
— Je viens de commencer, Thomas.
— Désolé.

— Je comprends ton impatience. Cette scène de suicide est surprenante.

— Oui. Mais les gens sont surprenants.

— Les meurtriers aussi. Ils sont imprévisibles, créatifs, extrêmes...

— Privilégies-tu la théorie du meurtre ?

— Comme je te l'ai dit, je débute l'examen. Nous en reparlerons quand j'aurai terminé, d'accord ?

— La PJ n'est pas saisie, Gaby. Si je suis là, c'est uniquement pour essayer d'identifier cette femme.

Le légiste se contenta de sourire. Gabriel était un personnage unique. Sa rigueur, sa simplicité et sa bonne humeur contagieuse étaient appréciées de tous. Il était réputé pour son humour noir et les policiers affirmaient que lui seul était capable de transformer une autopsie en un moment convivial.

Thomas fourra la photo d'Esther dans sa poche et laissa Gabriel à sa tâche. Il s'apprêtait à rejoindre le niveau inférieur lorsqu'un nouveau spasme – plus violent que les autres – noua sa poitrine. La douleur l'immobilisa et il dut s'appuyer contre une rambarde en fer. Il inspira et expira lentement et focalisa son attention sur la valse des techniciens qui s'agitaient aux quatre coins de l'usine. Que pourraient-ils recueillir d'exploitable dans ces ruines sales et poussiéreuses ? Thomas eut un rire nerveux en envisageant la réponse. Cette enquête transpirait l'échec et il priait pour que la PJ n'hérite jamais de ce dossier.

Au bout de quelques minutes, les contractions dans sa cage thoracique se calmèrent et il décida de quitter les lieux. Il jeta un dernier coup d'œil au cadavre. Une fois l'examen sur place terminé, le corps serait emmené à l'IML pour l'autopsie, le prélèvement des organes et du bol alimentaire. Demain, Thomas contacterait le légiste pour entendre son rapport.

Tout en imaginant des connexions entre cette pendue et Esther, il s'engagea dans l'escalier de service. Ses pas frappèrent les marches dans un bruit métallique qui résonna dans tout le bâtiment.

Son corps lui semblait lourd. Son cœur aussi.

Il fallait qu'il prenne l'air.

Il traversa la salle principale et poussa d'un geste sec la lourde porte en acier. Une brise glaciale lui cingla le visage, sans toutefois apaiser sa nervosité. Dans ce genre de situation, une seule chose l'enrayait : la cigarette.

Thomas avait arrêté de fumer deux ans auparavant et n'avait jamais flanché. Pourtant, depuis quelques jours, ne pas céder à l'appel de la nicotine se révélait de plus en plus ardu. La faute, sans doute, à une grande fatigue émotionnelle et physique. S'occuper chassait souvent cette envie. Alors, il consulta son téléphone portable. Un texto de son ex-femme l'attendait : « Bonjour Tom. J'espère que tu vas bien. Nous sortons de notre rendez-vous chez le médecin. Léa va bien. + 1 kg ! »

Un émoji *bouteille de champagne* concluait le message.

Un kilo. Se réjouir pour un satané kilo...

Au cours des derniers mois, les problèmes de poids de sa fille avaient connu une tournure dramatique et l'adolescente avait sombré dans l'anorexie. Un séjour de plusieurs semaines en hôpital spécialisé s'était imposé. Léa avait bénéficié d'un soutien médical et psychologique. Néanmoins les médecins n'avaient pas pu déceler l'origine de ses troubles du comportement alimentaire. La maladie n'en était que plus difficile à soigner.

Maintes fois, Thomas avait encouragé sa fille à lui parler. En vain. Pire : lors de ces tête-à-tête, les rôles s'inversaient et Léa rassurait son père en lui certifiant qu'il n'avait rien à se reprocher. Malgré tout, la culpabilité le rongeait. En son for intérieur, il hurlait. Il regrettait d'avoir été le responsable du naufrage de son mariage et, par extension, du mal-être de sa fille. Il aurait tant aimé corriger les erreurs du passé. Il aurait tout sacrifié pour que, comme avant, Léa se blottisse dans ses bras et le couvre de baisers. Qu'elle éclate de rire à ses jeux de mots ridicules. Qu'elle se gave avec lui de bonbons en regardant la télévision. Qu'elle lui confie ses doutes et ses peines. Mais leur complicité était perdue et l'adolescente s'enfermait dans un mutisme qui empêchait toute guérison.

Thomas répondit à Béatrice de manière évasive. Impossible pour lui de feindre la joie. C'était au-delà de ses forces. Le silence de sa fille l'emplissait de pessimisme et ce n'était pas le misérable kilo gagné qui dissiperait ses inquiétudes.

Une fois le message envoyé, il en rédigea un autre, à l'attention de Louise :

« Pas d'Esther aux Textiles Grimaud. Inutile de te déplacer. Je retourne à la PJ. À plus. »

Il allait regagner sa voiture, lorsque Xavier apparut, en sueur, sur le seuil de l'usine.

— Aurais-tu couru ? s'esclaffa le commandant
— Oui !
— Je ne t'en savais pas capable.

Le technicien leva les yeux au ciel et, sans attacher d'importance à cette pique, répliqua :

— Gabriel a examiné la bouche de la victime et il a découvert un truc hallucinant. Sans doute la preuve qu'il ne s'agit pas d'un suicide. Un détail qui nous permettrait, aussi, d'expliquer la présence des ciseaux tachés de sang.

Il s'interrompit pour reprendre son souffle. Thomas n'eut qu'une envie : le secouer pour qu'il parle.

— La langue de la pendue a été coupée.

17

Le commandant resta silencieux et son regard se perdit à l'horizon. Sa stupéfaction n'échappa pas à Xavier qui agita la main pour ramener son collègue à la réalité, mais il ne manifesta aucune réaction.

La jeune femme morte dans cette usine avait été mutilée puis jetée dans le vide. Le meurtrier – s'il y en avait un – l'avait-il obligée à sauter ou l'avait-il poussée ?

Le meurtrier. Ou la meurtrière.

La chevelure rouge d'Esther ondoya dans l'esprit du commandant et les douleurs dans sa poitrine redoublèrent d'intensité.

— Tu m'écoutes ?

Thomas secoua mollement la tête en guise de négation.

— Je me tue à te donner des infos en *off* et tu admets t'en ficher ?

— Non… Pardonne-moi. Que disais-tu ?

— Que d'après les premières constatations, la langue aurait été sectionnée puis cautérisée chimiquement à l'aide d'un acide. Des agents sont en quête de l'organe manquant, mais autant te dire que…

Le bruit d'un moteur interrompit le technicien.

Au loin, une voiture lancée à toute vitesse fit une embardée et s'arrêta au milieu du parking. Du véhicule mal garé sortit Louise. La capitaine claqua sa portière avec fracas et avala, en courant, les quelques mètres qui la séparaient de l'usine. Elle arriva devant l'entrée, les pommettes rougies par le froid et l'effort. Avec sa brusquerie légendaire, elle embrassa ses deux collègues.

— J'ai écouté ton message lors de la pause-café, Tom, et je suis partie en coup de vent. Le formateur était furieux. Tu pourras rédiger un e-mail à son intention pour m'excuser ?

— Promis ! Mais pourquoi es-tu venue ? Tu n'as pas reçu mon texto ?

Étonnée, Louise plongea la main dans la poche de son manteau et chercha son téléphone qui lui échappa. Elle pesta en le ramassant et, reprenant peu à peu son souffle, tapota rapidement l'écran.

— Et merde ! s'exclama-t-elle. Ce n'est pas le cadavre d'Esther dans cette usine ?

— Non.

— Qui alors ?

— Pour l'instant, nous n'en avons pas la moindre idée, répondit Xavier. Mais j'espère que nous parviendrons à l'identifier et que son nom ne s'ajoutera pas à la longue liste des victimes inconnues. Bien, je vous laisse. Si vous avez besoin d'informations, vous savez où me trouver.

Une fois seul avec Louise, le commandant lui exposa la situation. Son compte rendu terminé, il attendit une réaction de sa coéquipière, mais elle demeura bouche bée, les bras le long du corps, le dos voûté, comme si le poids de cette nouvelle lui écrasait les épaules. Sans doute ressassait-elle les images du passé : le témoignage du chauffeur de taxi, les battues, les fouilles et les relevés techniques aux Textiles Grimaud, un an auparavant. Ces efforts n'avaient pas permis de localiser Esther mais Louise ne s'était jamais avouée vaincue. Cette affaire lui tenait à cœur et elle s'était d'autant plus impliquée qu'elle connaissait le lien unissant Thomas à la sœur de la disparue. Après plusieurs mois d'investigations, elle avait cependant été contrainte de confier cette enquête à ses collègues. La raison : changement de service. Après le départ d'Anthony – capitaine dans l'équipe de Thomas –, elle avait soumis sa candidature pour le remplacer et obtenu le poste. En juin, elle réintégrait la PJ de Lyon. Si Idris et Laurent s'étaient réjouis de son retour, Wilfried avait, pour sa part, clairement signifié son mécontentement. Louise – dotée d'un caractère bien trempé – lui avait tenu tête. Les relations s'étaient envenimées et Thomas avait dû intervenir. L'attitude de son collègue l'avait déçu : pourquoi cet homme, intelligent et bienveillant, agissait-il de manière si rustre ? Au cours d'un entretien, le commandant avait compris les raisons de ce comportement : Wilfried, jeune père de famille, traversait une période difficile. Son ex-femme avait rompu du jour au lendemain pour un homme d'affaires. Depuis son départ, elle ne s'était pas manifestée. Wilfried épiait son quotidien sur les réseaux sociaux : elle s'était installée à Londres, dans le luxueux appartement de son amant et coulait des jours heureux sans se soucier de l'homme et de la petite fille qu'elle avait abandonnés en France.

Thomas avait aussi découvert que la vie sentimentale de Wilfried était jalonnée d'histoires de cœur désastreuses. Aujourd'hui célibataire assumé, il refusait de croire en l'amour et concentrait toute son affection sur sa fille.

— Il existe donc une femme en qui tu as confiance sur cette terre, avait conclu Thomas.

Wilfried avait tristement souri.

Le commandant déplorait que les épreuves affectent les humains au point de leur voler tout sens commun. Il s'était rappelé cette émission télévisée dans laquelle des femmes s'opposaient avec virulence à la gent masculine sans émettre de distinction. La misandrie – à l'instar de son prédécesseur, la misogynie – infiltrait la société avec une bêtise consternante. Ses représentantes les plus extrêmes se montraient sans concession. L'exemple le plus flagrant : une militante affirmait boycotter toute œuvre artistique créée par un homme. Thomas se remémora aussi les mots d'Esther rapportés par Anaïs : « Tous les mecs se ressemblent : tous des cons ! »

Après cet entretien, Wilfried avait présenté ses excuses à Louise et la situation s'était apaisée. Aujourd'hui, l'équipe jouissait d'une bonne stabilité et d'une belle cohésion, ce qui la rendait encore plus performante.

Le commandant posa une main amicale sur l'épaule de sa collègue et exerça une pression pour la tirer de sa torpeur.

— On retourne à la PJ, Lou.

— Ça ne peut pas être un hasard, Tom. Cette usine... Celle où a disparu Esther...

— Je n'arrête pas d'y penser aussi. Mais pour l'instant, aucune connexion n'est établie. Et tu connais la procédure. Nos homologues en charge du dossier vont enquêter et s'ils ont des questions à poser, ils se rapprocheront des personnes concernées.

— Avec cette histoire de langue coupée, crois-tu que la PJ sera saisie ?

— Non. La Crim est capable de gérer ça.

— Leur as-tu parlé d'Esther ?

— Impossible. Ils sont occupés aux premières constatations. Attendons que tout le monde soit rentré au bercail. Nous attirerons leur attention sur Esther. À présent, en route !

— J'aimerais voir la victime.

— C'est inutile, Lou. Et ce n'est pas notre place. Si on voit rappliquer la PJ, ça va jaser.

— Je me fiche de ce qu'ils disent. Je veux *la* voir. As-tu oublié que je bossais aux disparitions ? Je pourrais peut-être identifier celle qui a été pendue dans cette usine.

Thomas grimaça avant de s'avouer convaincu par cet argument. Le tandem s'élança à l'intérieur du bâtiment et grimpa l'escalier en métal. Louise approcha du corps. Le commandant préféra rester en retrait en espérant que sa collègue ne s'éternise pas.

Soudain, des cris de stupeur s'élevèrent. Thomas s'apprêtait à rejoindre le groupe lorsque Louise bondit devant lui :

— Putain, Tom ! Ce cadavre... c'est celui de Caroline Loumin ! La fille du préfet !

18

Quand le procureur apprit que la victime était la fille du préfet de région, il décida de saisir la PJ. L'enquête fut confiée au commandant Missot et à son équipe. Ils se rapprochèrent des policiers de la criminelle qui avaient établi les premiers actes de la procédure afin de recueillir les informations et déductions glanées au cours de leurs investigations matinales. Idris et Wilfried effectuèrent leurs propres constatations aux Textiles Grimaud, puis le corps de Caroline Loumin fut transféré à l'IML. Ne restait plus qu'à patienter jusqu'à l'autopsie prévue le lendemain matin.

Thomas se tortilla sur son fauteuil.

19 heures.

Il était resté tout l'après-midi dans son bureau, sans se lever ni s'octroyer de pause déjeuner. Il avait passé un nombre incalculable de coups de fil, envoyé des tonnes d'e-mails et complété des dizaines de documents. Toutes les formalités administratives – lourdes mais incontournables – dont il était l'esclave, éveillaient en lui cet insupportable sentiment d'inutilité. L'horloge tournait et, s'il y avait bel et bien un meurtrier dans l'affaire Caroline Loumin, mieux valait ne pas s'éterniser en paperasse et concentrer ses efforts sur l'avancée de l'enquête. Fort heureusement, son équipe était sur le terrain pour remplir cette fonction.

Thomas s'étira et grogna en découvrant le désordre dans son bureau. Des emballages de sandwich et des boîtes de gâteaux jonchaient le sol. Le commandant ouvrit un sachet de madeleines au chocolat. La voix de sa conscience le blâma : *jamais tu ne te soulageras de tes kilos en trop !*

Après avoir terminé l'intégralité du paquet – et s'être promis de ne plus céder à la tentation –, il se remit au travail, mais une feuille noircie de l'écriture de Louise attira son attention. La capitaine avait décortiqué le dossier Caroline Loumin et listé les points importants de l'affaire. La fille du préfet s'était volatilisée en 2018, neuf jours après la disparition supposée d'Esther.

Cette célibataire de vingt-quatre ans résidait à la Croix-Rousse et occupait un poste d'assistante marketing dans une maison d'édition en plein essor. Mardi 27 février, elle ne s'était pas présentée sur son lieu de travail. Son absence sans motif avait surpris ses collègues. N'obtenant pas de réponses à leurs appels, ils avaient prévenu M. Loumin qui s'était précipité chez sa fille. Elle était introuvable. Le soir-même, il alertait la police et une enquête était ouverte.

Au premier abord, aucune similitude n'était apparue entre les affaires Loumin et Malori. Caroline avait disparu avec quelques effets personnels, notamment son téléphone portable qui, hélas, n'avait pas pu être géolocalisé. Un voisin avait aperçu la jeune femme monter dans sa voiture – une Fiat 500 rouge – à 7 heures, le jour de sa disparition. À 7 h 28, sa carte bleue était utilisée dans un distributeur automatique, place de la Croix-Rousse, pour effectuer un retrait de 200 euros. Aux alentours de 8 heures, elle était entrée dans un bistrot pour boire un café. Les policiers avaient interrogé le barman. Caroline était une habituée et il n'avait rien remarqué d'alarmant dans son comportement.

À 8 h 07, elle avait appelé son petit ami, Edgar. Auditionné par Louise, ce dernier avait confié son pressentiment :

— Elle n'était pas dans son état normal. Elle semblait désorientée. J'ai senti de l'inquiétude dans sa voix.

Après avoir raccroché, Caroline n'avait plus émis d'appel ou de message.

Jeudi 1er mars, sa Fiat 500 était localisée par un riverain à quelques kilomètres de Givors. Dans le véhicule : un bagage et un téléphone éteint. Une première connexion avait été établie avec Cyrielle. Elle aussi avait, en décembre 2017, laissé son sac et son portable sur le siège de sa voiture, avant de disparaître sur le parking du Venice Club.

Dans son carnet, Thomas dressa une liste des questions en suspens :

— *Caroline Loumin s'est-elle suicidée ?*

— *Où était-elle ces douze derniers mois ?*

— *Pourquoi son crâne était-il rasé, état qui – d'après ses proches – serait en totale contradiction avec sa coquetterie ?*

— *Pourquoi sa langue a-t-elle été sectionnée puis cautérisée ?*

Ce dernier mystère était le plus facile à éclaircir. Le commandant lança Internet et tapa sa requête. Elle se limitait à trois mots-clés : torture, langue, coupée. Plusieurs résultats s'affichèrent à l'écran et il jeta son dévolu sur un blog qui décrivait les deux techniques les plus usitées au Moyen Âge : sectionner la langue avec un ciseau métallique ou la clouer à un mur avant de pendre l'inculpé. Cette seconde pratique était la plus terrifiante : la victime ne se libérait qu'une fois l'organe détaché du gosier. Ce supplice était réservé aux crimes de diffamation, de parjure ou de blasphème.

Le meurtrier de Caroline avait-il, par ce geste d'une violence inouïe, symbolisé l'envie de priver cette jeune femme de la parole ?

Une nouvelle fois, l'histoire d'Esther frappa aux portes de la mémoire du commandant. Elle avait retiré sa plainte pour viol et décidé de se taire. Ou peut-être son silence lui avait-il été imposé par une tierce personne, la première concernée par ses accusations ? Perriot.

Langue sectionnée.

Symbole d'une voix qu'on ne souhaite pas entendre.

Mais de quoi voulait-on empêcher Caroline de parler ?

19

Thomas composa le numéro de Louise et la convoqua dans son bureau.

— Un éclair de génie ? ironisa-t-elle en refermant la porte.

— Peut-être. Je me suis penché sur la symbolique des langues coupées.

— Je voulais débuter des recherches à ce sujet, mais je n'en ai pas eu le temps. Il est plus de 19 heures et j'ai l'impression de ne pas avoir avancé.

— Si nous ne perdions pas nos journées à gratter du papier, tous les voyous seraient sous les verrous.

Louise s'assit face au commandant et lui sourit avec compassion.

— Ne soyons pas trop exigeants : l'affaire Loumin vient de nous être confiée.

— C'est vrai. Mais plus je vieillis, plus je suis impatient. Quand je vois que l'autopsie a lieu vingt-quatre heures après la levée du cadavre, ça me rend dingue !

— Tu envisages d'aller à l'IML ?

— J'enverrai Laurent. J'ai prévu de bosser tard ce soir et je n'ai pas envie d'assister au découpage d'un corps à l'heure du petit-déjeuner sans une bonne nuit de sommeil derrière moi.

Thomas fit ensuite pivoter l'écran de son ordinateur et pointa du doigt l'article du blog. Louise en prit connaissance et, lorsqu'elle eut fini, demanda :

— La mutilation de Caroline porterait un message…

— Oui : « Tais-toi. »

— À quel propos ?

— C'est la raison de ta présence !

Le commandant étala devant la capitaine les notes qu'elle lui avait transmises sur le dossier Loumin.

— Ton rapport est très clair, mais il n'aborde pas un aspect de l'enquête sur lequel j'aimerais échanger avec toi : Caroline connaissait-elle Perriot ?

— Non. Lors de la disparition de Caroline, je n'ai établi aucun lien entre elle et lui. Pourquoi ?

— M'est revenu en mémoire le retrait de plainte d'Esther.

— Ne t'emballe pas, Tom. Perriot n'a pas été reconnu coupable de viol sur Esther et nous n'avons pas, non plus, pu le connecter à sa disparition. Et son implication dans celle de Cyrielle Ortiz a été impossible à prouver.

Le commandant quitta son fauteuil et se posta devant la fenêtre. Derrière lui, une chaise grinça et il devina la présence de Louise dans son dos.

— Mes réponses t'agacent-elles ou es-tu découragé par la tonne de boulot qui nous attend ?

— Tu ne m'agaces pas, Lou. Je suis fatigué…

— Tu devrais rentrer te reposer.

— Hors de question !

— Tu as mangé à midi ?

— Non.

— Alors on s'accorde une pause et on dîne ensemble.

— Volontiers ! Je vendrais mon âme au diable pour un kebab.

— Vendu ! Celui à l'angle propose une version végétarienne.

— Quelle hérésie, Lou ! Un kebab sans viande…

— Je ne juge pas tes choix, ne juge pas les miens.

Elle marqua une pause avant de s'éclipser et de réapparaître, quelques secondes plus tard, un dossier entre les mains.

— J'ai peut-être une idée concernant la mutilation de Caroline, dit-elle avec nervosité. Elle était présidente d'une association de défense des animaux : Les InnoSang. Son engagement n'enchantait guère son père. Inutile de te préciser qu'elle se fichait de son avis. Seules comptaient ses convictions. Peu avant sa disparition, elle avait été interpellée place Bellecour avec une dizaine de membres de son association. Le groupe avait recouvert la statue du Roi Soleil de faux sang, avant de se déshabiller et de se rouler, à leur tour, dans le liquide rouge. Des passants choqués avaient contacté la police. Garde à vue pour tout le monde. M. Loumin avait évité à sa fille des démêlés avec la justice. L'année dernière, lorsque mes collègues ont interrogé le préfet au sujet de l'activisme de Caroline, il n'a pas dissimulé sa contrariété. Selon lui, elle salissait l'honneur de la famille par ses agissements extrêmes.

Tout en écoutant sa collègue, le commandant ouvrit le dossier. Il contenait des rapports et procès-verbaux, mais aussi des photographies de la manifestation.

Un lobby puissant se sentait-il menacé par la détermination des InnoSang ? Les actions menées par Caroline nuisaient-elles à la réputation de Loumin ? Un homme était-il prêt à sacrifier sa progéniture pour protéger sa carrière politique ? De nombreuses affaires criminelles l'avaient prouvé par le passé. Et quand l'argent s'en mêlait, les chances étaient décuplées.

Sa réflexion fut interrompue par un appel de Xavier. Le technicien semblait avoir troqué son flegme pour une excitation inhabituelle :

— Tu te souviens, Thomas, de l'empreinte sur la lame du ciseau ?

— Bien sûr !

— Avec ses douze points de comparaison, elle est exploitable. Encore mieux : un profil matche dans le FAED[1] ! Celui de Caroline Loumin !

---

1. Fichier automatisé des empreintes digitales.

20

La première autopsie à laquelle avait assisté Thomas remontait à ses vingt-quatre ans. Si l'expérience datait, le souvenir demeurait, lui, intact. Le commandant se rappelait chaque détail, chaque son, chaque odeur qui avaient accompagné cette prise de contact avec la médecine légale. En pénétrant dans le hall d'accueil de l'IML de Lyon, Thomas – alors jeune recrue – avait éprouvé beaucoup d'excitation. En aucun cas il n'avait redouté ce moment, persuadé d'être suffisamment armé psychologiquement pour endurer une telle expérience.

La suite lui avait donné tort.

En attendant le médecin dans un couloir étriqué, éclairé par les lueurs blafardes de néons, Thomas avait senti le stress l'envahir. Était-il prêt à assister au découpage, pièce par pièce, d'un corps humain ? Hervé, son supérieur de l'époque, avait constaté le malaise soudain de son coéquipier et s'était enquis de son état.

— Tout va bien, avait assuré Thomas avec un sourire crispé.

Non. Il n'allait pas bien et n'avait qu'une envie : fuir.

Mais il était resté.

Hervé s'était employé à le rassurer, sans une once de moquerie. Tous les flics savaient qu'une autopsie n'était pas une épreuve anodine. Il fallait être stupide, ou fort prétentieux, pour s'y croire insensible.

Des sifflements avaient résonné entre les murs blancs du couloir et Gabriel Saurel était apparu. Vêtu d'une salopette marron trop grande, d'une chemise à carreaux rouges et de chaussures de sécurité au cuir patiné, le médecin légiste arborait un look de bûcheron canadien. Il ne portait ni mallette ni serviette, mais dans sa main droite pendait un sac plastique Carrefour dans lequel étaient entassés des dossiers. Si Thomas avait croisé ce type dans la rue, il lui aurait sans doute donné un billet pour qu'il s'achète à manger.

Hervé avait présenté la nouvelle recrue de la PJ au légiste et les deux hommes avaient échangé une poignée de main chaleureuse. Toujours en sifflant, Gabriel avait enfilé sa blouse et ses gants, avait allumé sa chaîne Hi-Fi et glissé une cassette d'Abba dans le lecteur. Les notes de « Dancing Queen » s'étaient élevées dans la salle. Thomas, stupéfait, s'était tourné vers son collègue qui avait haussé les épaules. Gabriel Saurel était réputé pour son excentricité.

Les trois hommes s'étaient réunis autour de la victime allongée sur la table d'autopsie : un homme de vingt et un ans tué par balle.

Avant de débuter l'examen, Gabriel avait demandé d'un air solennel :

— Quel est le point commun entre un joueur de golf, un proctologue et un légiste ?

Les deux policiers avaient secoué la tête en guise d'impuissance.

— Les trois ne se tiennent jamais loin d'un trou de balle !

Rires forcés. Sauf pour le légiste visiblement réceptif à son propre humour.

Il pouffait encore en plantant, d'une main agile, une grosse aiguille dans le ventre de la victime avant d'en chauffer l'autre extrémité : une technique visant à brûler le méthane stocké dans le corps afin que les odeurs soient plus supportables. Elles étaient pourtant présentes et, tout, dans cette pièce, empestait la mort.

Le légiste avait ensuite enfoncé son bistouri dans l'abdomen du cadavre, la lame avait glissé sans qu'une goutte de sang jaillisse de la plaie. La peau du plastron avait été décalottée et fixée de part et d'autre de la cage thoracique. Une vague de chaleur avait submergé Thomas. Il avait inspiré profondément et s'était concentré sur les actes du légiste, tentant de maintenir la distance nécessaire entre ce cadavre et lui.

Ce n'est que de la science.

Au cinéma, cet amateur de films d'horreur se délectait des os broyés et des chairs meurtries. Rien de tout cela n'était comparable à la réalité dont il était aujourd'hui spectateur. Ici, pas de maquillage, pas d'effets spéciaux. Tout était vrai.

Les voix des chanteuses d'Abba et le détachement du légiste offraient un tel décalage que Thomas s'était senti de plus en plus indisposé. Ses mains étaient moites ; il grelottait et, la seconde d'après, transpirait. L'odeur âcre de la mort amplifiait ce mal-être, cette même odeur qui persistait dans les narines de longues heures après avoir quitté l'IML. Les réminiscences étaient si tenaces qu'elles subsistaient même à l'issue d'une douche. Fixées contre les parois du nez, il était difficile de s'en débarrasser.

À cette fresque morbide s'était ajouté le bruit du sécateur sectionnant les côtes pour permettre l'accès aux organes vitaux. Thomas avait manqué défaillir, mais il avait lutté. Jusqu'à ce que le légiste s'empare de sa scie circulaire pour découper la boîte crânienne de la victime. Il avait retiré le cerveau pour le déposer sur une balance et, l'air malicieux, avait clamé : « Il ne devait pas être très intelligent, votre type ! »

Thomas s'était évanoui.

Quelques secondes plus tard, des petites claques frappaient ses joues. Ses paupières s'étaient ouvertes sur le visage inquiet d'Hervé. Il lui tendait un morceau de sucre que Thomas avait croqué sans ciller. Un goût de verveine avait empli sa bouche. Il avait toussé et voulu se redresser, mais son collègue l'en avait empêché.

— Attends ! Tu es blessé.

Dans sa chute, Thomas s'était cogné l'arcade sourcilière contre une desserte en métal. Le légiste avait désinfecté la plaie et réalisé quelques points de suture. Puis il avait déclaré :

— Rares sont ceux qui, pour leur première fois, survivent plus de cinq minutes sans vomir, fuir ou s'évanouir. Bravo jeune homme pour votre courage !

Vingt-deux ans plus tard, il restait de cette initiation à la médecine légale une belle cicatrice, mais aussi une amitié sincère et un profond respect envers Gabriel, un homme brillant, perspicace et d'une grande humilité. Quand Thomas le remerciait pour ses déductions, le médecin aimait répondre : « Le chirurgien fait tout, mais ne sait rien ; le médecin sait tout, mais ne fait rien ; le psychiatre ne sait ni ne fait rien ; et le médecin légiste sait tout, mais il est trop tard. »

Depuis ce malaise de débutant, le commandant avait assisté à des autopsies dans leur intégralité sans sourciller. Si aujourd'hui il les supportait, il les évitait autant que possible et déléguait cette tâche aux membres de son équipe. À l'instar de Laurent qui s'était présenté à 8 heures à l'IML pour assister à l'autopsie de Caroline. À 10 h 30, le brigadier lui livrait le compte rendu :

— Causes du décès : fractures des cervicales et de l'os hyoïde. Tout était en miettes. Notre victime est morte de sa pendaison sur le coup... Sans mauvais jeu de mots... La date du décès est confirmée au jeudi 28 février, dans la matinée. D'après les constatations de Gabriel, la paire de ciseaux trouvée dans la poche de Caroline a bel et bien servi à sectionner la langue. La plaie a ensuite été cautérisée chimiquement : injection d'un acide grâce à une seringue. Ces actes ont entraîné, tu l'imagines, une douleur atroce. La jeune femme était consciente. Gabriel a confirmé que les mutilations n'avaient pas été perpétrées aux Textiles Grimaud. Ce qui expliquerait l'absence de sang sur la scène.

— Que d'incohérences... Caroline est en possession des ciseaux qui l'ont mutilée, sur lequel figurent ses propres empreintes, pourtant, s'infliger de telles blessures semble physiquement et psychologiquement impossible. Le morceau de langue et la seringue à cautériser sont manquants. Et pour couronner le tout, le corps aurait été déplacé, alors que le meurtrier semble vouloir nous indiquer que la victime s'est pendue...

— Ouais... Je n'ai jamais vu un cadavre avec des informations aussi contradictoires.

— Caroline a-t-elle été violée ?

— Négatif !

— Les analyses de sang ?

— Pas de trace de drogue ou de médicament. Aucune marque de lien sur les mains ou les pieds. Notre victime était soit très docile, soit déterminée à mourir. Aucun matériel biologique n'a été prélevé sous les ongles. J'ai appelé Xavier sur la route et tu veux savoir la meilleure ?

— Je t'écoute !

— D'après lui, rien n'indique la présence d'une tierce personne sur la scène de crime.

21

Lorsque Laurine Vaulher, commissaire, lui confia l'entrevue avec Richard Loumin, Thomas n'eut qu'une envie : refuser. Il ne partageait pas les penchants politiques du préfet et ne cautionnait pas la plupart de ses décisions. De plus, l'homme était très antipathique. Les policiers de la PJ – et ceux d'autres commissariats lyonnais – l'avaient surnommé *Trumpy*, un croisement entre Droopy – le petit basset blasé du dessin animé – et Donald Trump – l'idiot gouvernant la première puissance économique mondiale. Du premier, Loumin possédait le physique : joues tombantes, regard triste, poches sous les yeux, cheveux parsemés d'épis. C'était à s'y méprendre. Du second, le préfet partageait le caractère. Sous ses allures de brave cabot se cachait en réalité un homme au tempérament volcanique. Sa colère grondait souvent dans les couloirs de la préfecture et pas une semaine ne s'écoulait sans que sa secrétaire quitte les locaux en pleurs. Ce poste était d'ailleurs à pourvoir tous les six mois, les pauvres femmes ne résistant pas aux foudres de leur supérieur. Richard Loumin avait, à l'instar de Trump, cet amour des médias et, plus particulièrement, de

Twitter. Chacune de ses publications faisait le buzz, la palme d'or revenant à celle qui avait été postée une semaine plus tôt : « Froid et neige à Lyon. Nous avons besoin du réchauffement climatique. » Cette réplique, empruntée à Trump et transposée à la capitale des Gaules, était représentative de la bêtise du préfet. Lors de l'élection du président des États-Unis, un journaliste avait assuré que jamais un tel personnage ne serait promu, en France, à un poste de premier plan. Force est de constater qu'il s'était *trumpé*.

Une fois l'entretien avec Loumin terminé, Thomas s'octroya une pause. Il l'avait bien méritée. Dans le couloir, il croisa Idris, sourire aux lèvres comme à son habitude. Ce grand black aux épaules carrées était toujours d'humeur égale. Quand il s'esclaffait – ce qui lui arrivait souvent –, son rire retentissait dans toute la PJ. Sa joie de vivre était communicative.

— Comment ça s'est passé avec Trumpy ?
— Assez bien. Il ne s'est pas montré désagréable. Le chagrin sûrement… Je déteste cet homme et, pourtant, je compatis à sa tristesse.

Le suicide de Geneviève Loumin, quelques semaines après la disparition de Caroline, lui revint en mémoire. L'épouse du préfet n'avait pas pu endurer l'absence de sa fille, ni accepté de vivre dans l'incertitude. Un soir, en rentrant au domicile familial, Loumin avait découvert sa femme dans la baignoire. Son poignet gauche entaillé était plongé dans l'eau du bain et sa main droite retombait sur une lettre destinée à son mari : « Que tu le veuilles ou non, notre fille est au paradis. J'ai décidé de la rejoindre. »

— Comment se comportait-il ? questionna Idris.

— Il se levait sans cesse pour arpenter la pièce et changeait de sujet toutes les cinq minutes. Depuis hier, il a appelé quinze fois la commissaire pour lui foutre la pression. Qu'il se calme : l'enquête est ouverte depuis vingt-quatre heures !

— Où était-il le jour de la mort de sa fille ?

— Il est arrivé à la préfecture à 8 heures. Réunion toute la matinée, puis déjeuner dans un restaurant gastronomique, et visite de chantier tout l'après-midi… Inutile de te préciser que ses alibis sont béton. Des dizaines de personnes étaient avec lui et peuvent attester de son emploi du temps. En résumé : vu les estimations du légiste quant à la plage horaire du décès de Caroline, Richard Loumin n'était pas sur place. Mais je préfère rester prudent.

— Envisages-tu sa culpabilité ?

— J'y pense.

— On privilégie donc la piste du meurtre ?

— Évidemment, Idris.

— Désolé, mais Xavier a semé le doute.

— Objection : il a affirmé que la présence d'une tierce personne n'était pas prouvable. Ce qui ne veut pas dire que Caroline s'est suicidée. Richard Loumin est influent. Je l'imagine très bien commanditer le meurtre de sa fille.

— Sérieusement, Thomas ?

— Ce ne serait pas le premier à tuer sa descendance. Dupont de Ligonnès, ça te parle ?

Idris fronça les sourcils, sceptique. Son principal défaut était de sous-estimer, parfois, la barbarie de l'être humain.

— Il avait des différends importants avec Caroline, mais était-ce une raison pour la tuer ?

— Tu connais l'implication de la jeune femme dans la cause animale. Ses actions ont entaché la réputation de son père. Richard Loumin a d'ailleurs confié publiquement combien les agissements de sa fille l'exaspéraient. Son association a permis la fermeture d'un abattoir gigantesque au nord de Lyon. Les retombées économiques ont été significatives. Papounet n'a pas dû apprécier. Et il a encore moins apprécié les méthodes employées par les InnoSang pour parvenir à leurs fins. Ils sont allés à la préfecture, se sont dévêtus dans le grand hall et se sont automutilés. Tu as vu les photos ?

— Louise me les a montrées.

— Des peaux lacérées aux scalpels, des auriculaires sectionnés avec une pince coupante... Les membres de l'association avaient convoqué la presse. Ils étaient prêts à tout pour attirer l'attention des médias. L'époque où les manifestants descellaient des pavés dans la rue pour les jeter aux flics est loin. Aujourd'hui, tout doit être spectaculaire !

Idris ne répondit pas et se contenta de fixer son supérieur.

— Toujours avec moi, mec ?

— Oui. Ta remarque est... intéressante...

— J'apprécie le compliment.

— Et si Caroline avait orchestré sa propre mort ? Si ce suicide ne servait qu'à braquer les projecteurs sur sa cause activiste ?

Thomas écouta son collègue avec respect. Même si cette hypothèse lui semblait peu crédible, il n'oubliait pas que, de débriefings tous azimuts, surgissait parfois la lumière.

— Donnerais-tu ta vie pour une cause, Idris ?

— Non. J'aime trop ma femme et mes enfants pour me sacrifier. Peut-être suis-je lâche. Mais pense à tous ceux qui ont entrepris une grève de la faim au nom de leurs idéaux. N'en sont-ils pas morts ?

— Et la piste du meurtre ? Remisée ?

— Je propose une version, Thomas. Je n'exclus pas les autres.

— Ça manque de preuves...

— Il faut retourner aux Textiles Grimaud pour en chercher une. Louise t'a-t-elle montré le symbole que tracent les InnoSang sur les lieux de leurs happenings ?

— Non. De quoi s'agit-il ?

— Un triangle pointé vers le bas inscrit dans un cercle. Les membres de l'association l'ont dessiné sur la place Bellecour et, aussi, dans le hall d'accueil de la préfecture. D'après leur page Facebook, le rond représente le visage humain et le triangle la gueule d'un animal. Ils sont réunis dans un seul et même pictogramme pour symboliser le combat de l'association : humains et animaux ne font qu'un.

Sans se soucier du scepticisme flagrant de son chef de groupe, Idris poursuivit :

— Si mon intuition est bonne, nous trouverons ce dessin dans l'usine désaffectée.

— Il n'aurait pas échappé à la vigilance des techniciens.

— Avec tous ces tags sur les murs ? Pas sûr...

— Quand comptes-tu y aller ?

— Dès que possible.

— Si tu envisages un détour par le McDo, je t'accompagne !

— Vendu !

— Accorde-moi cinq minutes. J'aimerais vérifier un détail avant de partir.

Thomas retourna dans son bureau et chercha le profil Facebook des InnoSang. La bannière principale montrait l'agonie d'un veau dans un abattoir. La plupart des publications de la page avaient été *likées* 5 000 fois. Sauf celle concernant la mort de Caroline : plus de 25 000. Une légende l'accompagnait : « Notre présidente est morte mais, plus que jamais, le combat continue. »

Quelles limites s'était fixées une femme prête à tout pour être entendue ? Quelles frontières pouvaient abolir les activistes pour servir une cause ?

22

Les corbeaux croassaient toujours sur leur fil électrique. La brume, quant à elle, s'était dissipée, sans toutefois priver les lieux de leur atmosphère lugubre. Au loin, l'usine, immense bloc de béton gris, se dressait, impassible témoin du drame perpétré en son sein.

Idris et Thomas se garèrent à quelques mètres de l'entrée et enfilèrent des gants polaires. Le commandant releva le col de son blouson et observa son collègue qui tirait sans ménagement sur la fermeture Éclair de sa parka.

— Cette veste est trop petite pour toi.
— J'ai gagné en masse musculaire.
— Demandes-en une nouvelle à ta taille. On dirait un déguisement de flic acheté chez Gifi. Comment veux-tu que les criminels te prennent au sérieux ?

Idris éclata de rire – les corbeaux s'envolèrent – et les deux hommes se mirent en marche.

Depuis leur départ de la PJ, Thomas redoutait de perdre son temps à accorder autant de crédit à la version de son collègue. S'il avait accepté cette expédition, c'était en réalité pour revoir la scène de crime avec un certain recul et quitter son bureau pour s'aérer l'esprit.

Les deux hommes pénétrèrent dans le hall principal. Aucun scellé n'avait été placé sur le site. Dérouler de la Rubalise autour d'un tel bâtiment s'était révélé inutile.

Idris, armé de toute sa détermination et d'une lampe de poche, se dirigea vers la salle de teinture et en inspecta les murs. Thomas le suivit et se posta devant la plateforme d'où Caroline s'était jetée.

Soudain, un claquement.

Une nuée de pigeons s'envola de l'étage supérieur et le commandant dut se baisser pour les éviter. Puis il pivota vers Idris qui s'était figé. Sans un mot, le grand black lui adressa un signe de la tête. Traduction : « C'est toi ? » Thomas répondit par la négative. Il n'avait pas fait de bruit. Son collègue non plus.

Une seule explication : ils n'étaient pas seuls.

Un second claquement retentit. Plus étouffé cette fois.

Thomas avança dans sa direction et devina une ombre se faufilant entre deux machines à tisser. Il se précipita à sa suite, mais elle lui échappait déjà.

Malgré ses kilos en trop et son manque d'entraînement, le commandant rattrapa la frêle silhouette. Elle n'était plus qu'à une dizaine de mètres quand elle obliqua vers la droite, empruntant une issue de secours qu'elle referma brutalement. Thomas se jeta de tout son poids contre la porte mais elle ne bougea pas. Il redoubla d'efforts et elle céda enfin, libérant un accès vers l'extérieur.

Trop tard. L'ombre s'était évanouie.

Dépité, le commandant contourna le bâtiment à la recherche d'Idris. Il n'était nulle part.

Il traversa le parking et, alors qu'il rebroussait chemin, découvrit son collègue qui plaquait fermement le fuyard au sol.

— Lâchez-moi ! J'ai rien fait !

— Alors pourquoi tu cours quand tu vois des flics ?

Idris força sa prise à s'asseoir sur le bitume et lui retira sa capuche d'un geste brusque. Le visage d'un gosse d'une vingtaine d'années apparut : les traits tirés, de grands cernes noirs sous les yeux, les joues rouges mais le teint blafard.

Le gamin cracha. Un filet de bave coula de ses lèvres.

Le commandant, épuisé par sa course, se pencha et plaqua les mains sur ses cuisses. Dans sa bouche, un goût de fer ; dans sa poitrine, un vacarme assourdissant.

— Comment t'appelles-tu ? demanda-t-il après avoir repris son souffle.

— Yoann.

— Que fiches-tu ici ?

— Rien !

— Sers-nous autre chose que « rien » sinon on t'embarque.

— OK, *calmos* ! Je…

— Dépêche !

— Je deale !

— Tu deales ?

— Ouais. Normalement je suis tranquille ici.

Idris s'esclaffa.

— Je rêve ou il nous reproche de l'avoir pris la main dans le sac ?

— C'est pas c'que j'voulais dire !

— Tu viens souvent dans le coin ?

— Deux ou trois fois par semaine.

— À quand remonte la dernière fois ?

— Samedi.

— Es-tu allé dans la salle de teinture ?

— Non. Je reste dans la pièce annexe. Celle avec les ordinateurs. Pourquoi ?

— Parce que nous y avons trouvé un cadavre.

Estomaqué, le jeune homme tenta de se justifier :

— Je n'ai rien à voir avec cette histoire !

— Admets que te croiser ici est un sacré hasard ! Ne dit-on pas qu'un meurtrier revient toujours sur les lieux de son crime ?

— J'avais rendez-vous. Quand je vous ai vus débarquer, j'ai appelé mon client pour annuler

— Mais tu es tout de même entré. Pourquoi ?

— Pour récupérer ma came.

— Tu la planques ici ?

— Oui.

— Montre-nous !

— Non ! C'est ma seule source de revenus !

— Un conseil, Pablo Escobar : trouve-toi un vrai job ! Engage-toi dans la police, par exemple. Nous manquons d'effectifs.

— Putain, les gars…

— Tu penses pouvoir négocier avec nous ?

— J'ai peut-être une info sur votre affaire ! Je vous file le tuyau et, en échange, je garde ma came et ma liberté !

Thomas réprima une envie de rire. Cet abruti s'autorisait à marchander. Il ne manquait pas de culot. Qu'importe ! Pour obtenir une information sur la mort de Caroline, le commandant était prêt à taper dans la main d'un dealer.

— On t'écoute !

— La semaine dernière, un client m'a téléphoné pour une barrette de shit. On s'est donné rendez-vous jeudi, à 8 heures du mat'. Je me suis garé à l'écart, comme d'habitude, et j'ai poursuivi à pied. Je me dirigeais vers la salle des ordinateurs quand j'ai entendu un bruit. Une vieille bagnole se garait sur le parking. J'envoyais un texto à mon gars pour lui annoncer que la transaction était reportée, lorsque deux meufs sont sorties de la voiture. Le mec qui conduisait est resté au volant et les filles se sont dirigées vers l'usine. L'une d'elles était terrifiée. Je n'entendais pas très bien d'où j'étais, mais j'ai deviné qu'elle pleurait. L'autre la tenait fermement par les épaules et la forçait à avancer.

— Pourrais-tu les décrire ?

— Celle qui flippait portait une sorte de salopette violette. Elle avait le crâne rasé.

Ainsi, ce gamin avait croisé la route de Caroline et, sans le savoir, avait été témoin de ses derniers instants.

— Et l'autre ?

— Elle était assez grande. Mince. Elle avait aussi un bonnet, mais quelques mèches s'échappaient de sa tignasse. Elle avait les cheveux rouges.

23

— Vous aviez promis de pas me coffrer, bande de bâtards !

Idris et Thomas traversèrent le hall de la PJ sous les regards stupéfaits de leurs collègues. Le dealer, menotté, se débattait en hurlant.

— Alors Missot, s'écria un brigadier, on ramasse les camés dans le caniveau ?

Le commandant dressa son majeur à destination de la remarque et pressa le pas. Il poussa Yoann dans son bureau et claqua la porte derrière lui.

— Tu poses tes fesses sur cette chaise et tu ne bouges plus !

Le jeune homme s'exécuta pendant que Thomas décrochait son téléphone pour convoquer son équipe. Puis il essuya la sueur qui perlait sur son front et se planta devant le dealer. Celui-ci ne quittait pas des yeux le grand black qui l'avait escorté sans ménagement.

— Comme ça on est une bande de bâtards ? s'enquit Idris.

— C'est bon, calme-toi, *bro*.

— Je ne suis pas ton frangin, abruti. Ça se voit sur ma gueule, non ?

— Pourquoi vous m'avez embarqué ? Je vous ai dit tout ce que je savais sur ces meufs.

À cet instant, Louise, Wilfried et Laurent entrèrent dans le bureau. Intrigués, ils dévisagèrent l'invité.

— Qui est-ce ?
— Un type qu'on a cueilli aux Textiles Grimaud.
— Que foutiez-vous là-bas ?
— Ce n'est pas la question, répliqua le commandant.

Il se rappela d'ailleurs que les recherches du symbole des InnoSang avaient été oubliées, mais, à présent, ce détail lui importait peu.

— Assieds-toi derrière mon ordinateur, Wilfried. Nous allons procéder à une audition libre. Tu la joues franco avec nous, Pablo Escobar et les stups n'entendront jamais parler de toi. Compris ?

Le dealer hocha timidement la tête.

Thomas relata à son équipe leur rencontre et ce dont le jeune homme avait été témoin le jour de la mort de Caroline.

— Puis, alors qu'il venait de nous décrire les deux femmes aperçues sur le parking de l'usine, monsieur a décidé de nous fausser compagnie. Vous vous doutez bien que se mesurer aux capacités physiques d'Idris était une mauvaise idée.

— J'ai flippé ! hurla Yoann. J'avais peur que vous ne teniez pas votre parole. Et j'ai eu raison de me méfier ! La preuve : je suis là !

— Si on t'a mis les pinces et conduit ici, c'est justement parce que t'as essayé de te carapater. T'as donné des neurones récemment ou t'es né con ?

— Reprenons où nous en étions, enchaîna Thomas. Tu vois les nanas. Et ensuite ?

— Je suis sorti. J'ai contourné le parking en évitant le mec dans sa caisse, j'ai couru jusqu'à la mienne et je suis parti.

— Pourrais-tu décrire ce type ?

— Le visage rond, les épaules carrées, les cheveux bruns et courts, coiffés en épi. Je crois qu'il portait des lunettes. Avec les ombres dans le pare-brise, c'est tout ce que j'ai pu voir. C'était un mec… banal.

— Sa bagnole ?
— Une Clio. Blanche.
— La plaque d'immatriculation ?
— Aucune idée.
— Te souviens-tu du numéro de département ?
— Non.

Thomas chercha dans ses dossiers une planche de photographies sur laquelle les visages d'Esther et de Caroline étaient mêlés à dix autres portraits. Il brandit la feuille sous le regard ébahi du dealer.

— Reconnais-tu l'une des femmes que tu as aperçues ?

Yoann s'accorda un temps de réflexion avant de se prononcer :

— Oui. Elle.

Esther.

L'interrogatoire se poursuivit sans toutefois permettre de recueillir d'informations supplémentaires. Au bout d'une heure, Yoann signa sa déposition et eut l'autorisation de s'en aller.

Imaginer qu'Esther ait peut-être tué Caroline désolait Thomas. Pourquoi avait-elle commis cet acte innommable ? Avait-elle un plan ? Le fomentait-elle depuis de longues années ? Sûrement, sinon elle n'aurait pas disparu douze mois auparavant. Quelles étaient ses motivations ? Était-ce en rapport avec le préfet ? S'était-elle vengée de l'homme politique en sacrifiant sa fille unique ? Et ce type dans la voiture, quel rôle jouait-il ?

L'équipe devait réinterroger les proches d'Esther, ceux de Caroline et identifier un lien entre elles. Il en existait forcément un.

Le commandant allait énoncer ses directives, lorsque son téléphone sonna. En entendant la voix au bout du fil, une boule se forma dans sa gorge et une douleur irradia sa poitrine. Il plaqua la main contre son cœur avec la crainte que, sous le poids de la nouvelle, il explose.

24

L'entrée de Saint-Étienne était encombrée, comme souvent en fin de journée. Une file ininterrompue de voitures serpentait sous les panneaux d'autoroute. Pourtant, jamais un coup de klaxon ne retentissait, preuve de la résignation des automobilistes.

Thomas, pour sa part, maudissait l'inertie de son véhicule en surveillant l'heure sur le tableau de bord. Il avait parcouru la distance entre le VIIIe arrondissement de Lyon et le sud de la Loire en un temps record et pestait contre ces derniers kilomètres le séparant de sa destination finale. Il jura en frappant le centre de son volant et un « pouet » involontaire retentit. Cette impatience ne lui était pas coutumière. Toutefois, depuis quelques mois, il était incapable de la contenir, de la dompter. En résultaient des spasmes fréquents dans sa poitrine, à l'instar de ceux ressentis la veille sur la scène de crime des Textiles Grimaud. Consulter un docteur était inutile. Thomas était capable de résister, sans avis médical ni traitement.

Dans le rétroviseur, le soleil caressait les reliefs enneigés et le ciel se parait de teintes roses et orange.

Si Léa avait été assise sur le siège passager, elle aurait assuré que Van Gogh et Monet se livraient une bataille sans merci au paradis afin de montrer au bon Dieu l'étendue de leur talent. L'adolescente jouissait d'un esprit poétique, créatif et elle adorait attribuer une signification artistique aux événements du quotidien les plus insignifiants. Depuis son hospitalisation, elle s'adonnait à la peinture, démarche vivement encouragée par les médecins. La thérapie par l'art permettait des miracles, avait assuré la nutritionniste. Béatrice et Thomas avaient espéré constater les bénéfices de la passion de leur fille sur ses troubles psychologiques. Hélas, il leur semblait que ce loisir la tirait plus encore dans des abysses sombres et dangereux. En effet, si son talent était indiscutable, le sujet de ses œuvres était pour le moins troublant. Ses toiles transpiraient la tristesse et la mélancolie. L'une d'elles, baignée d'une aura morbide, avait alarmé sa mère. Béatrice l'avait montré à son ex-époux qui n'avait pu que partager son inquiétude. Léa avait peint un terrain vague sous une nuit d'encre, un arbre sans feuille en son centre. À l'une des branches pendait un corps. Le visage de la victime – un homme – était déformé par une grimace atroce et inhumaine. Sa peau était lacérée, du sang coulait de ses plaies jusqu'au bout de ses doigts. Des gouttes tombaient sur le sol où elles avaient formé une flaque rouge.

Thomas n'avait pas pu formaliser son ressenti. Du pêle-mêle des sentiments éprouvés, se détachaient le dégoût et la terreur. Il s'était élancé dans la chambre de sa fille pour percer le mystère de cette toile, mais l'adolescente, couchée sur son lit, s'était tournée vers le mur puis roulée en boule, une attitude signifiant son refus de communiquer. Son père s'était assis près d'elle et avait tenté d'ouvrir le dialogue.

— Je n'ai pas envie d'en parler, avait-elle murmuré.

Il s'était penché sur elle pour la serrer dans ses bras. Leurs mains s'étaient cherchées. Leurs doigts entrelacés, l'un contre l'autre, ils étaient restés ainsi de longues minutes, sans dire un mot. Une heure plus tard, bredouille d'explication quant à la nature macabre des pensées de sa fille, Thomas était rentré chez lui. Allongé sur le canapé, il avait ressassé les mêmes questions jusqu'à ce que les spasmes dans sa poitrine deviennent insupportables. Il avait alors allumé son ordinateur et cherché, sur Internet, un diagnostic à ses symptômes. Le plus plausible était d'ordre psychologique : stress et anxiété.

— Tom ?

Une voix lointaine. Qui se rapprocha peu à peu jusqu'à devenir parfaitement audible. Louise, sourcils froncés, désignait le pare-brise. Entre eux et le véhicule les précédant, un écart significatif s'était creusé.

— On ne va pas attendre des plombes derrière le commun des mortels, Tom ! Mets le deux-tons !

Tiré de son apathie, le commandant s'exécuta. Il baissa sa vitre et aimanta le gyrophare sur le toit de la voiture. Puis, il donna un coup de volant sur la droite et accéléra sur la bande d'arrêt d'urgence.

Après quelques centaines de mètres parcourus à toute vitesse, Thomas ralentit pour emprunter une sortie. Il contourna un rond-point, refusa de nombreuses priorités et grilla deux feux tricolores.

La voiture s'engouffra dans une zone industrielle limitée à 50, réglementation que le commandant ne respecta pas. Pourtant, il dut calmer ses ardeurs : le flux important de véhicules qui jaillissaient des rues perpendiculaires rendait la circulation dangereuse. Un bus manqua d'ailleurs de les percuter sur le flanc droit mais s'arrêta juste à temps.

— Je n'ai pas envie de mourir jeune, vociféra Laurent sur le siège arrière.

— On ne dirait pas qu'une usine désaffectée se cache ici. Es-tu sûre de toi, Lou ?

— Affirmatif ! Apparemment, le bâtiment est séparé en deux : l'aile arrière, à l'abandon, a été construite au début du xxe siècle et l'aile avant, en activité, date des années 2000.

Le commandant suivit les nouvelles indications, grilla encore quelques feux et insulta, par sa vitre ouverte, un automobiliste qui ne l'avait pas laissé passer. Il enfonça la pédale de frein devant un portail bleu sur lequel était fixée une plaque en aluminium : « Altimet, entreprise de sidérurgie ».

Le trio se pressa vers le bâtiment et fut accueilli par un policier qui proposa de les escorter.

Les locaux à l'avant étaient propres et entretenus. La façade beige avait été repeinte récemment. Des réverbères éclairaient le parking et un massif de rhododendrons ornementait l'entrée. Mais, à l'arrière, le décor était bien différent. Cette partie de l'usine était érigée sur un talus en terre battue d'une dizaine de mètres, ce qui la rendait encore plus imposante. Elle semblait isolée du reste du monde, sensation renforcée par le cours d'eau qui l'encerclait. Le toit était surplombé d'un grand réservoir. Une immense cheminée se dressait le long de la façade principale et, autour d'elle, serpentaient des tuyaux d'acier. Le bâtiment était recouvert d'un bardage gris, noirci par la pollution. Quant au soubassement en moellons, il était fissuré de toutes parts.

Au rez-de-chaussée, un hangar s'étendait sur une centaine de mètres et au premier niveau, quatre blocs étaient reliés les uns aux autres par des passerelles. Aucune courbe. Que des lignes droites et perpendiculaires. Comme si l'URSS s'était invitée dans cette architecture.

La plupart des fenêtres étaient équipées de barreaux, ce qui conférait à l'usine des allures de prison. Thomas jeta un œil par l'une des ouvertures : les ateliers étaient déserts, évidemment.

Les fossés vomissaient de hautes herbes et des ronces couraient sur les murs. Dans un angle s'amoncelaient des emballages de fast-food et des bombes de peinture vides. Alentour, les arbres étaient dépouillés de leurs feuilles. Le ciel, les murs, le bitume : tout était gris. Aussi, quand les premiers tags apparurent, le commandant se sentit moins oppressé.

Après avoir obliqué sur la gauche, les policiers débouchèrent sur l'ancienne entrée et pénétrèrent à l'intérieur du bâtiment. Ils furent guidés dans un couloir sombre qui desservait plusieurs pièces, sans doute les anciens bureaux. Tous les meubles étaient renversés ; classeurs et tiroirs vides étaient éparpillés ; des objets sans rapport les uns avec les autres étaient dispersés çà et là : une agrafeuse, un cintre, une chaussure... Du lierre se frayait un passage par les fenêtres et s'agrippait aux cloisons. Il étreignait tout ce qu'il croisait sur son passage, notamment un cadre contenant le cliché d'une équipe.

Au bout du couloir, le policier poussa une double porte en métal qui menait aux anciens ateliers. Les proportions de cette pièce étaient impressionnantes. De la fosse centrale émergeaient des structures en béton en forme de H d'environ un mètre de haut. Sans doute un système de guidage pour le refroidissement des plaques de métal produites par la société dans le passé. Elles se dupliquaient les unes derrière les autres, dans une symétrie parfaite. L'espace d'un instant, Thomas se crut au beau milieu d'un cimetière, cerné de pierres tombales.

Puis il leva les yeux au plafond où se trouvait un pont roulant. Il s'élevait à une dizaine de mètres du sol. En son centre pendait un corps. Tout de violet vêtu.

25

Les employés d'Altimet ne fréquentaient pas la partie désaffectée de l'usine. D'une part parce qu'il n'y restait plus rien sinon de la poussière et les fantômes du passé, ensuite parce que les lieux présentaient un danger certain. Le sol était accidenté et le plafond menaçait de s'effondrer. Pourtant, chaque semaine, William Desjons, le directeur adjoint de la société, visitait le bâtiment à l'abandon pour s'assurer qu'aucun squatteur n'y avait élu domicile. En ce mardi 5 mars, à 14 heures, il avait effectué sa tournée hebdomadaire. Dans la pièce principale, il avait découvert le corps d'une femme.

William s'était précipité dans le hall d'accueil où il avait bondi sur le téléphone, sous le regard médusé de la secrétaire. La brigade criminelle du commissariat de Saint-Étienne était arrivée dix minutes plus tard. Les similitudes avec la mort de Caroline Loumin n'avaient échappé à personne et le commandant dépêché sur les lieux s'était empressé de contacter son homologue à la PJ de Lyon.

En interrogeant le directeur adjoint, Thomas avait déploré qu'aucune caméra ne surveille l'aile abandonnée. Les enregistrements auraient sans doute permis d'identifier le véhicule qui s'était engagé sur l'ancienne voie carrossable conduisant à la partie désaffectée. Le commandant s'était aussi étonné que cet accès ne soit pas condamné ou équipé d'un portail fermé à clé.

— Manque de moyens, avait rétorqué le directeur.
— Il faudra y remédier.
— Je sais. Nous rencontrons des difficultés financières. Notre société risque de fermer cette année. Vous n'avez pas entendu parler d'Altimet dans les journaux ? Le Premier ministre est même venu nous voir. Pour s'apitoyer sur notre sort, pas pour nous apporter des solutions. On devait nous accorder des subventions pour sécuriser le bâtiment. Nous les attendons toujours !

Assis à son bureau, William Desjons avait enfoui la tête entre ses mains. Le commandant l'avait questionné sur des ennemis potentiels, un détail sur le passé de l'entreprise qui aurait pu expliquer un meurtre entre ses murs.

— Nous avons des concurrents, répondit le directeur, mais des gens qui nous voudraient du mal au point de sacrifier une jeune femme au sein de notre usine ? Non… Ça n'a aucun sens.

Tout en ressassant cet échange, Thomas regagna la fonderie désaffectée. Les pompiers du GRIMP avaient détaché le cadavre qu'un légiste examinait déjà. Louise se tenait à ses côtés et, dès qu'elle aperçut le commandant, le rejoignit.

— Tu as pu t'entretenir avec le directeur ?
— Oui. J'ai aussi interrogé la secrétaire et un ouvrier, mais ces échanges ne vont pas nous aider. Selon moi, la victime a été pendue de nuit, à l'abri

des regards indiscrets. Le meurtrier a emprunté l'ancienne voie qui conduit directement à l'arrière du bâtiment. Pas de caméras, pas de portail. Du pain bénit ! Et de ton côté ?

— D'après les premières constatations, la jeune femme serait effectivement morte dans la nuit de samedi à dimanche. Soit deux jours après Caroline. Dans la poche de son pantalon, les policiers ont trouvé une paire de ciseaux tachée de sang. Et inutile de te préciser qu'elle a la langue coupée. Les flics de Saint-Étienne ont appelé un collègue de l'UPA[1] en charge des disparitions inquiétantes. Il est en route. Il l'identifiera peut-être... Je change de sujet : Idris m'a envoyé un message. Il est retourné aux Textiles Grimaud cet après-midi pour chercher le symbole de l'association. Bredouille !

— Parce qu'il n'y a pas de symbole...
— Tu ne crois pas en cette piste, Tom ?
— Si un lien existe entre la nouvelle pendue et les InnoSang, nous reconsidérerons cet aspect.

Louise allait répliquer, mais elle fut interrompue par Laurent qui arrivait vers eux en courant.

— Un policier a identifié la victime, s'écria-t-il. Elle s'est volatilisée en décembre 2017, sur le parking d'une boîte de nuit : le Venice Club.

Immédiatement, le témoignage de Gaëlle Gordeau – recueilli lors de la disparition d'Esther – revint à la mémoire du commandant.

Cyrielle Ortiz était leur nouvelle victime.

---

1. Unité de police administrative.

26

Thomas attrapa Louise par le bras et l'entraîna jusqu'à leur voiture.

— Où allons-nous ? interrogea-t-elle en se dégageant de l'étreinte de son chef.

— Au Venice Club.

— Plus d'un an après, crois-tu que les employés pourront nous aider ?

— Je l'espère. Profitons d'être dans le coin pour leur rendre visite.

Louise poussa le chauffage à fond en soufflant sur ses doigts qui dépassaient de ses mitaines. Dans les phares, des flocons de neige virevoltaient et recouvraient peu à peu la route d'un tapis blanc. Thomas essuya la buée sur le pare-brise et demanda à sa collègue d'en faire autant. Elle s'exécuta tout en partageant ses réflexions à voix haute :

— Caroline et Cyrielle ont disparu à deux mois d'intervalle environ. Où étaient-elles depuis tout ce temps ? Retenues prisonnières ?

— Certainement. Rafraîchis-moi la mémoire, Lou : lors de l'enquête sur la disparition d'Esther, avais-tu pris connaissance du dossier Cyrielle Ortiz ?

— Oui. Le lendemain de l'appel de Gaëlle, j'ai contacté le policier en charge de l'affaire pour échanger avec lui. Il n'était pas plus avancé sur le mystère de cette femme que nous l'étions sur celui d'Esther. Il avait, bien entendu, auditionné les employés du Venice Club. Sans succès. Mais la présence de Benoît au moment des deux disparitions nous était vite apparue significative.

— Et la présence d'Esther ?

— C'est-à-dire ?

— Elle était là lorsque Cyrielle s'est volatilisée. Gaëlle nous a d'ailleurs dit qu'elles se connaissaient. Et le dealer a aperçu Esther escorter Caroline dans l'usine désaffectée des Textiles Grimaud. Et si la fille Malori n'était pas à ranger dans la case des victimes, mais plutôt dans celle des suspects ?

— Une théorie que tu envisages depuis le début, Tom. J'en propose une autre : et si l'homme dans la bagnole sur le parking des Textiles Grimaud était Perriot ? Je pense aux accusations de viol qui planaient sur lui...

— Il n'a été reconnu coupable d'aucun fait : ni du viol d'Esther, pas plus que de sa disparition ou de celle de Cyrielle. Et nous n'avons établi aucun lien entre lui et Caroline.

— Et s'il avait enlevé Esther pour la manipuler et la soumettre à ses directives ? Elle attire les victimes qui suivent aveuglément cette femme de confiance. Elle les livre à Perriot qui abuse d'elles jusqu'à lassitude. Le tandem les sacrifie alors.

— Un couple diabolique.

— Comme les Dutroux.

— Gabriel a certifié que Caroline n'avait pas été violée.

— Perriot a pu la laver soigneusement et attendre plusieurs jours avant de la tuer.

Esther était-elle la clé de l'énigme, la pièce manquante du puzzle ? Plus il envisageait cette hypothèse, plus Thomas sentait son cœur se serrer. Au fond de lui, il refusait que la sœur de son amie soit mêlée à une affaire aussi sordide.

Pensif, il n'entendit pas les recommandations de Louise et se trompa d'itinéraire. Après de nombreux détours, il s'engagea enfin dans une zone commerciale déserte et se gara sur le parking du Venice Club. Le bâtiment en bardage d'aluminium turquoise, les rares fenêtres et les poubelles entassées près de l'entrée ne rendaient en rien les lieux accueillants. Les lueurs criardes d'un néon clignotaient au-dessus de la porte principale. Le mot « Venice » était orné de feuilles de palmiers et soutenu par une vague sur laquelle se déhanchait un surfeur. Malgré tous ces efforts graphiques, le logo peinait à évoquer la ville californienne dont il avait emprunté le nom.

Le commandant regarda sa montre : 20 heures. En ce jour de semaine, quelqu'un serait-il sur place pour répondre à leurs questions ? Louise avait suggéré d'appeler avant de se déplacer mais Thomas avait préféré miser sur une visite surprise, la plus efficace des méthodes, même si elle pouvait se solder par un échec et leur coûter du temps.

Il sonna à l'interphone du club et un homme filiforme leur ouvrit. Les cheveux en épis, le teint pâle, une chemise blanche à rayures rouges et bleues boutonnée jusqu'au cou : *une vraie brosse à dents*, pensa Thomas.

— Nous voudrions nous entretenir avec le responsable.

— C'est moi. Ludovic Magnan.

— Nous aimerions vous parler de Cyrielle Otiz, disparue en décembre 2017.

— La police m'a auditionné à l'époque. Je n'ai rien à ajouter. Mais si vous voulez entrer...

Les deux policiers se glissèrent dans l'entrebâillement et furent ravis de rejoindre l'atmosphère chaude et calfeutrée de la boîte de nuit. Derrière un bar s'affairaient des employés. Ils transportaient des cartons et en vidaient le contenu – des bouteilles d'alcool qu'ils disposaient sur un présentoir.

Ludovic confirma sa présence la nuit de la disparition de Cyrielle, mais, comme il l'avait dit aux enquêteurs, il n'avait rien constaté d'alarmant. La jeune femme était une habituée du club. Quant à Benoît et Esther, ils étaient inconnus au bataillon et le responsable n'avait aucun souvenir d'une personne aux cheveux rouges.

En entendant cette description, une des employés approcha des policiers.

— Avez-vous une photo de cette femme ? demanda-t-elle.

Thomas tira le portrait d'Esther de sa poche et le lui tendit. Elle hocha doucement la tête.

— Je me souviens d'elle. J'étais de service ce soir-là. J'ai dit aux flics ce que j'avais vu, mais ils étaient surtout en quête d'informations sur Benoît. Ils se fichaient du reste.

— Vous avez toute notre attention.

— Au cours de la soirée, une dispute a éclaté à l'extérieur. Je suis allée à la fenêtre : à l'arrière du parking, une femme pleurait. Un homme lui tenait les poignets en lui ordonnant de se calmer.
— Avez-vous vu leurs visages ?
— Vos collègues m'ont montré des portraits. J'ai identifié Cyrielle, mais pas Benoît.
— Poursuivez.
— Je m'apprêtais à avertir le vigile quand le mec a tourné les talons pour aller fumer une cigarette devant l'entrée du club. La nana aux cheveux rouges a ensuite rejoint Cyrielle. Elle a tenté de la consoler mais cette dernière ne l'écoutait pas. Elle ne pleurait plus et était comme… pétrifiée. Soudain, elle est sortie de son silence. Aujourd'hui encore, j'essaie de trouver un sens aux mots qu'elle a prononcés. « Je vais le faire ! » Voilà ce que Cyrielle a dit avant de disparaître.

27

Leur visite au Venice Club terminée, Thomas et Louise retournèrent à l'usine Altimet pour un point avec l'équipe technique. Ils échangèrent aussi avec le légiste avant que le corps de la victime soit transféré à l'IML de Bellevue, à Saint-Étienne. Le commandant détailla une dernière fois la scène de crime. Les halogènes installés aux quatre coins de la pièce la plongeaient dans une ambiance irréelle. L'espace d'un instant, il se demanda s'il ne déambulait pas dans un cauchemar.

Les lieux se vidèrent peu à peu et, à 23 heures, Thomas et ses deux coéquipiers décidèrent de reprendre la route de Lyon. Le commandant déposa Louise et Laurent sur le parking de la PJ. Ils s'empressèrent de monter dans leur voiture pour rentrer chez eux.

Thomas hésita devant la porte d'entrée avant de finalement pénétrer dans le hall d'accueil. Il salua distraitement les collègues qu'il croisa, répondit à leurs questions sans s'épancher et s'enferma dans son bureau. Son portable affichait un grand nombre d'appels en absence. Idris avait notamment tenté de le contacter cinq fois sans laisser de message. Le père de famille devait à présent être auprès des siens.

Dans son carnet, le commandant consigna tout ce que cette journée lui avait appris. Il rédigea ensuite un e-mail à destination de la commissaire et envoya un texto à Wilfried pour lui demander de se présenter à l'IML de Saint-Étienne à 9 heures. Puis las, il s'enfonça dans son fauteuil et ferma les yeux.

Le cadavre de Cyrielle flottait dans sa mémoire quand quelqu'un frappa. La porte s'ouvrit sur Idris.

— Que fais-tu encore ici ? s'étonna Thomas.

— À ton avis ? Je bosse ! Alors, cette nouvelle victime ?

— Cyrielle Ortiz. Son corps a été mis en scène dans une usine désaffectée de la même manière que celui de Caroline. On l'a pendue, son crâne a été rasé, sa langue sectionnée et cautérisée. Elle avait une paire de ciseaux tachée de sang dans sa poche et ne portait que des vêtements violets.

Idris prit place sur une chaise.

— Combien de nanas ce fou va-t-il sacrifier ?

— Aucune idée. Prions pour l'arrêter avant qu'il commette un autre meurtre. Louise m'a montré le texto que tu lui as envoyé. Tu veux me parler du symbole des InnoSang que tu n'as pas trouvé ?

— OK, j'ai compris : ma piste ne vaut rien.

— Pas du tout. Dès demain, cherche un lien entre Cyrielle et les InnoSang : dans sa boîte mail, ses favoris Internet, sur Facebook. Était-elle vegan ? Participait-elle à des rassemblements ou des manifestations ? Il faut prévoir aussi les auditions avec ses proches. Ont-ils été informés du décès ?

— Wilfried s'en est chargé.

— Et Caroline ? Avez-vous progressé ?

— Pas vraiment... D'après ses amis, elle était épanouie dans son job. Ils la décrivent comme une femme généreuse qui prenait son militantisme très au sérieux. D'après Edgar, son petit ami, elle était heureuse. Le tableau dépeint par Éléonore, la tante de Caroline, est, en revanche, moins idyllique.

— Tante ?

— Oui, la sœur du préfet. Elle m'a appelé cet après-midi. D'où mes multiples tentatives de te joindre. Elle m'a appris que son frère, Richard Loumin, était violent. Il était l'aîné de quatre enfants et terrorisait toute la fratrie. Les parents n'ont rien vu. Éléonore, sa sœur, m'a confié qu'elle avait toujours redouté que son frère s'en prenne à son épouse et à Caroline. Selon elle, sa nièce était malheureuse. Souvent, lors de repas familiaux, sa tante la trouvait éteinte et, lorsque son père lui parlait, elle fuyait son regard. Elle a évoqué le suicide de Mme Loumin. L'épouse du préfet aurait mis fin à ses jours non seulement parce qu'elle souffrait de la disparition de sa fille, mais aussi parce qu'elle était certaine de l'implication de son mari dans cette affaire.

— Vraiment ?

— C'est ce qu'affirme Éléonore. Mais avec le statut de Loumin et sa fortune, nous sommes en droit de nous questionner sur la véracité de ces informations.

— Convoque cette femme et interroge-la plus longuement. En attendant, rentre chez toi.

— Tu devrais en faire autant... Tu as une tête de déterré.

Il avait raison. Aussi, dès qu'Idris eut quitté son bureau, Thomas rangea ses dossiers et se mit en route. Il roula jusque chez lui en pilotage automatique, obsédé par le témoignage de la tante de Caroline.

Esther avait porté plainte pour viol.

Elle avait disparu.

Cyrielle avait croisé Perriot, un violeur présumé.

Elle avait disparu.

Caroline avait peut-être été maltraitée par son père.

Elle avait disparu.

Une fois chez lui, Thomas jeta ses affaires sur la table du salon – son blouson tomba mais il ne le ramassa pas – et enleva ses chaussures sans se baisser. D'habitude, il serait allé au lit sans manger, mais la faim lui tiraillait l'estomac et justifiait amplement de repousser l'heure du coucher. Dans le congélateur, il choisit un plat préparé et le réchauffa au micro-ondes. Sur les conseils de Béatrice, il lut les informations nutritionnelles au dos du paquet et poussa un cri de stupeur. À l'apport de cette préparation trop grasse, trop salée, trop sucrée, il fallait ajouter le McDo de midi. Le compteur calorique journalier explosait. Thomas considéra le mélange visqueux de pâtes et de crème fraîche et se consola : aujourd'hui, il avait couru après un dealer et était resté vingt heures opérationnel. Tous ces efforts méritaient bien quelques calories supplémentaires.

Il mangea debout, appuyé contre le plan de travail et, pour terminer son repas, enfourna une tablette de chocolat au lait. Dans le salon, il s'effondra sur le canapé et alluma la télévision. Deux minutes plus tard, il s'endormait.

Une sonnerie le réveilla à 7 heures. Il se redressa en grimaçant : la douleur dans sa poitrine était lancinante. Il tendit le bras vers la table basse et s'empara de son téléphone portable. Le nom de la commissaire éclairait l'écran.

— J'ai de mauvaises nouvelles, commandant. Trois autres pendues viennent d'être découvertes dans la région.

28

Après une douche rapide et un petit-déjeuner sur le pouce, Thomas se mit en route pour la PJ où il avait donné rendez-vous à Louise. La capitaine attendait sur le parking. Le commandant descendit de voiture et lui jeta les clés.
— Tu as mauvaise mine, Tom.
— Nuit courte ! Conduis, c'est plus sage.
— Ça va aller ?
Il éluda la question. Pourtant, il aurait pu confier à sa collègue ses inquiétudes. Nul doute qu'elle aurait trouvé les mots justes pour le rassurer. Mais comment lui avouer qu'imaginer Esther dans le rôle d'une tueuse cruelle et déterminée le terrifiait ? Que cette crainte avait formé une boule dans sa poitrine qui ne le quittait plus. Il préféra garder le silence, persuadé d'être assez fort pour affronter, seul, ses démons. Sa carrière était jalonnée de meurtres sordides. Il n'avait jamais flanché là où des collègues avaient perdu pied. Les statistiques le prouvaient : tous les quatre jours, un policier se suicidait. La dépression infiltrait chaque service, chaque grade. Les heures supplémentaires impayées s'accumulaient, les conditions de travail devenaient de plus

en plus difficiles. L'opinion publique n'apportait aucun soutien, ou presque. Les flics, les poulets, les keufs étaient haïs. Détestés. Montrés du doigt par la société et les médias. Le métier lui-même était dépossédé de sa fonction première et Thomas regrettait que ses pairs passent plus de temps à maintenir l'ordre qu'à secourir et protéger leur prochain. Ce constat terrassait ce qui restait de ses convictions. Il redoutait qu'un jour l'uniforme soit si difficile à endosser que plus personne n'accepte de le porter.

Las, il tendit les jambes devant lui et chercha dans sa poche le portrait d'Esther. Il ne connaissait pas la jeune femme et, pourtant, en fermant les yeux, il était capable de dessiner chaque ligne de ce visage et de lister chacun de ses signes distinctifs avec exactitude.

Thomas s'empara ensuite de son téléphone et lança une recherche sur le lieu où ils se rendaient : Le Grand Air du Mont-Blanc, un sanatorium abandonné lové dans la splendeur des Alpes. Dans les années 1930, une douzaine de bâtiments de ce type avaient été construits en Haute-Savoie. À cette époque, le plateau d'Assy s'imposait comme une station de cure prisée par les tuberculeux. Le site présentait de nombreux avantages : une altitude bénéfique, un air sec et une exposition plein sud avec un ensoleillement maximum. Autre point positif : le lieu étant reculé, la propagation de la maladie n'en était que plus contenue.

Trois mille patients avaient été soignés dans ces sanatoriums, la durée de leur séjour étant variable. Certains y mouraient, à l'instar de Marie Curie qui était décédée en 1934 à Sancellemoz. Mais les

progrès de la médecine et la chimiothérapie antituberculeuse avaient menacé la fréquentation de ces centres. L'arrivée des antibiotiques dans les années 1960 avait finalement porté le coup de grâce, et ces établissements furent, pour la plupart, fermés.
— Que lis-tu ? demanda Louise curieuse.
— Un article sur les sanatoriums de Haute-Savoie.
— Il en existe plusieurs ?
— Oui. Presque tous à l'abandon. Ces paquebots – comme ils sont surnommés ici – sont des épaves difficiles à entretenir ou à réhabiliter. Ceux qui ont été reconvertis en clinique mettent la clé sous la porte les uns après les autres car ils ne répondent plus aux nouvelles normes. Le site de Guébriant a, pour sa part, été transformé en résidence de tourisme. Il appartient au département du Val-de-Marne et accueille des classes de vacances et des clubs de retraités. Son activité couvre 80 % des besoins de la station de Plaine-Joux qui se situe juste au-dessus. Si Guébriant cesse son activité, il entraîne la station dans sa chute. Le journaliste évoque aussi le sanatorium de Martel de Janville, reconverti en cent trente-huit appartements et inscrit aux monuments historiques. Le Roc des Fiz était, quant à lui, un sanatorium pour enfants. Une coulée de boue dans les années 1970 a détruit l'aile ouest. Cinquante-six gosses et quinze adultes ont péri dans cette catastrophe. Le site a été rasé. Ne reste qu'une stèle en mémoire des soixante et onze victimes. Puis il y a Le Grand Air du Mont-Blanc, celui où nous sommes attendus. Ce sanatorium de luxe pour richissimes patients a ouvert en 1930. Deux cent quatre-vingts

lits, cent soixante appartements, un restaurant avec serveurs en costume, une salle de musique, une bibliothèque et même un salon de coiffure. Il a été racheté par un groupe médical, mais a fermé il y a cinq ans. Les photos sur Google montrent que tout a été abandonné en l'état : le mobilier, l'ancien bloc chirurgical, les salles de soin, les dossiers médicaux... Glauque.

— Ça doit grouiller de squatteurs. Espérons que l'un d'eux ait vu quelque chose.

À ce sujet, Thomas avait peu d'espoir. Il inclina son siège, ferma les yeux et se laissa envelopper par la douce chaleur de l'habitacle. Puis il sombra.

Quelques secondes seulement s'étaient écoulées lorsqu'une main palpa son bras.

— Nous sommes arrivés, Tom.
— Déjà ?
— Tu as dormi deux heures. Ça va mieux ?

Il ne répondit pas. Non : c'était pire qu'avant cette sieste improvisée. Ses muscles étaient engourdis, ses pensées embuées. Il n'aurait jamais dû s'assoupir.

Il descendit de voiture et se posta près de Louise. Ensemble, ils découvrirent, caché derrière une masse de sapins et de bouleaux, Le Grand Air du Mont-Blanc. Les proportions du bâtiment étaient stupéfiantes. Il s'élevait sur cinq étages et s'étendait sur une centaine de mètres. La dénomination « paquebot » choisie par la population locale convenait parfaitement à cette architecture massive. La plupart des fenêtres étaient brisées, tout comme la porte d'entrée, autrefois vitrée. Sur la partie droite du bloc de béton se dressait une tour carrée au sommet de laquelle se détachaient les lettres « Le Grand Air ».

Thomas se sentit oppressé par l'atmosphère des lieux. Le ciel gorgé de nuages gris et la chaîne des Alpes serpentant à l'horizon renforçaient cette sensation d'étouffement.

Le binôme se présenta à un policier qui surveillait les allées et venues sur le parking. Il les invita à contourner la bâtisse pour rejoindre la scène de crime.

À l'arrière, Le Grand Air était encore plus impressionnant. Le parc à l'abandon – où devaient se promener les patients – permettait de prendre du recul et de mesurer ainsi l'ampleur du bâtiment. La régularité et la symétrie parfaite de la disposition des éléments architecturaux étaient dérangeantes. Des fenêtres se répétant à l'infini, des balcons aux proportions identiques, des dizaines de stores bleus déchirés flottant au vent... Tout n'inspirait que tristesse et solitude. Même les oiseaux semblaient avoir déserté les lieux.

Au premier étage, au centre de la bâtisse, se trouvait un auvent en béton. C'est là que le meurtrier avait choisi de pendre sa troisième victime.

29

Le commandant avança lentement, tête baissée, comme s'il voulait reculer l'échéance de sa rencontre avec ce nouveau cadavre. Il puisa dans les forces qui lui restaient et, enfin, osa lever les yeux.

Le goût amer de l'échec inonda sa bouche.

Thomas avait engagé une course effrénée contre la mort et l'avait lamentablement perdue.

Effondré, il se tourna vers Louise.

Seul un prénom parvint à franchir ses lèvres.

TROISIÈME PARTIE

– Renaître –

30

Mardi 7 janvier 2020

Le ciel était chargé de nuages et le soleil luttait pour se frayer un passage parmi eux. Vaincu, il capitula et sa lumière déclina dans le paysage hivernal. Le brouillard enveloppa la vallée et un voile de flocons saupoudra avec délicatesse le plateau d'Assy. Les reliefs se parèrent de leurs plus beaux atours d'hiver. Le Grand Air du Mont-Blanc n'en était que plus fantomatique.

Un souffle léger agita les stores bleus des fenêtres et se faufila entre les vitres brisées. Au dernier étage, des silhouettes cachées derrière les carreaux observaient la valse des policiers. Des squatteurs, des dealers, des sans-abri. Avaient-ils vu quelque chose ou surpris quelqu'un ? Apporteraient-ils leur aide ou choisiraient-ils de se taire ? La seconde hypothèse semblait plus probable. Les marginaux ne pactisaient pas spontanément avec les flics.

La neige recouvrait peu à peu le parc du sanatorium et, d'ici une demi-heure, les mauvaises herbes auraient disparu sous un tapis blanc.

Si un cadavre n'avait été pendu à un balcon du Grand Air, Thomas aurait été subjugué par cette scène d'une beauté saisissante. Toutefois, il ne pouvait savourer l'esthétique irréelle qui prenait forme autour de lui.

Il ferma les yeux, laissa les flocons lui chatouiller le visage et s'enivra de la pureté du silence qui régnait sur la vallée. Des gouttes d'eau coulaient sur ses tempes et glissaient dans le col de son blouson. L'humidité qui caressait sa peau le glaça. Il gorgea ses poumons de l'air de la montagne et rouvrit les paupières.

Devant lui, deux techniciens se hâtaient pour récolter un maximum d'indices avant la tombée de la nuit, avant que la neige emporte tout sur son passage. Des policiers aux traits tirés s'affairaient de toutes parts. Le commandant, incapable de se mêler à ses pairs, se contentait de les observer.

Il baissa la tête et fut ébloui par une lueur à ses pieds. Il s'agenouilla, enfila des gants en latex et s'empara de la petite forme ronde : un poudrier rose. Léa en possédait un identique.

Thomas appuya sur le fermoir et un miroir cassé lui renvoya son reflet : livide, les lèvres gercées, les yeux baignés de tristesse. Il fourra l'objet dans sa poche et décida de rejoindre ses collègues. C'est alors qu'il découvrit que le parc du Grand Air était désert. Techniciens, policiers, pompiers, légiste… Toute l'équipe avait disparu. Même Louise.

Plus un bruit, plus un mot. Et, sur le tapis de neige enfin déroulé, aucune trace de pas.

Thomas était seul.

Il s'élança vers la scène de crime mais des liens semblaient entraver ses pieds et ralentissaient sa progression. Chaque enjambée se révélait plus pénible que la précédente.

La nuit était tombée. Un halo lumineux, dont il n'identifia pas la source, éclairait la victime. Sa tête retombait sur le côté, son menton était collé à son épaule droite et des mèches rousses masquaient ses yeux. Thomas se posta au-dessous du corps et alluma sa lampe de poche.

Un hurlement s'échappa de sa gorge, mais il ne l'entendit pas. Il voulut se jeter sur la victime qui flottait devant lui pour la détacher, mais il était paralysé.

À cause de lui, cinq femmes étaient mortes et le tueur avait choisi de conclure son plan macabre avec la plus précieuse de toutes.

Léa.

Elle était là. Au bout de cette corde.

Jamais plus Thomas n'entendrait son rire.

Jamais plus il ne sentirait son parfum.

Jamais plus il ne caresserait ses cheveux.

Anéanti, il tomba à genoux dans la neige.

Comment vivre sans l'être qui vous est le plus cher au monde ? La réponse était encore plus douloureuse que la question et le commandant comprit que surmonter cette épreuve lui serait impossible. Il dégaina son arme de service, plaqua le canon contre sa tempe et retint sa respiration.

Une détonation fendit l'air.

Thomas s'éveilla en sueur.

Il repoussa les couvertures et se précipita dans la chambre de sa fille. En la découvrant endormie dans son lit, il soupira de soulagement. Hélas, les cendres de son cauchemar demeuraient brûlantes et l'image de Léa, pendue au bout d'une corde, avait imprimé sa rétine.

Depuis la découverte des cinq pendues, des rêves terrifiants hantaient ses nuits. Souvent, les souvenirs s'entrechoquaient et se mélangeaient. Les visages des victimes et les scènes de meurtre s'interchangeaient pour donner naissance à d'autres tableaux macabres, inédits et angoissants. Léa prenait alors la place de Cyrielle dans l'usine de sidérurgie. Celle de Caroline aux Textiles Grimaud. Et, plus terrible encore, celle d'Esther dans le sanatorium de Haute-Savoie.

31

Après un tel cauchemar, Thomas savait que se rendormir serait impossible. Il décida donc de se lever et de prendre son petit-déjeuner. Le café inonda la pièce de ses arômes fruités qui se mêlèrent aux odeurs réconfortantes de pain grillé.

Éprouvé par sa nuit agitée, Thomas n'entendit pas Léa entrer dans la cuisine. Elle traîna des pieds jusqu'à lui et déposa un baiser sur sa joue.

— Chocolat chaud ?
— Non, je suis barbouillée.

Il fixa l'adolescente. En un an, la situation ne s'était pas améliorée, elle avait même empiré. L'anorexie ne laissait aucun répit à cette gamine et les médecins se montraient incapables de la mener vers la guérison. « Sans dialogue, pas de progrès », avait dit le psychologue. Cette conclusion avait anéanti le peu d'espoir qui subsistait dans le cœur de Thomas.

À l'évocation de ces mots, d'atroces souvenirs l'assaillirent. Ce n'étaient pas les images des pendues. C'en étaient d'autres, qui dataient du mois dernier.

Ce lundi-là, Thomas houspillait Léa qui, comme d'habitude, était en retard. Elle avait lavé son bol en bougonnant et, soudain, s'était évanouie. Son père s'était précipité auprès d'elle.

— Pardon, papa, avait-elle balbutié en reprenant connaissance.

— Tout va bien, ma chérie. Je suis là.

Et il s'était mis à pleurer. Son chagrin avait stupéfié Léa. Elle s'était dégagée de son étreinte et, assise en tailleur sur le carrelage, avait murmuré :

— Il me fait des choses.
— Qui ?
— Gauthier.
— Le copain de maman ?
— Oui.

Thomas avait cru à une divagation nocturne. Hélas, il n'en était rien.

— La première fois, c'était il y a deux ans, avait ajouté Léa. Je m'en souviens parfaitement. Je revois Gauthier entrer dans ma chambre, s'allonger sur mon lit et me caresser les cheveux. Ces gestes auraient pu être les tiens, simples marques de douceur et d'affection paternelles. Ce n'était pas le cas. C'était différent. Sa façon de me toucher n'était pas *normale*. Maman était encore au travail et j'étais seule. Avec lui. J'ai compris que la soirée la plus atroce de toute ma vie m'attendait. Il a retiré mon tee-shirt. J'ai essayé de le repousser mais il a saisi mes poignets. Je ne pouvais pas lutter contre sa force, ni contre sa détermination. Ensuite, j'ai senti son torse contre mon dos. Ses mains se baladaient sur moi. J'étais sa captive. Sa chose. Je n'avais pas le choix, sinon subir ses assauts. J'ai prié pour que maman soit de retour, pour que le téléphone sonne, pour que tu débarques à l'improviste... Mais rien de tout ceci n'est arrivé. J'avais envie de mourir, de disparaître dans les entrailles de la terre. J'ai enfoui ma tête dans l'oreiller et j'ai mordu le tissu pour étouffer mes cris. Combien de temps ce connard a-t-il remué sur moi ? Derrière moi ? Combien de temps m'a-t-il souillée de sa langue, de ses insultes, de ses menaces ? Aucune idée. Une éternité. Puis les secousses ont cessé. Il s'est levé, habillé, et a glissé dans ma nuque : « Un mot à ton père ou à ta mère et tu me le paieras. » J'ai acquiescé. Il aurait exigé n'importe quoi, j'aurais obtempéré. Il a enfin quitté ma chambre et moi, j'ai gardé la position qu'il m'avait imposée : à moitié nue, sur le ventre, les cheveux en bataille. Je ne ressentais ni colère, ni chagrin, ni douleur. J'étais amorphe. La porte d'entrée a grincé. J'ai entendu des rires. Maman était de retour. J'ai rassemblé mes vêtements et me suis enfermée dans la salle de bains. Je me suis lavée, habillée, recoiffée. L'illusion était parfaite. En surface, il ne s'était rien passé, mais en moi tout était dévasté. À table, maman et Gauthier se sont raconté leur journée avec une légèreté qui me répugnait. L'espace d'un instant, j'ai haï ma mère. Pourquoi ne voyait-elle pas ma souffrance ? Pourquoi ne se doutait-elle de rien ? J'ai regretté de la détester à ce point : elle ne savait pas. Le seul moyen aurait été que je me confie à elle, mais je n'en ai pas eu le courage. Ce soir-là, je n'ai pas mangé. La nourriture me dégoûtait. Mon corps me dégoûtait. Gauthier me dégoûtait. J'ai prétexté des maux de ventre pour sortir de table. Dans ma chambre, j'ai arraché les draps, les ai jetés à travers la pièce et me suis couchée sur le tapis. Je me suis convaincue que ce cauchemar serait bientôt un lointain souvenir, mais il me poursuivait au quotidien. Quand je riais avec mes copines, il se mêlait à la conversation ; quand je dansais, il accompagnait mes mouvements ; quand je dormais, il s'allongeait près de moi. J'ai compris que ce viol ne lâcherait jamais ma main. Je n'avais qu'une envie : disparaître. J'ai pensé que ne plus manger me le permettrait. Devenir si maigre que je serais invisible. Devenir si légère que mon corps s'envolerait.

Thomas avait écouté sa fille, sans l'interrompre, sans lui montrer que, dans sa poitrine, une tornade se formait. Pourquoi n'avait-il rien suspecté ? Lui, le flic aguerri, le père de famille, celui qui connaissait si bien cette gamine, n'avait pas su déceler l'horreur dont elle était victime au quotidien.

— Combien de fois t'a-t-il touchée, Léa ?
— Plusieurs fois. Dès que maman s'absentait ou rentrait tard du travail. Tu m'as appris à être courageuse, papa. À ne pas me laisser faire. J'espère que mon attitude et ma faiblesse ne te déçoivent pas.

Thomas avait serré les dents. Il était incapable de rassurer sa fille, de l'embrasser, de la serrer dans ses bras. Comment pourrait-elle tolérer les baisers et les caresses d'un homme après les traumatismes subis ?

Sans un mot, il s'était levé et avait enfilé son blouson. Dans son dos, Léa l'implorait, mais il n'avait prêté aucune considération à ses supplications. Il était monté dans sa voiture et, quelques minutes plus tard, se garait devant la maison de son ex-épouse. Gauthier l'avait accueilli.

— Salut, Tom ! Quel bon vent t'amène ?

Pour toute réponse, le commandant lui avait collé son poing sur la figure. Le saisissant par le col de sa chemise, il l'avait ensuite plaqué contre un mur avant de lui cracher au visage. De nombreux uppercuts avaient déferlé sur Gauthier qui s'était écroulé sur le parquet en geignant de douleur. Thomas lui avait alors distribué des coups de pied dans le ventre.

En entendant les cris, Béatrice s'était précipitée dans le salon et avait tenté de raisonner son ex, mais il l'avait repoussée. Elle allait s'emparer du téléphone lorsque Thomas s'était rué vers elle.

— Qui veux-tu appeler ? Les flics ? C'est trop tard, Béa !

Puis il avait quitté les lieux, laissant Gauthier dans une mare de sang.

Aujourd'hui, cette ordure était sous les verrous. Quant à Thomas, il avait échappé à une procédure judiciaire, sa victime n'ayant pas déposé plainte, sans doute la manifestation de remords ou d'une prise de conscience. En revanche, une procédure administrative avait été ouverte à l'encontre du commandant. L'intervention de la commissaire Vaulher lui avait évité une saisine de l'IGPN[1] et l'enquête avait été conduite en interne, limitant la sanction à un avertissement. Thomas avait conscience que le soutien de sa supérieure était intéressé, l'avancement de l'affaire des pendues dépendant essentiellement de lui. Jamais il n'aurait supporté que ce dossier lui soit retiré. Et, depuis les révélations de Léa, retrouver l'homme qui avait sacrifié ces cinq femmes était devenu sa quête ultime. Sa raison de vivre.

---

1. Inspection générale de la Police nationale.

32

Lorsque le cadavre d'Esther Malori avait été retrouvé pendu au balcon du Grand Air du Mont-Blanc, toutes les certitudes du commandant s'étaient effondrées. La jeune femme n'était pas une coupable comme il l'avait envisagé. Au contraire, elle avait complété la liste des victimes, liste qui confirmait que le tueur sévissait dans toute la région : le corps de Caroline Loumin avait été retrouvé à Feyzin, ceux de Cyrielle Ortiz et d'Anne-Laure Durand à Saint-Étienne et celui de Laëtitia Belasko près de Lyon.

Des policiers avaient été appelés en renfort afin de mener un maximum d'auditions. Des dizaines de procès-verbaux avaient été dressés, les cinq scènes de crime avaient été inspectées avec soin. Bien des efforts avaient été déployés sans que l'affaire progresse.

L'homme qui avait perpétré ces meurtres était méticuleux et les enquêteurs le soupçonnaient de disposer d'une formation en criminologie. Il ne laissait aucune trace derrière lui : pas une goutte de son sang, pas un seul cheveu, pas l'ombre d'une empreinte. Pour assurer sa discrétion, ce redoutable chasseur choisissait des sites à l'abandon pour sacrifier ses victimes, empruntait des petites routes, œuvrait la nuit et évitait les caméras de surveillance.

La présence d'Esther sur la première scène de crime n'en finissait pas de dérouter les enquêteurs. Pourquoi avait-elle escorté une victime avant de finir, elle-même, mutilée et pendue ? Thomas avait la certitude que l'homme aperçu par le dealer sur le parking des Textiles Grimaud était la clé de cette énigme. Et la théorie de la manipulation s'était peu à peu imposée. Le tueur enlevait des jeunes femmes, les séquestrait, abusait d'elles et, dès qu'il se lassait de leur « compagnie », les conduisait dans un site désaffecté pour les occire. Il confiait l'exécution de ses victimes à d'autres victimes, s'assurant ainsi de ne pas semer son ADN.

Un maniaque. Un collectionneur. Un gamin psychopathe qui casse ses jouets dès lors qu'ils ne l'intéressent plus.

Si un profil criminel s'esquissait, la question la plus importante subsistait : comment le chasseur choisissait-il ses proies ?

Depuis la découverte du corps de Caroline Loumin aux Textiles Grimaud un lundi de mars 2019, dix mois s'étaient écoulés. Thomas redoutait que des innocentes soient encore sous le joug du monstre et qu'il les sacrifie, un jour, dans une usine abandonnée. Cette enquête le rongeait et le tragique destin d'Esther avait scellé tous ses espoirs. Le pessimisme s'invitait peu à peu dans son quotidien. Pourtant, le combat continuait. Pour Anaïs. Et pour tous les proches des victimes.

Le commandant s'apprêtait à rejoindre son équipe pour la réunion hebdomadaire, lorsque son téléphone sonna.

— On a besoin de vous sur une affaire à Oingt, annonça la commissaire sans même le saluer.
— J'étais en train de...
— Lâchez tout et mettez-vous en route tout de suite ! Il est 14 h 25. Je vous rejoins sur place dès que possible. Préparez-vous psychologiquement. L'OPJ vient de me dire qu'il n'avait jamais vu autant de cadavres au mètre carré.

33

Dès qu'il eut raccroché, Thomas enfila son blouson et s'élança dans le couloir à la recherche de Louise. Elle était dans les toilettes, penchée sur un miroir, un doigt dans l'œil gauche, ajustant sans doute une lentille de contact capricieuse. Concentrée sur son geste, elle n'entendit pas le commandant entrer.

— Prends tes affaires, Lou. Nous sommes appelés à Oingt.

Elle s'exécuta et rejoignit Thomas sur le parking de la PJ. Il s'était assis au volant d'une voiture banalisée et frappait du plat de la main le tableau de bord.

— Quelle épave, cette bagnole ! grommela-t-il tandis que sa collègue bouclait sa ceinture. Merci, l'État, de doter la police d'aussi bons outils de travail.

Thomas planta son poing dans la grille d'aération qui délivra enfin de l'air chaud.

— Je croyais qu'il ne fallait jamais régler les problèmes par la violence, s'étonna Louise.

— Mes conseils ne sont pas toujours à prendre au pied de la lettre.

— Que s'est-il passé à Oingt ?

— Aucune idée. La commissaire m'a seulement dit qu'il y avait de nombreux cadavres. J'espère qu'elle ne va pas nous coller sur cette affaire et confier celle des pendues à une autre équipe.
— Pourquoi ferait-elle cela ?
— Parce que notre enquête piétine.
— Le dossier est complexe. Il est normal que notre progression soit lente.
— Tu prêches un convaincu.

Thomas espérait que Louise avait raison. Il ne supporterait pas que l'affaire Malori soit transférée à un autre groupe. Il aurait le sentiment de trahir Anaïs.
— Comment va Léa ?

En entendant cette question impromptue, le commandant se raidit et ses mains se crispèrent sur le volant. Sa réaction n'échappa pas à sa collègue. Gêné, il se concentra sur la route et fit semblant de contempler le paysage autour de lui. Il n'avait pas envie d'aborder le sujet. Pas aujourd'hui. Pourtant, lorsque Léa avait révélé son terrible secret, Thomas avait été soulagé d'en parler avec Louise.
— Elle tient le coup, marmonna-t-il.
— Et toi ?
— Ça va. Savoir que le salaud qui a violé ma fille ne pourra plus l'approcher m'aide à survivre.
— Béatrice ?
— Elle n'arrive pas à remonter la pente.
— Vous êtes toujours fâchés ?
— Oui. Je suis sans cesse tiraillé entre la colère et la pitié. Qu'elle n'ait rien vu est rageant mais je la plains d'avoir à affronter une telle situation.

— Vous devez vous serrer les coudes. Pour Léa. Elle ne s'en sortira que grâce à votre soutien et à votre amour.

— Je sais. Et il faudra qu'elle accepte de se confier aux psychologues, sinon, elle ne guérira pas.

— Léa est une adolescente intelligente. Elle a besoin de temps.

— J'aimerais tellement effacer ce qui lui est arrivé.

Louise hocha la tête et posa une main réconfortante sur le bras de son ami. Ce geste témoignait toute sa compassion et signifiait : « Je suis là pour toi. »

Alors que leur destination approchait, les deux policiers furent stupéfaits par le nombre de camions de pompiers et d'ambulances qu'ils croisaient.

Un panneau touristique annonça l'entrée du village. Tout autour s'étendaient des vignes à perte de vue. Les rayons du soleil frappaient les vallons. Le ciel, vierge de tout nuage, se déclinait dans un dégradé de bleu cyan. Les lueurs de l'hiver éclataient sur les façades ocre jaune. La région, baptisée les Pierres Dorées, n'avait jamais aussi bien porté son nom qu'en ce beau matin de janvier.

Le tandem se gara en contrebas, près du cordon de sécurité qui contenait les journalistes. Des gardiens de la paix limitaient le périmètre et surveillaient les accès. L'un d'eux permit à Thomas et Louise de passer. Ils empruntèrent une rue pavée jalonnée de merveilles moyenâgeuses. Thomas et Béatrice s'étaient promenés ici lorsque Léa avait sept ans. La journée avait été agréable dans ce village typique de la région. Ils avaient flâné dans les ruelles, étaient montés en haut de la colline où dominaient les vestiges de l'ancien logis seigneurial, l'église Saint-Mathieu, et un donjon datant du XIIIe siècle. Thomas avait appris à Léa à reconnaître des voûtes en plein cintre et des linteaux en double accolade. La fillette était, comme à son habitude, curieuse et émerveillée. À midi, ils avaient déjeuné dans un restaurant sans prétention, mais Thomas se souvenait encore de la délicieuse tarte aux myrtilles qu'ils avaient dévorée. Se remémorer ces moments idylliques le berçait de douceur et de nostalgie. À l'époque, ils étaient une famille normale. Heureuse. Qui aurait cru qu'elle volerait en éclats ?

Tout à ses réminiscences, Thomas avait ralenti l'allure. Louise l'avait devancé et découvrit, la première, la scène irréelle que le commissaire avait refusé de décrire. Elle lui arracha un « putain » tonitruant qui conduisit le commandant à accélérer le pas. Il évita de justesse deux pompiers qui foulaient les pavés en courant. Il s'arrêta en haut de la ruelle et l'impensable apparut.

Des dizaines de corps jonchaient le sol.

Des hommes. Des femmes. Des enfants.

Des membres désaxés, des regards d'horreur figés, des rictus tordus.

Des flaques de sang, des chairs meurtries, des os saillants.

Louise et Thomas évoluèrent dans ce décor cauchemardesque et marquèrent une pause devant le cadavre d'un vieillard : les bras cassés, les jambes brisées, il ressemblait à un pantin désarticulé qu'un gamin aurait jeté par la fenêtre. Plus loin, une femme était allongée sur le sol, son chemisier entrouvert.

Des entailles striaient sa poitrine. Dans sa main droite, elle tenait un couteau.

De ce parterre de corps s'élevaient des murmures, des complaintes, des râles de douleur. À ceux-ci s'ajoutaient les sirènes des secours qui allaient et venaient dans les rues du village. Médecins, ambulanciers et pompiers se hâtaient pour apporter leur aide aux survivants. Les premiers soins étaient prodigués, les cas les plus graves étant traités en priorité. Plusieurs habitants attendaient d'être pris en charge et transférés vers l'hôpital le plus proche.

Des cris aigus attirèrent l'attention du commandant. À une dizaine de mètres, près d'une ambulance, une femme était fermement maintenue par deux hommes. L'un d'eux manipulait une camisole et tentait de l'enfiler à la patiente qui se débattait et distribuait des coups de pied.

Thomas et Louise croisèrent un homme qui se frappait la tête à intervalle régulier contre un mur de pierre. Ils l'invitèrent à se calmer et le vieillard s'exécuta. Son front était en sang et des petits cailloux s'amalgamaient dans ses chairs blessées. Pourtant, l'homme ne semblait pas souffrir. Il dévisagea le commandant d'un regard dénué d'humanité et, sur un ton de reproche, clama :

— Cessez de m'interrompre, sinon, jamais je n'expulserai mon cerveau de ma boîte crânienne.

Et il reprit son rituel.

Thomas s'élança vers une gendarme qui supervisait la prise en charge des victimes :

— Que se passe-t-il ici ?

— Une crise d'hystérie collective a frappé le village et a conduit les habitants à se suicider ou à s'entretuer. Nous penchons pour une intoxication, mais hésitons entre l'accident sanitaire et un empoisonnement criminel. Résultat : déjà trente-cinq morts. Le chiffre des blessés n'est pas encore définitif. Certains sont gravement mutilés et ont perdu beaucoup de sang. Espérons que le bilan ne s'alourdisse pas.

Soudain, dans la mélopée de plaintes, s'éleva le nom du commandant. Il se retourna et découvrit Laurine Vaulher qui courait à sa rencontre. La commissaire, trente-cinq ans, petite rousse dynamique, avait intégré la PJ trois ans plus tôt. Elle avait remplacé Bertrand Follet, un despote aigri et intransigeant. Son arrivée avait été salvatrice. Sa confiance, sa faculté d'écoute et sa diplomatie étaient appréciées de tous. Elle avait insufflé une nouvelle dynamique à un service meurtri par des années d'oppression et de défiance. Son humanité avait ravivé la flamme de la motivation. Laurine Vaulher savait toutefois élever la voix et signifier son désaccord quand cela était nécessaire. Son regard noisette brillait d'un éclat propre aux personnes d'une extrême bonté. Quant à son sourire, il ne quittait jamais ses lèvres. Sauf aujourd'hui.

Après avoir salué le commandant et la capitaine, elle plongea la main dans son manteau beige pour en sortir un paquet de Camel et un briquet.

— Bienvenue chez les fous ! lança-t-elle en crachant une volute de fumée. J'espère que cette affaire vous inspire !

— Elle nous est confiée ?

— Affirmatif.

— Le dossier des pendues nous prend déjà beaucoup de temps, objecta le commandant.

— Trop, si vous voulez mon avis ! Bientôt un an que les hostilités sont ouvertes et pas d'avancée.

— Ce n'est pas si simple…

— Je n'en doute pas. Mais cette histoire de pendues vous étouffe. Je veux que vous vous penchiez sur un autre sujet. Quand on a la tête dans le guidon comme vous l'avez, on perd tout discernement. Occupez-vous de ce village de tarés. Ça vous changera les idées !

— Il nous faut des renforts : des centaines de témoins doivent être auditionnées ! Une gendarme a évoqué une intoxication. L'ARS[1] doit être co-saisie !

— Vous aurez tout ce qu'il vous faut pour travailler. En attendant, laissez-moi vous conduire à Hélène Froidet. D'après l'OPJ, c'est notre témoin le plus intéressant.

Laurine Vaulher les entraîna jusqu'à une charmante demeure aux volets bleus. Des hortensias aux teintes roses et parme agrémentaient le soubassement en pierres. Des lambrequins blancs ornaient les bordures de toit. La bâtisse semblait née de l'imagination des frères Grimm et le commandant n'aurait pas été surpris que Blanche Neige s'élance à leur rencontre.

— Mme Froidet vous attend, annonça la commissaire.

Et elle tourna les talons. Thomas réprima une envie de hurler, mais il n'avait pas d'autres choix que de se plier aux exigences de sa supérieure. Dépité,

---

1. Agence régionale de santé.

il frappa mollement à la porte en bois. Quelques secondes s'écoulèrent avant que la propriétaire des lieux leur ouvre. Petite, maigre et voûtée, elle devait avoir plus de quatre-vingts ans. Ses paupières tombantes lui donnaient un air triste et les commissures de sa bouche, orientées vers le bas, renforçaient ce sentiment. Ses cheveux blancs soigneusement permanentés et sa robe élégante prouvaient toute sa coquetterie. Elle portait des lunettes rondes à double foyer, mais plissa tout de même les yeux pour distinguer ses invités. Louise et Thomas se présentèrent et la vieille dame signifia sa lassitude :

— J'ai déjà tout raconté à vos collègues.

— Hélas, il va falloir recommencer.

— La police ne ménage pas ses témoins. Savez-vous à quel point il est douloureux pour moi de ressasser tout cela ?

— J'imagine. Mais nous avons besoin d'entendre votre témoignage.

Elle haussa les épaules et invita les policiers à la suivre. Dans la salle à manger, une horloge à balancier égrenait les secondes. Elle sonna trois coups précédés d'un angélus.

Pendant qu'Hélène Froidet préparait des cafés, Thomas et Louise observèrent l'intérieur de la maison. Les meubles, les sols, les tapisseries, les couleurs, la décoration : chaque détail appartenait au passé. Jusqu'aux photographies en noir et blanc accrochées aux murs, mises en valeur dans des cadres dorés rococo. Thomas caressa un napperon en dentelle sur un buffet. Cet endroit lui rappelait la maison de ses grands-parents.

Louise s'installa à la table en chêne et alluma son ordinateur portable. Le commandant ouvrit son carnet à une page blanche.

Leur hôtesse réapparut avec un plateau. Elle servit ses invités, s'assit et serra sa tasse entre ses doigts longs et effilés. Ses mains étaient clairsemées de taches de vieillesse.

— Nous vous écoutons, madame Froidet.

— Ce que j'ai vu est indescriptible. Jamais je ne pourrai l'oublier. J'aurais préféré mourir plutôt que survivre à ce drame et être condamnée à ressasser, jusqu'à la fin de mes jours, ces scènes d'hystérie.

34

Je me suis levée aux aurores après avoir passé une nuit agitée. J'ai petit-déjeuné et avalé ma dose quotidienne de médicaments. Vers 13 heures, j'ai senti la fatigue me gagner. Je me suis allongée sur le canapé pour m'assoupir.

Soudain, un cri m'a tirée de mon sommeil.

Je me suis tournée vers l'horloge. Il était 13 h 10. J'allais me rendormir lorsqu'un nouveau hurlement, plus terrifiant que le premier, a retenti. J'ai bondi et me suis postée derrière la fenêtre du salon.

Plusieurs habitants fermaient leurs volets. Dans la rue principale, une dizaine de personnes s'étaient rassemblées. Elles pleuraient, se lamentaient, d'autres entonnaient des cantiques d'une voix de crécelle. La plupart étaient nues. Une femme portait pour tout vêtement des chaussettes qu'elle avait enfilées sur ses mains. Tous semblaient en proie à une folie indomptable.

Je me suis ruée sur le téléphone pour composer le 17. Choquée, j'ai raconté au policier ce dont je venais d'être témoin, mais il s'est moqué de moi. Pour lui, je n'étais qu'une vieille femme sénile qui appelle n'importe qui pour tuer le temps. Je n'ai pas pu le blâmer. À sa place, je ne me serais pas crue.

J'ai raccroché et suis retournée derrière la fenêtre.

Dehors, j'ai reconnu André et Joëlle, un couple d'amis. Lui brandissait un pistolet tandis qu'elle marchait à ses côtés en essayant de le raisonner. Ils se sont arrêtés sous mes fenêtres. André a collé l'arme contre sa tempe et a appuyé sur la gâchette. Joëlle s'est évanouie. Voir cet éternel bon vivant se suicider avec tant de détachement était incompréhensible. Désespérée, j'ai composé le 15 et l'on m'a assuré que les secours étaient en route. Le Samu avait reçu de nombreux appels semblables au mien. J'ai raccroché et décidé d'aller proposer mon aide. En sortant, j'ai levé les yeux et ce que j'ai vu m'a pétrifiée. Des corps tombaient du ciel. Je ne sais pas si vous vous souvenez de ces hommes, de ces femmes, qui se jetaient des tours du World Trade Center pour échapper aux flammes... Bien sûr, les bâtisses de notre village ne sont pas aussi hautes que les gratte-ciel de New York, mais l'image était la même. Une détresse si forte qu'elle conduit les humains à se défenestrer. Les corps s'écrasaient sur le sol dans un bruit sourd. Terrorisée, j'ai fait demi-tour, mais une main a saisi mon poignet. Un jeune homme se tenait derrière moi. « Je brûle, maman. Pourquoi suis-je en feu ? Pourquoi le village est-il en feu ? Pourquoi les pompiers n'utilisent pas leurs lances pour éteindre ce brasier ? Pourquoi me laissent-ils me consumer ? Bientôt, mes os, mes muscles, mes tissus ne formeront plus qu'un tas de cendres. Il sera trop tard. Je brûle, maman. » Ce sont ses mots exacts. Ils martèlent mon esprit depuis que je les ai entendus et je peux vous assurer que jamais je ne les oublierai ! J'ai tenté de rassurer ce pauvre garçon, mais il ne m'écoutait pas. Il se plaignait d'avoir trop chaud et s'est déshabillé devant moi. Confuse, j'ai réussi à me libérer de son étreinte et me suis précipitée chez moi. J'allais refermer la porte, lorsqu'un hurlement m'a stoppée. Dans la maison d'en face, Pierre, un ami de longue date, était penché à sa fenêtre. Son dos reposait sur le garde-corps. Il se tenait le cou en hurlant et s'agitait comme un forcené. Il semblait lutter contre une force invisible. « Arrête, Teresa ! Arrête ! » Le fantôme qu'il suppliait était celui de son épouse décédée. Je me suis élancée pour lui venir en aide mais il a basculé et est tombé à mes pieds. Ses jambes se sont brisées. J'en suis certaine : elles ont produit un craquement effroyable en percutant le sol. Je me suis agenouillée près de lui en pleurant. Il est resté un moment inconscient, puis s'est mis à bouger. Vous n'allez sûrement pas me croire, mais... Pierre s'est levé et, fou de panique, s'est mis à courir dans la rue. Sur ses genoux.

35

Après lui avoir fait signer sa déclaration, Thomas et Louise quittèrent Mme Froidet. Pendant les cinq minutes qui suivirent cet entretien, ils gardèrent le silence, comme pour mieux digérer l'énormité de ce qu'ils venaient d'entendre.

Le commandant allait enfin exposer son point de vue, mais un cri l'en empêcha. Gabriel courait vers eux, emmitouflé dans un anorak jaune moutarde. Thomas se demanda si le légiste userait de son humour habituel pour détendre l'atmosphère ou s'il se montrerait incapable de tourner en dérision une situation aussi traumatisante. Il obtint sa réponse lorsque Gabriel, essoufflé, stoppa sa course l'air soucieux, les traits tirés. Pourtant, la suite prouva au commandant que rien ne privait le légiste de son second degré légendaire :

— Tous ces cadavres ne tiendront jamais à l'IML ! On va être obligés de les stocker dans les congélos de la cantine !

Louise et Thomas ne réagirent pas. Comprenant qu'ils n'avaient pas le cœur à plaisanter, Gabriel enchaîna :

— Un pompier a évoqué un empoisonnement collectif. Vu les comportements suicidaires et irraisonnés des victimes, j'opterais pour une intoxication à l'ergot de seigle.

Face à l'étonnement de ses interlocuteurs, il sortit son téléphone portable de sa poche et, dans la barre de recherche de YouTube, tapa quelques mots. Puis il cliqua sur une vidéo intitulée « L'affaire du pain maudit ». Le journaliste racontait comment, pendant l'été 1951, une série d'intoxications avaient sévi en France. L'histoire débutait à Pont-Saint-Esprit, petite ville du Gard de quatre mille cinq cents habitants. Le 16 août, une partie de la population avait consulté le médecin pour se plaindre de frissons, de vomissements, de maux de ventre, de bouffées de chaleur et d'hallucinations. Les hommes de science avaient envisagé une intoxication alimentaire sans toutefois en identifier l'origine. Les jours suivants, sept personnes décédaient. La situation prit une tournure alarmante quand, dans la nuit du 25 au 26 août 1951, Pont-Saint-Esprit fut frappée par une crise d'hystérie collective. Face caméra, un vieil homme témoignait : « Les gens se barricadaient chez eux. Certains couraient dehors, nus, en hurlant ou en chantant. D'autres dansaient en ronde, se trémoussaient, mimaient des gestes sataniques. L'un de mes amis se comportait comme une bête sauvage. L'écume aux lèvres et le regard perçant, il bondissait en rugissant. Les rues étaient envahies d'hommes et de femmes qui juraient avoir le feu au corps. Le village semblait sous l'emprise de Satan. J'ai cru que toute cette folie ne cesserait jamais et que nous finirions tous dévorés par les flammes de l'enfer. »

Vingt-trois personnes furent internées d'urgence à l'hôpital de Pont-Saint-Esprit. Environ trois cents habitants développèrent des symptômes plus ou moins graves ou durables. Les conséquences de cet empoisonnement s'étalèrent sur deux semaines. Cent jours plus tard, certains patients souffraient encore de séquelles. Au cours de l'enquête, de nombreux coupables furent désignés. « *On accuse le boulanger, son mitron, puis l'eau des fontaines, puis les machines modernes à battre, les puissances étrangères, la guerre bactériologique, le diable, la SNCF, le pape, Staline, l'Église, les nationalisations*[1]. »

Les premières investigations établirent un point commun entre les victimes : elles avaient toutes consommé le pain de la boulangerie de Roch Briand. Théorie avancée : la farine utilisée contenait de l'ergot de seigle. Cette thèse semblait la plus probable puisque les traitements fongicides contre ce champignon parasite des graminées n'existaient pas à l'époque. Sa présence dans la farine aurait conduit les Spiripontains à des crises d'ergotisme. Tous les symptômes physiologiques observés par les médecins corrélaient, et il fallait ajouter les convulsions démoniaques, les hallucinations et autres tentatives de meurtre ou de suicide.

L'enquête s'orienta rapidement vers un meunier poitevin accusé d'avoir mélangé du seigle avarié à la farine utilisée à Pont-Saint-Esprit. Le boulanger qui lui aurait fourni la denrée frelatée fut à son tour auditionné et les deux hommes furent arrêtés fin

---

[1]. Steven L. Kaplan, *Le Pain maudit de Pont-Saint-Esprit* (Fayard, 2008).

août. Un laboratoire militaire de Marseille analysa le pain et la farine saisis mais aucune trace d'ergot ne fut décelée. Le meunier et le boulanger, innocentés, obtinrent une libération provisoire à la fin du mois d'octobre 1951.

Une intoxication au mercure – le dicyandiamide de méthylmercure, un produit contenu dans un fongicide utilisé pour la conservation des grains – fut ensuite étudiée. En effet, des taches sombres avaient été observées sur des sacs de farine. Mais cette fois encore, la piste ne put aboutir.

Le 3 janvier 1952, police et agents des fraudes perquisitionnèrent les moulins de cent cinquante-deux meuniers français et découvrirent que certains d'entre eux utilisaient des appareils allemands pour blanchir la farine. Ces machines illégales employaient de l'agène, un composé chimique pathogène pouvant entraîner des symptômes similaires à ceux observés à Pont-Saint-Esprit. Les soixante-quatorze meuniers pris en flagrant délit bénéficièrent du soutien de l'Association nationale de la meunerie française qui invoqua la menace d'une filière déjà en péril. Le juge d'instruction, convaincu par cet argument, ordonna l'arrêt de l'enquête. En 1965, la justice rendit son verdict : farine avariée. Dossier clos !

La vidéo se terminait sur ces mots : « Plus de soixante ans après ces événements, le responsable des crises d'hystérie du village gardois n'a toujours pas été identifié et le mystère reste entier. »

Thomas leva les yeux du portable et lança un regard suspicieux en direction de la place du village.

La boulangerie.

Leur enquête commencerait ici.

36

Le calme était revenu dans les rues d'Oingt. Quelques cadavres gisaient encore sur les pavés – attendant l'examen médico-légal *in situ* avant leur transfert vers l'IML – mais tous les survivants avaient été conduits dans divers hôpitaux de la région. Le soleil déclinait sur les vallons et les pierres dorées. Oingt, répertorié comme l'un des plus beaux villages de France, semblait déjà renaître de ses cendres.

Le commandant entraîna Louise sur la place de l'église, devant l'unique boulangerie. La devanture ne devait pas avoir changé depuis le milieu du xxe siècle. Une fresque avec de grands épis de blé ornait la façade et de grandes lettres en volume annonçaient le nom du propriétaire : Laurent Jaillet. Dans la vitrine, un croissant, deux pains aux raisins et une brioche au sucre. Louise saliva à la vue de ces viennoiseries appétissantes. Elle poussa la porte de la boutique, Thomas sur ses talons. Une clochette tinta pour signaler leur arrivée. En attendant que le boulanger les accueille, les deux policiers inspectèrent les lieux. La décoration alliait avec finesse le passé et le présent. Les murs étaient peints en ocre et jaune, et un carrelage anthracite couvrait le sol.

Derrière la caisse, des paniers en osier s'alignaient, tous vides, sauf un contenant deux baguettes. Sur la droite, une porte vitrée menait à l'arrière-boutique. Thomas, impatient, allait contourner le comptoir lorsque Laurent Jaillet apparut. La cinquantaine, les cheveux bruns, la barbe naissante, il portait un tablier maculé de taches. Son regard transpirait la fatigue de celui qui se lève tôt pour honorer, seul, toute la demande en pain d'un village.

Il salua cordialement ceux qu'il prit pour des clients, mais son sourire s'effaça lorsque Thomas brandit sa carte de police.

Bien que méfiant au premier abord, le boulanger répondit avec franchise aux questions du commandant. Lui aussi avait vu des dizaines d'habitants courir nus dans la rue. Il avait entendu les cris et les complaintes. Terrifié, il avait baissé son rideau de fer et s'était réfugié dans ses appartements situés au-dessus de sa boutique. Il s'était contenté d'observer la situation de la fenêtre de son salon. Il avait rouvert son commerce alors que les secours prenaient en charge les derniers blessés.

— Connaissez-vous l'ergot du seigle ? l'interrogea Thomas.

— Évidemment. Ce champignon était la bête noire de notre profession. La hantise de mon père !

— Il exerçait le même métier que vous ?

— Ce bâtiment appartient à ma famille depuis des temps immémoriaux. À l'âge de dix-huit ans, mon père a insisté pour m'apprendre à fabriquer le pain et a décidé que je deviendrais l'héritier du trône.

— Ce choix vous convenait-il ?

— Non, mais impossible de ne pas se plier aux exigences du paternel. On ne s'opposait pas à son autorité. Je vous rassure : avec les années, j'ai appris à aimer ce métier.

— Revenons-en à l'ergot de seigle.

— En trente ans de carrière, je n'ai jamais croisé la route de ce parasite. Je connais son existence, comme tous les boulangers, mais de nos jours, les chaînes de distribution de la farine sont exemplaires et la culture est très encadrée, notamment grâce aux normes sanitaires et aux pesticides. Difficile pour les parasites de s'attaquer aux céréales de notre monde moderne.

— Savez-vous que l'ergot peut être responsable de crise de folie ?

— Pensez-vous que mon pain ait été contaminé par l'ergot ?

Louise et Thomas esquissèrent une moue d'entendement. Laurent Jaillet blêmit, baissa les yeux et joua nerveusement avec les lanières de son tablier.

— Où achetez-vous votre matière première ? interrogea Louise.

— À la minoterie des Moineaux. C'est à vingt kilomètres d'ici. Une entreprise familiale ancestrale.

— À quand remonte votre dernière livraison ?

— Hier, à 7 heures.

— Montrez-nous votre stock.

Le boulanger guida les deux enquêteurs vers son fournil qui était propre, rangé, ordonné. Il désigna un recoin dans lequel étaient entreposées ses farines. Thomas s'agenouilla et, avec des gants en latex, examina les sacs. Ils étaient en papier double épaisseur, marqués du logo de la minoterie.

— Utilisez-vous la farine de seigle en grande quantité ?

— Oui. Tous les boulangers vous confirmeront que le pain de seigle est plus consommé dans les campagnes que dans les villes.

— Votre caisse enregistre-t-elle vos ventes quotidiennes ?

Le boulanger opina et retourna avec empressement dans sa boutique.

— Cent trente-deux pains de seigle, quarante baguettes et vingt et une flûtes à la farine blanche.

— Vous reste-t-il du pain de seigle ?

— Oui.

— Fabriqué ce matin ?

— Hier. Il ne doit pas être vendu le jour de sa conception car trop indigeste.

— Qui vous livre votre marchandise ?

— La minoterie. Elle dispose de ses propres camions et de ses propres livreurs.

— Bien. Des techniciens vont procéder à des prélèvements. Ils prendront des échantillons du pain mais aussi de vos matières premières. Quant à vous, nous allons vous conduire dans nos locaux à Lyon pour une audition.

— Vous pensez que j'ai empoisonné le village ?

Le commandant ne répondit pas. Laurent Jaillet, sous le choc des accusations qui planaient sur lui, se frappa les joues. Il versa quelques larmes de crocodile en clamant son innocence. Sans tenir compte de ses jérémiades, Louise intercepta un brigadier pour qu'il conduise le boulanger à la PJ.

Dehors, la nuit était tombée. Le commandant consulta sa montre : bientôt 17 h 30. Il envisagea une halte à la minoterie mais se ravisa. La piste de l'ergot de seigle ne reposait, pour l'instant, que sur une intuition. Il fallait consulter l'avis du corps médical. Les premiers malades avaient dû être pris en charge à l'hôpital. Les médecins avaient peut-être des informations à fournir à la police.

Thomas se tourna vers Louise :

— Appelle Xavier pour les prélèvements. Qu'il prenne des échantillons de farine de seigle, de pain. Je veux que l'eau du village, les fruits et légumes vendus chez le primeur soient analysés. Des vignes encerclent Oingt. Tâchons de savoir quel vin est produit, par qui et comment il est distribué. Il faudra aussi se renseigner sur les usines alentour. Sont-elles responsables d'émissions de gaz ? Tout doit être passé au crible.

— Ça marche ! Puis nous interrogerons d'autres habitants.

— Charge-t'en. Pour ma part, je vais à l'hôpital.

37

Un nombre incalculable de véhicules encombrait l'avenue Rockefeller. Habituellement, cinquante minutes suffisaient pour parcourir les quarante-sept kilomètres séparant Oingt de l'hôpital Édouard-Herriot. Hélas, il avait fallu plus d'une heure à Thomas pour rejoindre le CHU de Lyon, où bon nombre de malades du village avaient été pris en charge. Il ravala sa colère : plus les médecins bénéficieraient de temps pour examiner les patients, plus ils seraient en mesure de fournir des informations.

Le commandant contourna la place d'Arsonval et s'engagea sur le parking des urgences. Il se précipita dans le hall d'accueil et poussa un long soupir devant la foule de gens massés sur les fauteuils en similicuir.

Sa carte de police en main, il intercepta une infirmière.

— Nous avons regroupé les malades d'Oingt dans une salle, dit-elle. Je vous y conduis.

Il la suivit dans un dédale de couloirs et d'escaliers jusqu'à une pièce pourvue de vitres sans tain.

— Je préviens le médecin de votre arrivée.

La jeune femme ouvrit une double porte qu'elle referma doucement derrière elle. En attendant,

Thomas colla son front contre la paroi en verre qui le séparait des malades. Dans cette salle immense, plusieurs lits étaient alignés. Des médecins et infirmières se hâtaient ; leurs gestes signifiaient clairement qu'ils étaient dépassés par l'ampleur de la situation.

Bruits et paroles étaient étouffés, mais Thomas devina des complaintes, des hurlements et des pleurs qui lui rappelèrent ceux entendus à Oingt. Il plaqua les mains autour de son visage et plissa les yeux pour distinguer plus nettement l'action qui se jouait. Ce qu'il découvrit le glaça. Les patients étaient attachés à leur lit à l'aide de sangles en cuir. L'un d'eux avait réussi, malgré les liens qui l'entravaient, à pivoter sur lui-même. Ses pieds écrasaient l'oreiller et sa tête retombait au bout du lit, dans le vide. Ses poignets, à angle droit, semblaient s'être brisés dans l'effort.

Sur la gauche, une femme déchirait ses draps avec les dents et, lorsqu'un aide-soignant approcha pour la calmer, elle lui cracha à la figure.

Au fond de la pièce, des convulsions agitaient la poitrine d'un patient. Un médecin était penché sur lui, seringue en main.

Jamais Thomas ne s'était retrouvé face à un tel tableau. Les images qui s'offraient à lui étaient aussi inédites que choquantes. Elles lui évoquèrent une scène de la bande dessinée d'Hergé, *Les 7 Boules de Cristal*. Sept hommes en proie à une crise de démence se tordaient d'effroi sur leur lit d'hôpital. L'horloge affichait 17 h 53 et le médecin assurait que, tous les jours, à la même heure, les sept patients souffraient d'hallucinations et d'une crise de panique irrationnelle. Ces explorateurs de la mission Sanders-Hardmuth avaient découvert le tombeau de la momie Rascar Capac, et décidé de ramener sa dépouille en Europe. Après cette expédition, les archéologues avaient été tour à tour intoxiqués par les émanations d'une boule de cristal jetée dans leur bureau. L'origine du mal était finalement identifiée par Tintin : une malédiction envoyée par un chef inca pour punir les explorateurs d'avoir profané le tombeau de la momie.

Thomas se rappelait chaque détail de cette case : Tintin – un phylactère avec un gros point d'interrogation au-dessus de la tête – se tenait au centre de la chambre d'hôpital. À sa gauche, un médecin haussait les épaules en signe d'impuissance. Autour d'eux se dépêchaient infirmières et aides-soignants pour contenir, tant bien que mal, la folie qui gagnait les patients.

Soudain, la porte de la salle s'ouvrit et le souvenir des aventures de Tintin se dissipa. Un médecin apparut. Ses cheveux d'un noir profond étaient soigneusement gominés et plaqués sur son crâne. Il portait des petites lunettes rondes sur le bout du nez et un bouc pointait sur son menton.

— Docteur Serge Fournier, dit-il en tendant la main.

— Commandant Missot. Je suis en charge de l'enquête sur les crises d'hystérie à Oingt.

Le médecin eut un sourire discret puis proposa au commandant de franchir la porte qui les séparait de « l'enfer ».

Des râles terrifiants grondaient dans la pièce. La femme qui déchirait ses draps avait fourré des morceaux de tissus dans sa bouche et essayait de les avaler. Un homme tentait d'escalader un mur pour s'évader par une fenêtre ouverte. Ses efforts étaient contenus par la détermination d'un infirmier qui retenait le pauvre homme par les chevilles. Ce dernier s'était – par quel miracle ? – libéré de ses liens.

Mains dans le dos, le médecin déambulait parmi les malades, visiblement abasourdi par le spectacle auquel il assistait. Il marqua une pause et Thomas l'imita. À présent, ils étaient cernés par la démence et, où qu'ils regardent, elle était partout. Elle les encerclait.

— De toute ma carrière, je n'avais jamais vu une hystérie collective d'une telle ampleur, chuchota Serge Fournier. Quand les ambulanciers et les pompiers sont arrivés, nous avons eu beaucoup de mal à nous organiser. Les patients s'évertuaient à s'enfuir, ils refusaient les soins, griffaient et frappaient le personnel. La plupart se sont calmés grâce aux antipsychotiques, mais d'autres présentent des symptômes plus sévères. Cette femme qui mange ses draps, par exemple. Son fils était à son chevet il y a un instant. Elle ne l'a pas reconnu et l'a pris pour le Roi Soleil. Elle a joint les mains et l'a supplié d'épargner son époux de la potence. Et cet homme, là-bas. Il jure que des poils poussent dans son gosier. Les médicaments l'ont apaisé, mais il y a cinq minutes à peine, il avait les mains fourrées dans la bouche. Nous avons compris que si nous ne l'immobilisions pas, il allait s'arracher la langue pour abréger ses souffrances.

Thomas hocha la tête et désigna un homme avec le bras droit dans le plâtre.

— Il a sauté du troisième étage, expliqua le médecin. La folie a conduit la plupart des malades à prendre des risques irraisonnés. Plusieurs d'entre eux présentent des fractures ou des mutilations. Nous déployons tous nos efforts pour soigner les blessés et j'espère que nous parviendrons à les sauver.

Une vague de tristesse voila le regard du médecin. Il retira ses lunettes et se pinça l'arête du nez.

— L'un des blessés s'est brisé les jambes en se défenestrant et a décidé de poursuivre, sur les genoux, sa course. Il est décédé il y a dix minutes.

Thomas se remémora le témoignage d'Hélène Froidet. Elle avait vu cette victime, Pierre, lutter contre le « fantôme » de sa défunte épouse.

Le médecin entraîna le commandant près d'un lit. Une femme, paupières closes, était allongée sur le dos, bras et jambes tendus.

— Madame Louis ?
— Oui, docteur
— Ouvrez les yeux.
— Vous m'avez demandé de les garder fermés.
— Juste un instant.

L'hésitation fronça les sourcils de la patiente. À contrecœur, elle s'exécuta. Alors son visage se métamorphosa. La terreur transperça son regard, ses muscles se raidirent, sa mâchoire se contracta. Elle se mit à hyperventiler et, entre deux hoquets, décrivit ce dont elle était témoin :

— Le plafond, docteur ! Le plafond...
— Que voyez-vous ?
— Une tache. Une immense tache rouge. Elle grandit. De plus en plus vite. Le plâtre est... trempé de... sang. Oui. Du sang ! Des gouttes tombent sur

mon front et glissent dans ma bouche. Un goût métallique... ignoble... Ô mon Dieu ! Aidez-moi, docteur ! Je ne veux pas mourir noyée dans mon propre sang !

Le médecin appela une infirmière qui accourut, un verre rempli d'une substance trouble à la main. Elle s'assit sur le rebord du lit et fit boire la patiente qui se calma aussitôt.

— Cent cinquante-deux personnes sont hospitalisées, commenta Fournier. Réparties dans les hôpitaux de la région. Ici, nous nous occupons de trente-deux patients, des hommes et des femmes de tout âge.

Thomas sortit son carnet et compléta sa liste :
– *Population d'Oingt : 659.*
– *Morts : 35 (+ 1).*
– *Pains de seigle vendus : 132.*
– *Malades et blessés : 152.*

Lorsqu'il releva la tête, trois infirmières se précipitaient sur la dévoreuse de draps. Sa bouche débordait de tissu et sa gorge produisait des bruits atroces d'étouffements.

— Allons dans mon bureau, suggéra le médecin.

Thomas opina et jeta, une dernière fois, un œil derrière lui. Le personnel soignant tentait de ranimer la patiente. En vain. Le bilan promettait de s'alourdir.

Le commandant apprécia la quiétude qui planait dans le bureau du médecin. Mille questions se bousculaient dans sa tête, mais il était incapable de choisir par laquelle commencer. Serge Fournier devina son désarroi et s'exprima sur un ton excessivement badin :

— La police a du pain sur la planche.

Thomas repensa à l'ergot de seigle et sourit, malgré lui, à ce jeu de mots. Mais il retrouva instantanément son sérieux quand le médecin ajouta :

— L'expression est de circonstance.

— Alors vous aussi pensez que...

— Oui, commandant : pour moi, le responsable de ces crises de démence collective est l'ergot de seigle.

38

— Les symptômes ne mentent pas. En revanche, les techniques de culture, les normes sanitaires et les conditions de stockage préviennent, normalement, ce genre de contamination. À votre place, commandant, je débuterais les investigations par la boulangerie d'Oingt, puis la minoterie qui l'approvisionne, pour terminer par les champs de seigle.

— Le stock de farine et le pain du boulanger vont être saisis. Quant à vos autres propositions, docteur, elles sont prévues au planning. Sur le plan médical, êtes-vous capable d'identifier la présence d'ergot chez les patients ?

— Oui. Hélas, l'ergoline se dissipe au bout de quelques heures dans le sang. Les malades ayant ingéré le pain empoisonné aux alentours de midi, nous privilégions donc les analyses d'urine. Une équipe travaille sur le sujet. Je vous transmettrai les résultats.

— Parlez-moi de l'ergotisme.

— Cette maladie peut se présenter sous deux formes. La première, aiguë et convulsive, se développe lors d'intoxications fortes. Elle attaque le système nerveux central. Les symptômes se définissent par des convulsions, des spasmes, des hallucinations et autres troubles psychiatriques. C'est la forme dont nous sommes témoins aujourd'hui. La seconde, plus lente mais aussi plus pérenne, se manifeste lors d'intoxications faibles. Elle débute par des fourmillements et démangeaisons au niveau des pieds, puis une alternance entre des sensations de chaleur et de froid. De grosses vésicules gorgées de sérosité naissent sous la peau, se rompent et forment des ulcères. Les membres douloureux se nécrosent, ce qui aboutit à des gangrènes. Au Moyen Âge, l'ergotisme était une maladie redoutable puisque liée à la présence d'ergot dans le seigle utilisé pour fabriquer le pain, une denrée consommée en grande quantité. Les moyens sanitaires et de stockage étaient rudimentaires et ne permettaient pas d'identifier la cause du mal qui rongeait la population. Cette maladie a fait des ravages jusqu'au XVIIe siècle. Les symptômes étaient multiples : les patients perdaient la sensibilité des extrémités de divers membres, d'autres souffraient de vasoconstriction – un mécanisme physiologique qui entraîne la diminution du diamètre des vaisseaux sanguins. Les symptômes les plus troublants étaient, sans conteste, les hallucinations et les crises de démence qui frappaient les malades. Savez-vous qu'un tel comportement les conduisait au bûcher ?

— Vraiment ?

— Imaginez-vous plusieurs siècles en arrière, sans le corps médical ni les scientifiques pour apporter un éclairage à un événement similaire à celui d'Oingt. Votre voisin vous surprenait en pleine crise d'ergotisme et vous croyait alors possédé par le diable.

Hop, direction le bûcher ! Et puisqu'on parle de « chaleur », je précise qu'une forme d'ergotisme procurait des sensations d'intenses brûlures, d'où le nom de Feu de saint Antoine. Ou Mal des ardents.

Le commandant se rappela le témoignage d'Hélène Froidet : l'homme nu qui l'avait abordée dans la rue se plaignait d'avoir le feu au corps.

— Aujourd'hui, l'ergotisme ne constitue plus une menace notamment grâce aux techniques modernes de nettoyage des grains et aux normes sanitaires. Sauf dans les pays peu développés où la maladie se manifeste encore. Des épidémies ont été recensées en Éthiopie en 2001 et au Kenya en 2004, où du maïs contaminé par des aflatoxines a tué plus de cent personnes. En Occident, l'ergot de seigle est surtout dévastateur chez les animaux. Les bovins, les ovins, les porcins, les poulets peuvent absorber des alcaloïdes toxiques en mangeant des épis infectés ou en consommant des rations incluant des grains contaminés. Mais les dérivés de l'ergot de seigle ne présentent pas que des inconvénients et sont aussi utilisés en médecine, pour le traitement des crises de migraine par exemple. Autre détail : le champignon parasite sécrète l'acide lysergique dont le LSD est dérivé. Albert Hofman a été le premier à synthétiser l'ergométrine et à en améliorer les capacités thérapeutiques. C'est en cherchant d'autres molécules actives selon la même méthode qu'il a synthétisé le LSD en 1938. Écoutez les témoignages de drogués et vous verrez que les similitudes avec l'ergotisme sont nombreuses. Connaissez-vous l'histoire de Pont-Saint-Esprit, commandant ?

— Oui. J'ai d'ailleurs visionné, cet après-midi, une vidéo relatant les faits.

— Très bien. Saviez-vous qu'en 2009, cette affaire a connu un rebondissement inattendu, suite à la parution d'un roman : *A Terrible Mistake* ? Son auteur, Hank P. Albarelli Jr., un journaliste américain indépendant, proposait une théorie bien personnelle. Selon lui, la CIA aurait testé l'acide lysergique comme arme de guerre en le pulvérisant par voie aérienne sur la population de Pont-Saint-Esprit. Les récoltes et les produits alimentaires locaux auraient été contaminés. En parallèle, ce journaliste enquêtait sur la mort suspecte de Frank Olson, un biochimiste de l'US Army, qui se serait défenestré en 1953, au cours d'une crise de paranoïa aiguë. Albarelli a mis en évidence les recherches de cet homme sur le développement d'armes biologiques et l'usage de drogues comme techniques d'interrogatoires. Frank Olson supervisait les essais grandeur nature à Pont-Saint-Esprit. Les habitants de ce village auraient donc servi de cobayes pour expérimenter la dissémination, à grande échelle, de cette drogue.

— Une théorie farfelue, non ?

— Pas si sûr. En 1995, Bill Clinton a présenté des excuses publiques au nom des États-Unis et a assuré regretter les expérimentations menées sur des cobayes involontaires durant la guerre froide. Qui dit qu'un petit village français n'a pas fait partie des victimes ? Et qui dit qu'aujourd'hui de telles expériences n'auraient pas été réitérées à Oingt ?

39

Le témoignage du médecin apportait un début d'explication. À présent, le commandant devait déterminer si la tragédie d'Oingt était due à une intoxication accidentelle ou criminelle.

De retour chez lui, il appela Louise. La capitaine avait pu s'entretenir avec les Iconiens sains d'esprit et elle confirmait qu'aucun d'entre eux n'avait consommé de pain.

Thomas rédigea ensuite un e-mail détaillé à la commissaire et fut surpris d'entendre son téléphone sonner quelques minutes plus tard. Laurine Vaulher voulait le questionner sur la théorie de l'empoisonnement. Le commandant lui rapporta sa conversation avec le médecin de l'hôpital et partagea les constatations de Louise sur le terrain.

— Demain matin, je me rends à la minoterie fournissant le boulanger d'Oingt, poursuivit-il. Et j'ai prévu d'envoyer Idris et Louise interroger les agriculteurs de la région, avec en ligne de mire les exploitants qui vendent leurs céréales au moulin suspecté. Il faut remonter la chaîne de l'élaboration de la farine et déterminer à quel moment elle a pu être frelatée. Est-ce en phase de culture, de récolte, de fabrication ou dans le fournil du boulanger ? Une tierce personne, sans aucun lien avec cette chaîne, a-t-elle pu empoisonner les habitants d'Oingt ? Si oui, comment ? Et pourquoi ?

La commissaire se contenta d'acquiescer. La confiance qu'elle plaçait en Thomas était totale.

À 8 heures, le lendemain, il se mit donc en route pour la minoterie des Moineaux. Il était encore sous le choc de sa visite, la veille, à l'hôpital Édouard-Herriot. Les images des crises de démence hantaient sa mémoire, tout comme celles des scènes de folie à Oingt et celles des dizaines de cadavres jonchant les rues du village.

Il arriva à la minoterie alors que les premiers rayons du soleil baignaient de leur lumière crue la campagne lyonnaise. Il fut stupéfait par l'envergure des bâtiments industriels et se souvint alors d'une peinture qui trônait dans la cuisine de ses grands-parents. Elle représentait un moulin avec une roue à aube au bord d'une rivière. Dans un pré voisin broutaient deux vaches. Un couple de paysans récoltait du blé et le chargeait dans d'immenses sacs attachés dans leur dos. Ce temps était révolu. Aujourd'hui, plus de moulin, mais une usine de béton et d'acier.

Sur la façade grise s'étalait le nom de la minoterie en lettres calligraphiées entourées de deux moineaux peints à la main. Les dates 1832-1932 complétaient cette fresque. Dans une dizaine d'années, le propriétaire pourrait ajouter 2032.

Le commandant remonta la fermeture Éclair de son blouson et se dirigea vers l'entrée. Il se présenta à la secrétaire qui, visiblement troublée, prévint le dirigeant de la minoterie. Thomas attendit un quart d'heure avant que Maxime Moineaux, un grand brun antipathique, se présente à lui.

— Que me vaut votre visite ?

— Une intoxication à l'ergot de seigle. Vous en avez sans doute entendu parler...

— Difficile de ne pas être au courant : la journée apocalyptique d'Oingt fait la une des médias. Depuis hier soir, mon téléphone n'arrête pas de sonner. Des clients, inquiets, mais aussi des journalistes avides de scoop. L'un d'entre eux a d'ailleurs sous-entendu ma complicité dans ce drame. C'est assez vexant...

— Hélas, la police doit aussi envisager votre implication, volontaire ou non, dans cette affaire. Une équipe technique va vous rendre visite ce matin pour procéder à des relevés. Il est impératif d'identifier l'origine de cet ergot.

— Si vous voulez mon avis, le problème ne provient pas de notre usine. De nombreux contrôles sanitaires encadrent la production. Nos grains sont soigneusement triés et traités. Quant à nos employés, ils sont exemplaires. Mais le plus important, selon moi, est que, si la contamination avait eu lieu dans nos locaux, d'autres villages auraient été touchés par des intoxications similaires puisque des boulangers de toute la région utilisent notre matière première.

— Un seul sac aurait-il pu être contaminé ?

— Impossible. Nous recevons nos céréales de différentes exploitations agricoles. Suivez-moi et vous comprendrez, pourquoi, s'il y avait eu un souci chez nous, plusieurs sacs auraient été contaminés.

Sur ces mots, Maxime Moineaux conduisit le commandant à l'intérieur du bâtiment de production. Les locaux étaient récents, modernes, aseptisés, et plus Thomas progressait dans cette usine, plus la théorie de l'empoisonnement accidentel dans cette minoterie lui semblait improbable.

— Toutes les exploitations céréalières avec lesquelles nous travaillons se situent dans un périmètre inférieur à 100 kilomètres, précisa le dirigeant. Privilégier le circuit court est l'un de nos engagements. Aujourd'hui, de nombreux postes sont automatisés. Rien à voir avec les minoteries du siècle dernier. Les grains que nous recevons sont stockés dans des silos, puis ils sont aspirés, nettoyés et broyés. Les plansichters, de grandes armoires avec des tamis, filtrent le rendu. La farine est ensuite conditionnée en sacs sur lesquels sont inscrits la date limite de conservation et le numéro de lot, garant de la traçabilité. Enfin, direction les quais pour les camions de livraison. Notre entreprise fournit les artisans boulangers d'une vingtaine de départements. Notre chiffre d'affaires s'élève à 5 millions d'euros et douze mille quintaux de céréales sont transformés en farine chaque année.

— Quelqu'un voudrait-il salir votre notoriété ou mettre en danger votre activité ? Votre réussite doit susciter des jalousies.

— Notre secteur d'activité ne souffre pas de ce genre d'enfantillage. Et les relations avec mes confrères sont excellentes. Je poserai toutefois cette question à mes associés. Qui sait ? L'un d'eux s'est peut-être attiré des ennuis sans que je le sache.

— J'aimerais aussi les interroger.

— Ils ne sont pas là ce matin mais je vous donnerai leurs coordonnées. Nous sommes quatre : ma sœur, mon frère, mon cousin et moi-même. Cette affaire était à nos ancêtres. Cinq générations de meuniers se sont succédé. Et même si nos moyens se sont modernisés et industrialisés, nous n'en restons pas moins une entreprise familiale. J'y tiens.

— Des salariés ont-ils été embauchés récemment ?

L'homme s'accorda un moment de réflexion avant de se prononcer :

— Je vérifierai mais, de mémoire, le dernier recrutement remonte à 2018. Le remplacement d'un de nos chauffeurs parti à la retraite. D'une manière générale, il y a peu de turnover chez nous.

— Auriez-vous des soupçons sur l'un de vos employés ?

— Un employé ? Vous n'êtes pas sérieux ?

— Nous envisageons la culpabilité de toutes celles et de tous ceux qui sont entrés en contact, d'une manière ou d'une autre, avec ce pain.

— Vous vous méprenez : ici, l'ambiance est bonne, mes collaborateurs sont rémunérés à leur juste valeur et je peux vous jurer qu'ils aiment leur entreprise.

Le commandant était déçu : il avait espéré des témoignages de rancune ou des histoires de salariés licenciés abusivement... La cohésion parfaite décrite par le dirigeant ne cachait-elle pas un secret ? Pour lever le voile sur cet aspect, Thomas prévoyait d'envoyer une équipe de la PJ auditionner le personnel de la minoterie. Un employé tiendrait, peut-être, en privé, des propos moins idylliques sur cette société. Comme c'était souvent le cas dans les affaires familiales.

40

La voûte céleste est chargée d'électricité et ses teintes charbonneuses annoncent l'orage. Des êtres énigmatiques flottent dans les airs, chevauchant poissons, cygnes et autres animaux hybrides. Des bateaux naviguent dans les cieux avec la légèreté des oiseaux. Au loin, l'horizon est blanc, sans nuages, comme si le monde s'achevait ; comme si, après ce voile immaculé, plus rien n'existait.

En arrière-plan : du rouge, du orange, du noir. Un brasier crache une épaisse fumée qui envahit le paysage. Au premier plan : le chaos, si bien que le regard, submergé d'informations, de formes et de couleurs, ne peut se poser nulle part. Au cœur de ce désordre, saint Antoine, serein dans sa robe de bure. Son corps est penché vers un Christ en croix. De la main droite, il esquisse le signe de la bénédiction. Autour de lui, des créatures, frappées des symboles des sept péchés capitaux, se trémoussent. Le mal est partout et le bien peine à s'imposer. Dans ce tumulte cauchemardesque, la souffrance de deux protagonistes attire l'attention. La gangrène a rongé leurs membres. Le premier, accoutré en mendiant, exhibe sa jambe amputée. Le second, coiffé d'un haut-de-forme, observe son propre pied séparé de son corps et posé sur un linge.

Voilà dix minutes que Thomas était plongé dans le tableau de Jérôme Bosch intitulé *La Tentation de saint Antoine*, une œuvre aussi fascinante que troublante. Cette peinture du XVIe siècle apportait un point de vue intéressant sur l'ergotisme au Moyen Âge. À cette époque, guerres et épidémies fauchaient hommes et femmes sans relâche. Dans ce contexte douloureux naquit le culte des saints. Saint Antoine fut l'un d'eux. Vénéré pour sa protection contre l'ergotisme, il donna son nom à la gangrène causée par l'intoxication à l'ergot de seigle en la baptisant Feu de saint Antoine. Lui-même avait résisté au feu des tentations avant d'être nommé patron des antonins, les précurseurs de l'assistance publique. La réputation de cet ordre hospitalier avait été assurée par la suppression du pain dans le régime alimentaire des malades. Mais ces derniers, naïfs et dévots, se plaisaient à croire au pouvoir divin de saint Antoine. Selon eux, leurs symptômes – psychoses et autres hallucinations – étaient liés à une punition de Dieu, ou de Satan, que seul un homme d'Église pouvait exorciser.

Cette maladie, aussi redoutée que sensationnelle, inspira de nombreux artistes. Jérôme Bosch proposa sans doute l'une des retranscriptions les plus grandioses des transes psychédéliques des ergotants.

Le commandant rangea dans un tiroir la photographie du tableau qu'il avait imprimée et constata qu'il était bientôt 16 heures. Après son entretien avec le gérant de la minoterie, il était rentré à la PJ et avait informé sa hiérarchie de l'avancée de l'enquête. Louise et Idris s'étaient vus confier les auditions des exploitants de seigle de la région lyonnaise. Des commissariats locaux avaient été sollicités pour les seconder dans cette tâche.

Du côté de l'IML, tous les légistes étaient mobilisés pour autopsier les cadavres iconiens. En fin de journée, Gabriel centralisa les rapports et confirma que toutes les victimes s'étaient suicidées, la plupart ayant opté pour la défenestration.

Quarante-huit heures après les événements tragiques d'Oingt, le laboratoire adressa au commandant les résultats de l'analyse de la farine de seigle livrée par la minoterie des Moineaux et ceux du pain fabriqué par le boulanger. Le compte rendu précisait qu'il n'existait pas, en France, de réglementation sur les alcaloïdes d'ergot individuels dans la nourriture destinée aux humains, mais que le *Codex Alimentarius* offrait son expertise sur de tels sujets. Ce programme commun de l'ONU et de l'OMS regroupait des normes et des recommandations relatives à la production et à la transformation agroalimentaire. Le but : assurer la sécurité sanitaire des aliments et, par extension, la protection des consommateurs, des travailleurs des filières alimentaires et la préservation de l'environnement. Le Codex avait fixé le taux d'ergot autorisé à 0,5 gramme par kilo de céréales. Celui relevé dans le pain d'Oingt était largement supérieur. « Risque d'intoxication maximal », concluait le rapport.

Dès la réception de ces résultats, les exploitations de seigle qui approvisionnaient la minoterie des Moineaux furent inspectées. Les agriculteurs répétèrent l'argument déjà avancé au cours de leurs auditions : si les céréales avaient été parasitées par un champignon toxique dans leur milieu naturel, d'autres villages auraient été touchés par des intoxications. Le seigle était réparti dans différentes minoteries, puis mélangé, nettoyé et broyé. Plusieurs sacs auraient dû contenir de l'ergot et, en l'occurrence, plusieurs boulangers auraient produit, malgré eux, un pain « maudit ». L'enquête confirma les dires des agriculteurs : cultures en règle et champignon absent des champs. Même l'eau des systèmes d'irrigation ne présentait aucune trace de mycotoxines.

En parallèle, les services sanitaires contrôlèrent la chaîne de fabrication de la minoterie des Moineaux. Associés et salariés furent interrogés : pas d'amertume entre les dirigeants, pas de collaborateurs mécontents, pas de licenciements abusifs ou de dossiers aux prud'hommes. De son côté, l'équipe de la PJ visionna les enregistrements des caméras de surveillance placées dans l'entreprise sans toutefois déceler d'activités ou d'attitudes suspectes.

Les enquêteurs s'attardèrent ensuite sur Laurent Jaillet, le boulanger d'Oingt. Mais rien n'incriminait cet homme terrassé par la culpabilité d'avoir conduit plusieurs de ses concitoyens à la mort. Le lendemain du drame, il avait fermé son magasin et d'après les rapports des psychologues, il apparaissait évident que Laurent Jaillet était, lui aussi, une victime.

Une fois la chaîne de production de la farine et la fabrication du pain lavées de tous soupçons, la qualité de l'air, de l'eau et des cultures du village furent analysées. Sans résultat.

Louise et Wilfried se penchèrent sur le passé d'Oingt. Faits divers et dépôts de plainte furent décortiqués, mais ces recherches longues et fastidieuses n'apportèrent aucune piste exploitable.

L'enquête stagnait et Thomas ne cessait de penser à l'anecdote du médecin de l'hôpital Édouard-Herriot : les États-Unis, dans les années 1950, vaporisant les cultures d'un nuage toxique pour contaminer fruits et légumes de Pont-Saint-Esprit. Le commandant exigea alors la liste des vols autorisés au-dessus d'Oingt avant la tragédie, mais aucun engin suspect n'avait traversé la zone.

Et quand la nuit tomba sur le sixième jour d'enquête, Thomas redouta de ne jamais expliquer le mystère qui avait frappé les Iconiens.

41

Un mois s'écoula sans que les autorités parviennent à identifier le coupable. Les médias et les réseaux sociaux décidèrent alors de s'en charger. Un chanteur *has been* assura sur un plateau de télévision que l'État voulait « asservir » les Français en les droguant à leur insu. Un groupe complotiste d'Auvergne accusa les services secrets russes et un incident diplomatique fut évité de justesse. Un journal local d'extrême-droite certifia que l'ergotisme était une nouvelle forme de terrorisme que le gouvernement préférait passer sous silence. Cette hypothèse était la plus invraisemblable puisque aucun pays, aucune organisation, n'avait revendiqué l'attaque. Si des terroristes avaient été les auteurs d'une telle prouesse, ils n'auraient certainement pas manqué l'occasion de s'en vanter.

Lors d'une table ronde sur une grande chaîne nationale, un homme politique en mal de notoriété proposa la thèse de la guerre bactériologique. Grâce à un raisonnement fumeux, il lia l'affaire d'Oingt au virus fraîchement débarqué de Chine, le coronavirus. Mais le corps médical s'empressa de rétablir la vérité et l'homme politique dut présenter des excuses publiques.

Acculé dans une voie sans issue, tiraillé par les doutes, le commandant Missot remisa enfin son pessimisme lorsque des études plus poussées de l'INPS[1] arrivèrent dans sa boîte mail. Les conclusions étaient inattendues : la structure de l'ergot prélevé dans le pain avait été modifiée. Ce changement dans la composition de l'alcaloïde aurait entraîné les comportements suicidaires observés chez les sujets intoxiqués. Le rédacteur du courriel joignait à ses analyses un lien vers un article de l'Académie de médecine :

« Dans les années 1970, Marie Asberg et son équipe du Karolinska Institute de Stockholm mirent en évidence un taux bas de 5-HIAA, le principal métabolite de la sérotonine, dans le liquide céphalorachidien de sujets déprimés ayant tenté de se suicider de manière violente (arme blanche, arme à feu, saut dans le vide...). Cette étude suggère qu'un taux bas de 5-HIAA pourrait être un facteur prédicteur de suicide ultérieur. Le lien entre sérotonine et conduites suicidaires fut confirmé par de nombreuses études grâce notamment à des approches d'imagerie ou de génétique. Le dysfonctionnement du système sérotoninergique affecterait de nombreuses fonctions cérébrales et conduirait à des difficultés à réguler les émotions et une tendance aux attitudes impulsives dans une situation de stress.

Une seconde altération neurobiologique associée au risque suicidaire serait l'absence de frein du système hypothalamo-hypophysaire causée par la

---

1. Institut national de police scientifique.

dexaméthasone, un signe de dysrégulation de ce système majeur du stress. Les personnes à risque suicidaire seraient donc caractérisées par une réponse au stress excessive et difficilement contrôlable face aux événements négatifs de la vie[1]. »

Le commandant recula dans son fauteuil et sa conversation avec le médecin de l'hôpital Édouard-Herriot lui revint en mémoire. Les ergotants développaient des pulsions de violence qui les conduisaient à attenter à leur vie ou à celle d'autrui. Or, à Oingt, les malades n'avaient pas attaqué leurs pairs. La conclusion du rapport fournissait une explication scientifique à ce constat : « La molécule d'ergot qui a empoisonné la farine de seigle est un dérivé capable de pousser le sujet intoxiqué au suicide. »

---

1. Fabrice Jollant, *Bulletin académique*, séance du 16 octobre 2018, Université Paris Descartes & CH Sainte-Anne, Paris.

42

Aussi pressé par sa hiérarchie que par l'opinion publique, le commandant ne comptait plus les heures passées sur les crises d'ergotisme. Ses nuits étaient de plus en plus courtes et la fatigue menaçait sa clairvoyance.

Il enfouit la tête dans ses mains et songea à s'endormir ici, assis à son bureau. Ses paupières se fermèrent, son rythme cardiaque ralentit et la quiétude l'envahit. Mais on frappa à la porte. Il bredouilla l'autorisation d'entrer et Anaïs apparut dans l'encadrement, les bras chargés d'un gros carton.

— Tu t'installes ici pour écrire ton prochain roman ?

— J'aimerais. Mais tu sais que je n'arrive plus à écrire depuis que...

— C'est vrai, excuse-moi. J'espère que l'envie de raconter des histoires te reviendra.

— Je l'espère aussi. Et je sais que tu seras là pour m'aider.

— Compte sur moi !

Elle posa son carton sur la table de réunion.

— Mes parents et moi avons commencé à trier les affaires de ma sœur. Depuis deux ans, tout était resté dans le garage. Nous ne parvenions pas à nous séparer de ces objets. Comme s'ils constituaient notre dernier lien avec Esther. Comme si s'en débarrasser signifiait d'accepter définitivement sa mort. Mais ce week-end, sans vraiment comprendre pourquoi, j'ai ressenti le besoin de franchir le pas. J'ai appelé mes parents et, ensemble, nous avons décidé d'entreprendre un grand tri.

— C'est une étape difficile.

— Elle sera longue et douloureuse, oui, mais il nous faut aller de l'avant. J'ai rempli des caisses entières de souvenirs. La moindre babiole me rappelle Esther. Même un vieux Malabar. Gamine, j'avais appris à ma sœur à faire des bulles. Nous avions ruminé pendant des heures. Nos joues étaient crépies de chewing-gum et nos bras recouverts de faux tatouages.

Le soudain accès de bonne humeur d'Anaïs se dissipa, ses lèvres tremblèrent et Thomas devina qu'elle allait pleurer. Il décida de changer de sujet.

— Pourquoi m'apportes-tu ce carton ?

— J'ai trouvé des trucs dans les effets personnels d'Esther qui pourraient t'intéresser : des lettres, des livres, des factures, des photos...

— Nous avions perquisitionné l'appartement de ta sœur et collecté tout ce qui nous était utile. Je ne crois pas que...

— Prends-le, insista Anaïs.

Le commandant hocha docilement la tête.

— Je demanderai à Louise de jeter un œil.

Le silence s'installa ensuite. Ni Thomas ni Anaïs n'osèrent le briser. Le commandant regrettait le bon vieux temps, celui avant la disparition d'Esther, lorsque tout était plus simple. Depuis le drame, Anaïs se montrait peu bavarde et avait perdu sa joie de vivre. Le chagrin et la tristesse l'accompagnaient en permanence. Après avoir appris la mort de sa sœur, elle avait sombré dans la dépression. Son médecin l'avait arrêtée trois mois, durant lesquels elle avait dormi et pleuré. Des médicaments et l'aide d'un psychologue l'avaient aidée à amorcer son deuil. Elle avait repris le chemin du travail, mais, comme elle venait de le dire à Thomas, n'avait pas pu se relancer dans la rédaction d'un roman. Son imagination était bridée et l'idée d'écrire un thriller – alors que sa propre sœur avait été retrouvée mutilée et pendue dans un sanatorium désaffecté – la révulsait.

Le commandant étreignit son amie et lui promit, encore une fois, de déployer tous ses efforts pour conduire en prison celui qui avait sacrifié Esther. Pourtant, il savait que, plus les jours défilaient, plus la possibilité de tenir ses engagements s'étiolait.

Lorsque Anaïs eut quitté son bureau, Thomas se pencha rapidement sur le contenu du carton. Cette foule d'objets lui apparut, au premier abord, sans intérêt. Son regard fut toutefois attiré par un bouquin violet pas plus grand qu'un livre de poche. Sur la couverture, pas de mention de l'auteur ou de l'éditeur. Juste un titre qui se détachait en lettres dorées : *Le Mal des ardents*.

43

Le commandant enfila son blouson et décida de rentrer chez lui pour prendre connaissance du livre. Ici, trop de sonneries, trop de sollicitations, trop de portes qui claquent. Le bruit ambiant l'empêchait de se concentrer et grignotait son énergie. Il déplorait de devoir attendre que la fatigue soit harassante pour quitter le boulot à une heure souvent indécente. Parfois, il regrettait de ne pas avoir une épouse pour le sermonner. Il marqua une pause dans le couloir avant de s'esclaffer. Non : il était heureux d'être célibataire. Cette situation lui convenait. Pas de « Le McDo n'est pas bon pour ta ligne, que dirais-tu d'une purée de brocolis ? » ou de « Pas possible de voir nos amis dimanche, mes parents nous attendent pour le déjeuner », ni de « Tu sais que je n'aime pas le cinéma fantastique, allons plutôt voir une comédie romantique ». Pas de contraintes. Pas de disputes. Pas de concessions. Juste la liberté. Thomas était né pour être seul et il ne comprenait même pas pourquoi il avait voulu fonder une famille. Pourtant, s'il imaginait facilement sa vie sans Béatrice, il peinait à l'envisager sans Léa. Sa fille avait donné un sens à son existence.

Une fois chez lui, il se vautra dans le canapé avec un paquet de chips et le petit livre violet. Le calme qui régnait dans son appartement était propice à la lecture. Thomas avait besoin de toute sa concentration pour identifier, dans ces pages, un éventuel lien avec les crises de démence iconiennes.

L'ouvrage était constitué de plusieurs récits courts et chacun portait pour titre le prénom d'une femme. Le premier décrivait – avec une froideur déconcertante – un viol. Les mots semblaient alignés les uns derrière les autres avec un détachement certain. L'auteur de ces lignes ne montrait aucune pitié à l'égard de la victime dont il racontait le calvaire. Cette distanciation extrême et la pléthore de descriptions abjectes rendaient ce témoignage effroyable. Celui qui avait rédigé ce texte devait vraiment haïr cette femme pour raconter avec aussi peu de compassion les violences qu'elle avait subies.

Au fil des paragraphes, le commandant sentit un profond malaise l'envahir. Les détails étaient troublants de réalisme. Perturbé à l'idée qu'un homme puisse décrire un viol avec autant de précisions, Thomas stoppa sa lecture, referma l'ouvrage et le posa sur la table basse. Dès demain, il confierait l'étude de ce bouquin à un expert.

Il alluma la télévision et se laissa hypnotiser par les images d'un reportage animalier. L'émission, consacrée aux dauphins, s'intéressait notamment à leur attitude déviante envers leurs congénères femelles. La voix monocorde du commentateur et les ultrasons émis par les mammifères marins plongèrent peu à peu Thomas dans une douce léthargie.

Alors qu'il nageait dans le plus simple appareil entre des méduses et un banc de poissons combattants, un requin fonça sur lui, la gueule grande ouverte, prête à lui arracher le bras. Thomas se réveilla en sueur, et quelques secondes lui furent nécessaires pour comprendre qu'il n'était pas au fin fond de l'océan Pacifique, mais dans son salon, à Lyon.

Il se frotta les yeux.

14 h 02.

— Putain !

Il se précipita sur son téléphone resté dans la poche de son blouson et consulta son journal d'appels. La commissaire avait tenté de le joindre six fois et il n'avait entendu aucune des sonneries. Il se hâta dans la salle de bains, mais après avoir écouté le message que Laurine lui avait laissé, il décida de prendre la route sans se laver ni se changer.

— Les crises ont recommencé ! Dans le Rhône, la Loire, en Isère… D'autres villages sont touchés par des hystéries collectives. C'est une catastrophe, commandant. C'est… l'apocalypse…

44

Le chaos s'était installé à la PJ de Lyon. Les téléphones sonnaient dans tous les bureaux et chaque policier tentait de répondre aux multiples sollicitations reçues sur les lignes fixes et mobiles. Dehors, les premiers véhicules partaient en direction des sites impactés par l'ergotisme. Leurs sirènes rivalisaient avec celles des camions de pompiers et des ambulances, en route pour les quatre coins de la région lyonnaise.

D'après les renseignements transmis par les gendarmeries et commissariats locaux, dix villages avaient été touchés simultanément par des crises d'hystérie collective : trois dans la Loire, deux dans l'Isère, cinq dans le Rhône. Les rapports étaient identiques dans les dix cas : suicides par défenestration, par pendaison, à l'arme blanche ou à l'arme à feu. Pour la police judiciaire, aucun doute : un mois, presque jour pour jour, après le drame survenu à Oingt, la molécule d'ergot de seigle modifiée avait une nouvelle fois sévi. Ces quatre semaines avaient-elles été nécessaires au criminel pour parfaire son arme bactériologique ? Le village des Pierres Dorées lui avait-il servi de cobaye ? Plausible. L'auteur de l'intoxication massive avait observé les effets de sa drogue sur les iconiens et en avait tiré les conclusions. Il avait procédé à des ajustements avant de lancer la fabrication de son poison en grande quantité afin de contaminer un maximum de sacs de farine de seigle destinés aux boulangeries de la région. Quelles étaient ses motivations ? Politiques, sociales, religieuses, environnementales ? Agissait-il seul ou avec le soutien d'un complice ? Comment parvenait-il à empoisonner les farines en toute discrétion ?

La situation était exceptionnelle. Hors norme. Dans l'urgence, chacun tâchait de remplir au mieux ses fonctions. Les policiers se bousculaient dans les couloirs à la recherche d'informations quant à la procédure à suivre et, souvent, les chefs de service, submergés et désemparés, étaient incapables de répondre à leur demande. Les exercices grandeur nature ne permettaient jamais d'anticiper ce qui arrivait dans la réalité. Aussi, face à la confusion qui s'installait à la PJ, la commissaire organisa une réunion de crise. Lorsqu'elle entra dans la pièce, le portable collé contre l'oreille, l'air tourmenté, Thomas devina qu'elle apprenait, en direct, une mauvaise nouvelle de plus. Qu'elle annonça après avoir raccroché :

— Cinq autres villages viennent d'être frappés par des crises d'ergotisme.

Un murmure de stupéfaction ondula dans la salle et Laurine Vaulher eut beaucoup de difficulté à rétablir le silence.

— Ce sont donc quinze villages qui ont été ciblés via différentes boulangeries. Je n'ai pas encore de précisions sur les cinq derniers mais, concernant les dix premiers, nous savons d'ores et déjà que les sacs de farine de seigle contaminés provenaient de minoteries diverses qui s'approvisionnent elles-mêmes chez différents agriculteurs. La PJ de Saint-Étienne et celle de Grenoble s'occupent des sites touchés dans leurs départements. Je leur ai communiqué les principaux éléments de notre procédure. Quant à vous, je veux que vous auditionniez un maximum de personnes. Parlez avec celles et ceux qui n'ont pas été empoisonnés. Attardez-vous sur les boulangeries. Le labo est dans les starting-blocks pour analyser tous les échantillons que nous pourrons lui confier. Ne sous-estimez aucune piste !

Le discours ne s'éternisa pas, comme c'était souvent le cas, et le commandant s'en réjouit. Il détestait les longs bla-bla qui ne mènent à rien sinon la perte d'un temps précieux. Il avait toujours préféré l'action à la discussion et savait à quel point parler était vain lorsque l'urgence d'agir s'imposait.

Le directeur de la PJ prit les commandes des opérations ; des groupes furent formés afin de procéder aux constatations et aux auditions.

Face à un événement d'une telle ampleur, le préfet de région demanda l'ouverture d'un COD[1], un outil de gestion de crise incontournable. Cette cellule permettait notamment la bonne cohésion de l'ensemble des acteurs de la sécurité civile, la police et la gendarmerie nationale ainsi que les services de l'État et les représentants des collectivités. Chacun recueillait, à son niveau, les informations capitales et les transmettait à la préfecture qui, notifiée en

---

1. Centre opérationnel départemental.

temps réel, adaptait ses décisions au contexte. Ce centre assurait aussi la coordination des secours sur le terrain et la gestion des disponibilités dans les différents hôpitaux régionaux.

Thomas, Laurent et Wilfried furent missionnés à Riverie, la plus petite commune du Rhône en superficie. Les premières estimations de la gendarmerie n'étaient pas encore tombées, mais le commandant craignait que les victimes soient nombreuses parmi les trois cent neuf habitants.

Il se préparait à quitter son bureau, lorsque son téléphone sonna. Il répondit sans dissimuler à son interlocuteur l'agacement d'être dérangé.

— Commandant Missot ?
— Lui-même.
— Je suis le docteur Chavron, des urgences d'Édouard-Herriot. Nous venons de prendre en charge une jeune femme qui présente des mutilations en lien avec l'une de vos affaires.

Abasourdi, Thomas se laissa tomber dans son fauteuil.

À cet instant, Laurent débarqua et se frappa le front en découvrant son supérieur au téléphone. D'un air de reproche, il tapota la montre à son poignet. Thomas ignora ce geste d'impatience, absorbé par les mots du praticien.

— La patiente est traumatisée. Elle est amaigrie et semble ne pas s'être lavée depuis plusieurs mois. Nous pensons qu'elle était retenue prisonnière.
— Comment s'appelle-t-elle ?
— Hélas, elle n'a pas pu nous le dire.
— Pas pu vous le dire ?
— Non. Elle a la langue sectionnée.

45

Sur le parking de l'hôpital, la valse des ambulances et des camions de pompiers était incessante. Dans le hall d'accueil, les blessés s'entassaient et le personnel médical tentait de contenir tant bien que mal leur agitation. Des râles puissants et désobéissants répondaient aux injonctions des infirmières qui slalomaient entre les lits roulants, seringue en main, pour administrer des calmants à tous ceux qui souffraient d'hallucinations. Et ils étaient nombreux.

Thomas s'immobilisa dans le couloir et observa la scène qui se jouait devant lui. Les lamentations des patients étaient terrifiantes et lui rappelèrent la folie qui avait gagné les rues d'Oingt quelques semaines auparavant.

Le commandant s'était désolidarisé de son équipe le temps d'interroger la femme mutilée prise en charge à Édouard-Herriot. La commissaire lui avait donné son accord, stupéfaite de voir l'affaire des pendues resurgir. Dix minutes après son départ de la PJ, elle l'informait de la tournure alarmante des événements : soixante-deux villages étaient à présent touchés par des crises d'ergotisme.

Services de police, pompiers, Samu et ambulanciers étaient submergés. Des renforts avaient été appelés de toute la France, mais l'organisation demeurait complexe et bancale. Comment réagir face à l'impossible ?

Thomas se remémora les attentats de *Charlie Hebdo* et du Bataclan. L'assaillant qui visait aujourd'hui la région parvenait à déployer ses attaques simultanément dans plusieurs endroits. Cette méthode ressemblait de plus en plus à un groupe organisé et prêt à tout pour mener son combat. Mais quelles idées voulait-il défendre en conduisant une partie de la population française au suicide ?

Après avoir déambulé un quart d'heure dans les couloirs sans trouver la chambre qu'il cherchait, Thomas interpella une infirmière.

— Vous êtes de la famille ? demanda-t-elle sèchement.

— Non. Police.

— Suivez-moi ! Mais dépêchons-nous ! Je suis débordée...

Il s'élança à sa suite et en profita pour la questionner :

— Comment va la victime ?

— Elle a subi un profond traumatisme et est, vous l'imaginez, incapable de parler. Je vous invite à la ménager. Elle est fragile psychologiquement et très fatiguée.

— Comment est-elle arrivée jusqu'ici ?

— Un homme l'a déposée il y a une heure. Il s'était garé sur le bas-côté, en pleine campagne, pour téléphoner. Il est sorti de son véhicule pour se dégourdir les jambes et c'est là qu'il a vu, dans un champ de maïs, une silhouette allongée. Il s'est approché et a découvert la jeune femme inconsciente. Il l'a portée jusqu'à sa voiture et conduite ici.

L'infirmière et le commandant s'engagèrent dans un escalier. En arrivant à l'étage, Thomas découvrit que les lieux étaient, ici aussi, bondés de malades souffrant d'hallucinations.

— Parvenez-vous à gérer l'afflux de patients ?
— Non, c'est le chaos. Et je crains qu'il n'y ait bientôt plus assez de places dans les hôpitaux de la région.

Elle s'arrêta devant une porte, regarda par l'entrebâillement et se tourna, l'air grave, vers le commandant :

— Elle s'est endormie. Interrogez-la quand elle se réveillera.
— Combien de temps dois-je attendre ?

L'infirmière afficha une mine accusatrice et Thomas lui présenta aussitôt ses excuses.

— Autre chose, ajouta-t-elle. Avant que vous arriviez, elle a écrit son prénom sur une feuille. Elle s'appelle Maëlle.

Le commandant remercia l'infirmière et entra dans la chambre. Une jeune femme était allongée sur le lit, le crâne rasé.

Il approcha de la penderie. À l'intérieur étaient suspendus deux vêtements : un pull et un pantalon violets.

Après avoir pris place dans un fauteuil, il se mit à bailler. Craignant de s'assoupir, il tâtonna son blouson à la recherche de son téléphone. Dans la poche intérieure droite, un autre objet attira son attention. Ce matin, dans la précipitation, Thomas avait oublié de confier *Le Mal des ardents* à une équipe pour analyse. Il fallait impérativement avancer sur ce sujet.

Alors qu'il ouvrait le petit livre violet pour en poursuivre la lecture, Maëlle s'agita. Elle pencha la tête et posa sur son visiteur des yeux emplis de tristesse. Mais soudain, ils changèrent d'expression. La jeune femme se redressa et tendit un index tremblant en direction de l'ouvrage que tenait le commandant. Son visage était pétri par l'horreur, ses traits déformés par une grimace atroce. Elle ne pouvait pas émettre de sons, mais, si cela lui avait été possible, nul doute qu'elle aurait hurlé.

46

La tension était toujours à son maximum à la PJ. Thomas traversa les locaux au pas de course en percutant l'épaule de plusieurs collègues. Personne ne se fendait d'excuses. Tout le monde semblait vivre au rythme des drames qui touchaient la région. Le bilan s'alourdissait d'heure en heure. Le commandant ne s'était absenté que peu de temps et, déjà, vingt-six nouveaux villages avaient succombé aux méfaits de l'ergot. Les hôpitaux seraient bientôt surchargés, mais des rumeurs assuraient qu'un gymnase et une salle de concert allaient être réquisitionnés.

L'activité des minoteries de la région avait été suspendue par arrêté préfectoral. Quant à la vente de pain, elle était interdite dans tous les départements d'Auvergne-Rhône-Alpes.

« Ergotisme ».

Le mot était sur toutes les lèvres, si bien que Thomas comprit qu'il était le seul à s'inquiéter de l'affaire des pendues ; le seul à penser à Esther. Même si les crises de folie collective le terrifiaient, la patiente mutilée hospitalisée à Édouard-Herriot le tourmentait plus encore. L'assassin des jeunes femmes tout de violet vêtues avait repris son activité macabre après une année sans victimes. Et si tous les esprits étaient concentrés sur les intoxications, le commandant refusait, lui, de négliger l'apparition de cette nouvelle martyre. Maëlle avait échappé à son tortionnaire. Elle connaissait son visage. Peut-être son nom. Hélas, elle était incapable de se confier. Lorsqu'elle avait vu *Le Mal des ardents* entre les mains de Thomas, elle s'était agitée puis enfouie sous les draps en émettant des couinements aigus. Les infirmières lui avaient administré un sédatif avant de conseiller au commandant de laisser la jeune femme se reposer. Il avait quitté les lieux dépité. « Il faudra être patient », lui avait-on dit.

Alors qu'il rejoignait son bureau, Louise l'interpella dans le couloir et s'élança vers lui. Il n'avait pas le cœur à discuter, trop préoccupé par l'ouvrage lové dans sa poche. Il n'avait qu'une envie : débuter des recherches sur cet énigmatique opus.

— Je me suis entretenue avec Pascal Bouvier, l'homme qui a déposé la mutilée à l'hôpital. Pas de casier, pas d'antécédent. Le gars semble *clean*.

— Très bien. Je lirai ton audition.

Louise constata le désintérêt de son chef et signifia son mécontentement. Thomas lui présenta ses excuses et lui raconta sa rencontre furtive avec Maëlle. Il s'attarda sur la terreur qu'elle avait manifestée en apercevant la couverture du livre violet.

— Quel livre ? s'enquit Louise.

Il plongea la main dans son blouson et en sortit le bouquin. La capitaine le feuilleta et posa sur son supérieur un regard intrigué.

— Où as-tu trouvé ce truc ?

— Hier, Anaïs m'a apporté un carton rempli d'affaires ayant appartenu à Esther. Elle pensait que certaines d'entre elles pourraient être utiles à l'enquête. J'ai jeté mon dévolu sur cet ouvrage énigmatique, dont le titre m'a aussitôt interpellé, et qui regroupe une succession de témoignages. Je voulais me pencher dessus, mais j'ai manqué de temps. Erreur que je m'apprête à corriger de ce pas.

Curieuse, Louise suivit le commandant jusqu'à son bureau. Elle l'observa, en silence, parcourir le livre. Il se rendit à la dernière page où il chercha une information. Puis il releva la tête et dévisagea sa collègue.

— Les coordonnées de l'imprimeur sont absentes. Pourtant, il s'agit de mentions obligatoires. Ce qui signifie…

— … que l'auteur ne voulait pas qu'on remonte sa piste, compléta Louise. C'est aussi la raison qui l'a poussé à ne pas inscrire son nom sur la couverture.

— Exactement. Son manifeste devait rester anonyme. Et regarde ce numéro après la page de faux titre…

— N°120/200, lut Louise. Une série limitée.

— Et un faible tirage.

— Peut-être devrions-nous interroger des imprimeurs ?

Le commandant hocha lentement la tête. Louise soumettait une bonne idée, mais comment la mener à bien ? Des jours d'investigation seraient nécessaires pour retrouver l'imprimeur qui avait traité ce dossier.

Thomas s'apprêtait à formuler à sa collègue les limites d'une telle entreprise lorsqu'il eut une idée. Il s'empara de son téléphone et appela Anaïs. La jeune écrivaine était incollable sur le sujet. Elle autoéditait ses romans depuis plusieurs années et supervisait l'impression de ses livres. Elle maîtrisait la chaîne éditoriale de A à Z.

Après lui avoir décrit le petit livre violet, Thomas lui demanda si elle connaissait une entreprise capable de réaliser des reliures et des couvertures toilées.

— Ces finitions ne sont pas courantes de nos jours. À mon avis, seuls quelques artisans les proposent. Tout comme le lettrage doré à chaud du titre.

— Pourraient-ils gérer la réalisation de deux cents exemplaires ?

— Je ne sais pas. Veux-tu que je demande à mon prestataire ?

— Volontiers !

— Je m'en occupe tout de suite. Pourquoi toutes ces questions, Thomas ?

— Je ne peux pas t'en dire plus pour l'instant. J'attends de tes nouvelles.

Il jeta son téléphone devant lui et croisa le regard hébété de Louise. Elle devait le prendre pour un fou, mais il s'en fichait. L'affaire des pendues stagnait depuis trop longtemps. Ce livre constituait l'amorce d'une piste qu'il était bien déterminé à creuser.

Quelques minutes s'écoulèrent avant qu'Anaïs les rappelle.

— Mon imprimeur m'a donné les numéros de téléphone de trois artisans relieurs qui réalisent des couvertures toilées et qui seraient capables d'en produire deux cents.

Le commandant griffonna les trois séries de chiffres sur un Post-it et remercia son amie. Ses deux premiers coups de fil se soldèrent par un échec. Aucune de ces entreprises ne s'était occupée d'un ouvrage intitulé *Le Mal des ardents*.

Pessimiste, il, composa le troisième et dernier numéro.

— Auriez-vous réalisé la couverture d'un livre violet de petite taille, *Le Mal des ardents* ? Le titre est inscrit en doré.

— Quelle est la date de parution ?

— Elle n'est pas renseignée.

— Et l'auteur ?

— Anonyme.

Thomas entendit son interlocuteur soupirer puis pianoter sur un clavier d'ordinateur. La recherche s'éternisa et Louise perdit patience. Elle s'apprêtait à quitter le bureau, lorsque la voix de l'homme s'éleva :

— Trouvé ! *Le Mal des ardents*. En effet, nous avons géré la reliure toilée.

— Avez-vous le nom de la personne qui vous a passé commande ?

— Non, je suis désolé. Nous étions sous-traitant pour le compte de l'imprimerie des Lilas, à Mâcon. Je n'ai donc aucune information sur le client. Je sais juste que la commande a eu lieu en juillet 2017. En revanche, je peux indiquer le numéro de téléphone de l'imprimeur si vous voulez.

Le commandant recouvrit un nouveau Post-it de pattes de mouche, raccrocha et appela, sans attendre, le prestataire mâconnais. Une secrétaire lui répondit d'une voix enjouée. Il se présenta puis exposa sa demande. Son corps était tendu par le stress et l'excitation. Où cette piste le conduirait-elle ? Il n'osait pas imaginer que s'entretenir avec un imprimeur puisse l'aider à identifier un assassin et, pourtant, il avait envie d'y croire.

— *Le Mal des ardents*, répéta la secrétaire. Voilà le dossier. Ouvrage imprimé en juillet 2017. Nous avons effectivement sous-traité la couverture toilée ainsi que la dorure à chaud du titre. Tirage à deux cents exemplaires.

— Où avez-vous livré la commande ?

— D'après le bon de livraison, elle a été retirée chez nous. Il y a une signature mais impossible de deviner un nom dans ce gribouillis.

— Avez-vous édité une facture ?

— Le client n'en voulait pas.

— L'avez-vous rencontré ?

— J'étais en vacances à ce moment-là. Mais je demanderai à mes collègues. Quelqu'un pourra certainement vous le décrire.

— Parfait ! Et le règlement ?

— Une note de la comptable précise que le client voulait payer en espèces, mais elle a refusé. Il a donc réglé par chèque. Vous avez de la chance : ma collègue l'a scanné. Du coup, je peux vous fournir le nom et l'adresse du client.

Thomas jubilait.

Une piste. Il tenait une piste.

47

— Franck Mullin, quarante-six ans, chercheur en laboratoire. Ses proches semblent ne pas l'apprécier : aucun d'entre eux n'a voulu me parler de lui. J'ai dû passer de nombreux coups de fil avant de tomber, enfin sur un cousin, un certain Frédéric, qui a accepté de répondre à mes questions.

Louise était penchée sur une feuille couverte d'annotations et de ratures. Elle avait consacré son après-midi à mener des recherches sur Franck Mullin, ce Mâconnais qui avait commandé les exemplaires du livre violet auprès de l'imprimerie des Lilas.

— Frédéric m'a fait part d'un événement tragique, poursuivit la capitaine. Les Mullin avaient une fille prénommée Mylène qui s'est défenestrée en octobre 2016. Une enquête a confirmé la piste du suicide.

— Quel âge avait-elle ?

— Douze ans.

Il y eut un silence. De tous les drames auxquels les policiers étaient confrontés, ceux touchant les enfants étaient les plus choquants.

— Mylène était seule dans l'appartement lorsqu'elle a sauté, enchaîna Louise. La piste de l'accident a rapidement été écartée : un garde-corps protégeait la fenêtre et la gamine était trop grande pour se pencher autant sans considérer le risque de tomber. L'enquête a retenu la thèse du suicide, même si le père soutenait celle de l'accident. D'après lui, sa fille n'avait aucune raison de vouloir mourir. Six mois après cette tragédie, lui et son épouse ont donné leur démission à leur patron respectif. Ils ont ensuite vendu leur appartement à Mâcon – l'adresse sur le chèque encaissé par l'imprimeur –, ainsi que deux maisons de campagne dont ils avaient hérité quelques années plus tôt. Puis, ils se seraient établis dans un domaine à l'abandon où ils auraient entrepris de nombreux travaux de réhabilitation. Auparavant, ils avaient rédigé une lettre à l'intention de leurs proches et de leurs amis pour les informer qu'ils rompaient tout contact avec leur passé. Depuis ce jour, plus de nouvelles. D'après Frédéric, les Mullin sont introuvables. Ils n'ont laissé aucune adresse, ne sont pas dans l'annuaire ni sur Internet. Volatilisés ! Mais tu sais que pour moi, rien n'est impossible...

— Tu as leur nouvelle adresse ?

— Oui ! Merci les notaires ! Le domaine serait dans le Beaujolais. J'ai jeté un œil au plan cadastral : la propriété est immense. Elle s'étend sur plusieurs hectares et dispose de nombreux bâtiments. Mais revenons-en au livre : Franck Mullin a réglé la commande avec un vieux chéquier, puisque le livre a été imprimé en juillet 2017 alors que le couple avait vendu son appartement en avril. Selon moi, il ne voulait pas laisser de traces. Raison pour laquelle il n'a pas apposé, non plus, son nom sur la couverture, ni renseigné les références de l'imprimeur à la fin de l'ouvrage. Mais tout cela ne nous explique pas pourquoi, ni comment, ce mec est lié aux pendues. Et encore moins si son brûlot baptisé *Le Mal des ardents* a un lien avec les intoxications à l'ergot de seigle qui frappent la région.

— Esther possédait ce livre violet et la patiente à Édouard-Herriot l'a reconnu. Toutes les deux ont été retrouvées vêtues de violet, le crâne rasé, la langue sectionnée et cautérisée. Et rappelle-toi le témoignage du dealer : il a assuré avoir aperçu un homme au volant de la voiture garée sur le parking des Textiles Grimaud.

— Franck Mullin aurait-il conduit Esther dans l'usine désaffectée dans le but d'exécuter Caroline ?

— Pourquoi pas. Sans oublier que nos victimes ont disparu durant un an. Elles auraient pu être retenues prisonnières au domaine des Mullin. Nous devons nous y rendre sans attendre, Lou.

— Maintenant ?

— Oui, pourquoi ?

— J'ai plein de boulot et je dois...

— Ne me lâche pas, Lou.

La capitaine posa un regard gêné sur son supérieur et murmura :

— Nous bossons tous sur les crises d'hystérie, sauf toi, Tom.

— J'ai promis de ne pas abandonner Anaïs. Et si notre tueur a décidé de se remettre au travail, je suis bien décidé à contrecarrer ses plans. Tu me suis, oui ou non ?

Louise ne répondit pas. Thomas comprit alors être définitivement seul sur ce dossier qui semblait ne plus intéresser ses pairs. En son for intérieur, il pestait contre la vacuité des enquêtes. Un dossier en remplaçait un autre, et ainsi de suite, jusqu'à ce que les affaires irrésolues débordent des placards.

Amer, il se leva, s'empara de l'adresse du domaine et sortit du bureau sans saluer Louise.

Il allait quitter la PJ lorsqu'une voix l'interpella :
— Attends, Tom ! Je t'accompagne.

48

Comme l'avait constaté Louise, le domaine des Mullin couvrait plusieurs hectares. Les bâtiments, érigés au beau milieu d'une plaine vallonnée, constituaient la seule habitation du coin ; le village le plus proche se situait à une vingtaine de kilomètres. Il fallait être fou – ou asocial – pour s'établir dans un endroit aussi isolé. En cela, la démarche des Mullin était cohérente : reconstruire une vie loin de tout et de tous avait dû être aisé dans un tel environnement.

Thomas et Louise se garèrent à l'écart et empruntèrent, à pied, un petit chemin de terre qui serpentait jusqu'au corps de ferme dressé sur une bute. Une odeur d'humidité flottait dans l'air. Un orage se préparait, comme en témoignaient les éclairs striant le ciel. Des chênes aux branches menaçantes se dressaient vers les nuages. Les vignes, orphelines de leurs feuilles, s'étendaient à perte de vue. Le paysage, aussi sinistre que fascinant, évoquait au commandant la peinture réalisée par sa fille. Après quelques recherches, il en avait découvert la source d'inspiration : *L'Abbaye dans une forêt de chênes*, une toile de Caspar David Friedrich. Léa avait reconnu être subjuguée par la peinture romantique du XIXe siècle.

La propriété des Mullin était à l'abri des regards indiscrets : des bâtis collés les uns aux autres entouraient le domaine sur environ dix mètres de haut, si bien que le site semblait fortifié. Briques, pierres et colombages : l'architecture s'inspirait de diverses époques avec toutefois un intérêt marqué pour le Moyen Âge. Aucune fenêtre ne donnait sur l'extérieur et laissait toute liberté au lierre de courir sur les façades. Un seul accès permettait d'entrer : une immense porte en bois, cernée de deux tours.

Le commandant frappa trois coups.

Il attendit et devina des pas fouler une allée en graviers. Il y eut un grincement, puis le cliquetis d'un trousseau de clé. L'une d'elles fut introduite dans la grosse serrure et la porte s'ouvrit sur une silhouette élancée. Thomas dut contenir sa stupeur en découvrant la femme qui les accueillait : elle était entièrement vêtue de violet.

— PJ de Lyon, annonça Louise. Nous voudrions parler à Franck Mullin.
— Il est absent.
— Êtes-vous son épouse ?
— Non.
— Est-elle là ?
— Non.

Le commandant n'eut pas besoin de se tourner vers sa collègue pour constater son agacement : elle détestait soutirer des informations au compte-gouttes.

— Quand seront-ils de retour ?
— Je ne sais pas.
— Pouvons-nous les attendre à l'intérieur ?

En entendant cette demande, le visage de la jeune femme s'empourpra. Thomas ne sut déterminer s'il s'agissait d'un rougissement de gêne ou de colère.

— Non.

La patience de Louise était malmenée et, dans une telle situation, elle risquait de s'énerver. Le commandant décida de prendre la parole pour tenter d'amadouer leur interlocutrice.

— Qui êtes-vous ?

— Ça ne vous regarde pas.

L'aplomb soudain de la jeune femme le stupéfia. Voilà une réponse expéditive qui lui vaudrait les railleries de Louise sur le trajet du retour.

— Madame, avez-vous compris que nous étions de la police ?

Elle haussa le sourcil droit pour signifier son mépris total face à cette remarque déguisée en menace.

— Aussi, poursuivit le commandant, si vous refusez de décliner votre identité et de coopérer, nous serons dans l'obligation d'employer la manière forte.

Inébranlable, la jeune femme les dévisagea avec un air de défi avant de claquer la porte.

49

Convaincre le juge d'instruction de mener une action dans la forteresse de Franck Mullin ne fut pas simple. L'intérêt pour l'affaire des pendues avait été détrôné, sans mal, par les crises de démence et Thomas manquait de preuves pour obtenir une supplétive à la commission rogatoire. La plupart de ses arguments reposaient sur des intuitions. Selon lui, l'attitude défiante de la jeune femme qui les avait accueillis prouvait l'existence d'un secret caché derrière les portes du domaine.

Dix minutes s'écoulèrent sans que le commandant parvienne à ses fins. Il redoutait que les Mullin profitent de ce laps de temps pour déserter leur repaire. L'urgence de la situation et la lourdeur des démarches administratives lui firent alors perdre patience. Il frappa le bureau du juge de son poing.

— Calmez-vous, commandant. Vous mettre en colère ne changera rien !

Thomas brandit une nouvelle fois le livre violet, persuadé que sa victoire résidait dans cet ouvrage.

— Esther Malori était en possession de ce livre. Elle a été retrouvée vêtue de violet, le crâne rasé, la langue coupée et cautérisée. Notre patiente mutilée a aussi reconnu cet ouvrage ! Elle a subi les mêmes sévices qu'Esther sauf qu'elle a réussi à échapper à son bourreau !

— Vous me l'avez déjà dit. Et je vous ai répondu qu'il fallait interroger cette jeune femme.

— Ses mutilations l'empêchent de s'exprimer !

— Ne pourrait-elle pas écrire ?

— Cette pauvre fille est traumatisée ! Elle n'est pas encore prête à témoigner.

— Alors patience !

— Impossible ! Nous devons agir sinon d'autres femmes seront exécutées. Ni vous ni moi ne voulons cela. J'ai besoin d'intervenir dans ce domaine pour interroger Franck Mullin. Il est l'auteur d'un livre ignoble qui décrit des violences en tout genre commises sur des femmes. Il torture, viole et mutile des pauvres filles pour ensuite rédiger des textes criant de vérité. Il continuera tant que personne ne l'en empêchera. Et je suis certain qu'avancer sur cette enquête pourrait nous faire progresser sur celle des crises d'hystérie ! Le livre de Mullin s'intitule *Le Mal des ardents* : ça ne peut être un hasard. Lorsque sa fille s'est défenestrée, il a décidé de se retrancher dans ce domaine isolé. Il était chercheur en laboratoire et les analyses d'Écully ont révélé que l'alcaloïde présent dans le pain contaminé était le produit d'une modification.

Le juge d'instruction ne répondit pas, mais sa curiosité était piquée. Thomas comprit que miser sur l'affaire de l'ergot de seigle était culotté. Pourtant, s'il attirait l'attention sur ce point, ses chances de perquisitionner le domaine de Mullin seraient plus grandes.

Et ce fut le cas.
— OK, annonça le juge en soupirant. Vous avez mon feu vert.

50

À 19 heures, deux voitures de la PJ assistées de deux voitures de la gendarmerie locale entrèrent dans la commune d'Herbier, dans le Beaujolais. Idris, engoncé dans son blouson, était au volant du premier véhicule. Sur le siège passager, Thomas observait le paysage défiler autour d'eux. Qu'allaient-ils découvrir chez les Mullin ? Des caves remplies de prisonnières ? Des cadavres prêts à être mis en scène dans des usines désaffectées ? Et s'ils ne trouvaient rien ? Si les Mullin n'étaient qu'un couple asocial à la recherche d'isolement et de paix intérieure après la mort de leur fille ? Si le livre violet et les crises d'ergotisme n'étaient que le fruit du hasard ?

Idris s'engagea sur la départementale et le domaine apparut au loin. Thomas vérifia le compteur sur le tableau de bord : le site était précisément à vingt et un kilomètres de toute civilisation. Un endroit idéal pour celui qui veut commettre des méfaits en toute discrétion.

Arrivés devant l'entrée, les douze officiers descendirent de leurs véhicules et s'élancèrent vers le corps de ferme. Thomas n'avait pas prévu d'intervention musclée, mais il voulait être suffisamment entouré.

Les Mullin ne vivaient pas seuls. Il fallait se parer à toute éventualité.

Le plan cadastral et les renseignements donnés par le notaire avaient permis au commandant de préparer la visite. Au cours d'un rapide briefing, policiers et gendarmes avaient été informés de la disposition des lieux, du nombre de bâtiments, des accès possibles – un seul connu dans ce cas précis – et du rôle que chacun avait à tenir. Aussi, malgré son inquiétude et un stress grandissant, Thomas se sentit rassuré en se postant devant la grande porte en bois. Il frappa, comme il l'avait fait quelques heures plus tôt et attendit.

Un frou-frou.

Des pas.

Un cliquetis.

Et la même jeune femme pour les accueillir.

Elle tenta de masquer sa stupeur en découvrant le groupe d'uniformes, mais son émoi n'échappa pas au commandant.

— Je vous avais dit que j'obtiendrai le moyen d'entrer.

Elle le fusilla du regard et il comprit qu'un gilet pare-balles n'aurait pas suffi si les yeux de cette femme avaient été pourvus de mitraillettes.

Alors qu'il lui demandait pour la troisième fois de les laisser entrer, elle recula de quelques pas et fit glisser sa main droite jusqu'à la poignée. Thomas eut juste le temps de placer son pied dans l'encadrement avant que la femme ne referme. Il hurla de douleur. Idris se précipita à son secours, donna un coup d'épaule sur la porte qui s'ouvrit en repoussant dans le même élan celle qui avait tenté de les duper. Policiers et gendarmes s'engagèrent dans le domaine. Les façades peintes en jaune, orange, rouge conféraient au lieu une chaleur et une joie de vivre certaines. Un chemin en gravier ocre permettait l'accès aux différents bâtiments disposés en rectangle. Au centre se trouvait une vaste cour intérieure où trônait un saule majestueux dominant un groupe d'arbres fruitiers parfaitement taillés. Sur la gauche, des cultures étaient protégées des intempéries par une serre. Au fond du domaine, le commandant distingua un enclos avec trois chèvres, ainsi qu'un poulailler où chantait un coq.

Une fois les lieux investis, chaque officier prit son poste. Deux gendarmes encadrèrent l'entrée afin de parer à toute fuite et plusieurs policiers se consacrèrent à la visite du domicile. Tandis qu'ils pénétraient dans la plus grande bâtisse – sans doute les appartements des Mullin – des cris s'élevèrent et des silhouettes violettes accoururent dans les jardins. En quelques secondes, Thomas fut cerné par une dizaine de femmes.

— Nous cherchons Franck Mullin, déclara-t-il à la cantonade.

Collées les unes aux autres, toutes gardèrent le silence, impassibles. Certaines avaient le regard si vide qu'il en était glaçant. Thomas scruta ces visages un à un sans parvenir à déceler la moindre émotion. Étaient-elles terrifiées ? Ou soulagées ?

Alors qu'un groupe de policiers jetait son dévolu sur un bâtiment à l'écart, l'attitude des femmes changea. Elles se mirent à gesticuler et un murmure traversa l'assemblée.

Un nom.

Répété. Scandé.
Une supplication.
« Nahash ! Nahash ! »
Était-ce Franck qu'elles appelaient à l'aide ?
Pourquoi se cachait-il derrière ce pseudonyme ?
Peu à peu, la panique s'installa. Le commandant refusait de perdre le contrôle. Il éleva la voix et tout le monde se tut. Mais il comprit bien vite que ce n'était pas grâce à lui que le calme était revenu.

Une silhouette était apparue, les cheveux courts, les épaules carrées, le menton haut et l'allure fière. Les femmes baissèrent la tête en signe de respect. Certaines ployèrent le genou.

Leur attitude était sidérante. Si extrême qu'elle inspira un mot au commandant.

« Gourou. »

51

Pas un bruit ne perturbait la quiétude tombée sur le domaine. Seule une brise légère s'engouffrait en sifflant entre les bâtiments.

Une sonnerie de téléphone brisa soudain le silence.

Quelqu'un répondit et Thomas devina une présence derrière lui.

— C'est Louise, murmura Idris en lui tendant son portable. Elle veut vous parler.

— Ce n'est pas le moment.

— Elle dit que c'est urgent. Que c'est en rapport avec notre visite ici.

Le commandant soupira et se mit à l'écart.

— Je viens d'avoir un appel du laboratoire, hurla la capitaine. Ils ont poursuivi les recherches sur l'ergot de seigle modifié et ont identifié d'autres propriétés à l'alcaloïde. Non seulement il peut conduire au suicide, mais il est plus actif sur une partie de la population. Cette information serait en adéquation avec le bilan des crises d'hystérie de ces dernières heures : les femmes ont souffert d'hallucinations et d'accès de folie mais ne se sont pas suicidées. Les hommes, en revanche, qui avaient consommé du pain, ont mis fin à leur jour. Je n'arrête pas de penser aux témoignages du livre violet et je sais que tu es avec une équipe au domaine des Mullin. Soyez prudents ! Car tu avais raison, Tom : tout est lié !

Esther

Mon nom est Esther Malori.
Je suis née à Annecy il y a vingt-cinq ans.
Mon enfance fut heureuse. Mes parents me comblaient d'amour et d'attention. J'entretenais avec ma sœur aînée une relation fusionnelle que toutes les fratries du monde auraient pu nous envier.
J'ai grandi dans un foyer où la colère et la violence n'avaient pas leur place. Mon père n'élevait pas la voix, ma mère ne nous punissait jamais. Chaque problème avait sa solution, chaque bêtise était pardonnée.
Gamine, j'adorais dessiner. Ma mère et moi passions des heures sur la table de la cuisine à reproduire les illustrations de mes livres préférés. Après le bac, je me suis naturellement orientée vers des études d'art. À dix-huit ans, j'ai intégré la faculté d'arts plastiques d'Annecy. Pendant deux ans, j'ai flemmardé avant de comprendre que ce système d'enseignement n'était pas pour moi. Il me fallait du concret, de la pratique. Je me suis donc inscrite dans une école privée de graphisme à Genève. Le cursus prévoyait des stages et autres dossiers à mener en collaboration avec des professionnels. J'étais ravie.

La première année m'a confirmé que je ne m'étais pas trompée de voie. Et socialement, j'étais comblée. Je m'étais constitué un groupe d'amis avec lequel j'écumais les bars et les discothèques. Souvent, je rentrais à l'aube et n'allais pas me coucher pour rattraper le retard accumulé dans mes devoirs. Malgré ce rythme fou, je me distinguais comme l'une des meilleures élèves. Rien ne pouvait assombrir mon bonheur.

Et pourtant.

Un homme y est parvenu.

C'était un soir de juin.

Toute la classe était penchée sur un examen d'admission en seconde année. L'école avait instauré ces épreuves intermédiaires pour s'assurer les meilleurs résultats possibles au diplôme.

J'ai pris connaissance du sujet qui, hélas, ne m'inspirait pas. En réalité, je crois que le stress altérait ma créativité.

Plus les heures défilaient, plus la peur de l'échec m'envahissait. Aussi, lorsque mes camarades se sont levés les uns après les autres pour déposer leurs copies sur le bureau de notre professeur de graphisme – M. Joliet –, la panique s'est emparée de moi. Je n'avais produit que trois logos qui promettaient de me condamner, par leur médiocrité, à devenir la risée de ma promotion.

J'ai regardé la salle de classe peu à peu se vider.

Jusqu'à ce qu'il ne reste que moi.

Il était 18 heures. La fin du temps imparti avait sonné.

Le nez sur ma feuille, triturant nerveusement un crayon de couleur, j'ai deviné une présence près de moi. Mon prof se tenait debout, les bras croisés sur la poitrine. Il m'observait avec amusement.

— Panne d'inspiration, Esther ?

Je me suis contentée d'un sourire gêné.

Il s'est penché au-dessus de moi pour constater le fruit de ma réflexion. J'attendais un rire moqueur ou une critique acerbe, mais non. Le professeur s'est raclé la gorge avec une exagération qui trahissait son embarras et, contre toute attente, a dit :

— Pas si mal...

J'ai posé sur lui des yeux exorbités avant de répondre :

— Ne me flattez pas. Les trois horreurs que j'ai dessinées ne le méritent pas.

M. Joliet s'est appuyé contre le rebord d'un bureau et m'a dévisagée l'air grave.

— Je préfère la qualité à la quantité, Esther. Certains de tes camarades m'ont rendu des copies couvertes de logos qui sont tous bons à jeter ! Ce n'est pas le cas des tiens. Ne sois pas trop exigeante avec toi-même et ne laisse pas la pression te faire perdre tes moyens : c'est la meilleure façon de brider ta créativité. Rentre chez toi à présent. Il est tard.

Je lui ai tendu ma feuille et ai rangé mes affaires. Carton à dessins sous le bras et sac à dos sur l'épaule, j'ai traversé la salle de classe. J'allais partir lorsque M. Joliet m'a interpellée :

— Ce ne sont pas les professeurs de l'école qui attribuent les notes, mais un jury composé de graphistes professionnels. Je crains qu'ils ne soient pas aussi réceptifs que je le suis à la qualité de ton travail. Néanmoins, je peux intervenir et leur expliquer que tu es une excellente élève, mais que le stress a joué en ta défaveur.

— Pourquoi feriez-vous cela ?

— Parce que sans mon appui, tu ne valideras pas cette première année. Vraiment dommage pour la bonne élève que tu es. Tout perdre à cause d'un examen raté... C'est injuste, non ?

Mon étonnement a cédé la place à un sentiment bien plus ambigu. Pourtant, je refusais d'admettre que M. Joliet me propose de monnayer ma réussite.

— Je ne veux pas que ma carrière se construise autour d'un mensonge. Si j'ai échoué, tant pis pour moi. Je redoublerai et repasserai l'épreuve l'année prochaine.

Comprenant que je ne cautionnerais pas ses manigances, il s'est élancé vers la porte et a sorti une clé de sa poche qu'il a glissée dans la serrure. Puis, sèchement, il m'a demandé de poser mes affaires sur son bureau. J'ai d'abord obéi, pensant que ma docilité le calmerait.

Peut-être ne voulait-il que me convaincre.

Peut-être n'avait-il aucune idée derrière la tête.

Peut-être étais-je juste paranoïaque.

Mais quand il a entouré ma taille de ses mains pour m'attirer contre lui et embrasser mes lèvres, j'ai su que je m'étais trompée. Sa langue humide a cherché la mienne que j'ai rapidement remisée au fond de ma bouche. Un profond dégoût m'a envahie et j'ai interrompu ce baiser en repoussant le professeur d'un geste vif.

Il s'est approché. J'ai reculé.

Un pas.

Dix pas.

Le mur de la classe dans mon dos m'a stoppée.

J'étais prise au piège.

M. Joliet a plaqué ses mains sur mes épaules pour m'immobiliser. Lutter contre sa détermination était vain. Je m'étais toujours jurée que, si une telle situation se présentait, je saurais me défendre. Quelle idiote j'étais d'avoir cru cela.

Il a baladé ses doigts dans les moindres recoins de mon corps. Il a volé mon innocence et ma dignité. Il m'a souillée de sa langue, m'a frappée, tiré les cheveux et a joui de ma soumission. Il se fichait de mon consentement. Lui était « d'accord ». C'était tout ce qui comptait.

Je n'ai pas quitté l'horloge des yeux.

J'ai regardé les minutes s'égrener comme un mourant voit sa vie défiler. Mais pour moi, pas de lumière au bout du tunnel. Juste l'obscurité la plus totale. Des ténèbres d'où aucune femme ne revient.

Que serait-il arrivé si je n'avais pas manqué d'inspiration lors de l'examen ? J'aurais rendu ma copie avant 18 heures, j'aurais quitté la classe avant mes camarades et je ne me serais pas retrouvée seule avec un prédateur. Une infâme culpabilité m'a alors submergée.

Tout était *ma* faute.

Le viol a duré vingt-deux minutes.

À la vingt-troisième, Joliet, dégoulinant de sueur et haletant comme un porc, m'a libérée de son étreinte. Il a remonté son pantalon, a enfilé sa veste et s'est adressé à moi avec une décontraction effarante.

— Si tu parles de ce qui s'est passé entre nous, tu le paieras !

J'ai acquiescé en silence.

Il est parti en claquant la porte derrière lui.

Je n'ai pas bougé. J'étais paralysée.

Mille et une questions m'assaillaient.

Si tu parles...

Pourquoi m'avait-il choisie ?

Étais-je sa première victime ?

... de ce qui s'est passé entre nous.

Pourquoi avait-il utilisé une formulation qui sous-entendait que j'étais consentante ? Était-ce une façon d'instiller en moi le doute ?

... tu le paieras !

Allait-il me tuer si ma langue se déliait ?

Je suis restée de longues minutes immobile, la culotte sur les chevilles et le chemisier ouvert, les poumons gorgés par l'odeur de la transpiration du professeur, la bouche empoisonnée par le goût de sa salive, la peau souillée par ses fluides.

Soudain, j'ai senti quelque chose couler le long de mes cuisses. J'ai glissé la main dans mon entrejambe. Du sang.

J'avais vingt et un ans et n'avais encore jamais connu de rapports sexuels. Je venais de perdre ma virginité de la plus atroce des façons qui soit.

Je me suis précipitée dans les WC de l'école pour me laver. Mon corps n'était que douleurs. Des griffures striaient mes bras, mes cuisses étaient constellées de bleus. J'avais mal à l'extérieur, mais, surtout, à l'intérieur. Dans mon âme.

Ma toilette terminée, j'ai pris le chemin de mon studio dans le centre-ville. Je me suis douchée trois fois, j'ai nettoyé mes vêtements, puis je me suis couchée.

Et enfin j'ai réussi à pleurer.

Deux semaines plus tard, les résultats des examens étaient affichés dans le hall de l'école. Je n'ai pas osé consulter le panneau. Une amie s'en est chargée pour moi. Elle est revenue en sautillant : « Admises toutes les deux ! », a-t-elle crié en me prenant dans ses bras.

J'ai simulé la joie.

J'avais validé mon année, mais à quel prix ?

Les vacances d'été se sont écoulées.

Je n'ai parlé du viol à personne. Pas même à ma sœur. Pourtant, je suis certaine qu'elle aurait su m'aider.

Les cours ont repris en septembre.

J'ai éprouvé un vif soulagement en découvrant que Joliet n'était pas mon professeur de graphisme. Hélas, je le croisais quotidiennement dans les couloirs. Je tournais la tête tandis qu'il me saluait avec une bonne humeur exacerbée. Si par malheur nos regards se croisaient, il en profitait pour m'adresser un clin d'œil. Cette attitude sournoise me donnait l'impression d'être violée une nouvelle fois.

Ne supportant plus d'être la seule à connaître le double visage de cet homme, j'ai décidé d'aborder le sujet avec mes copines, sans toutefois raconter l'assaut que j'avais subi. Elles ont pouffé de rire et m'ont assuré avoir tort d'émettre des doutes sur celui qu'elles décrivaient comme « le prof le plus cool et le plus sexy de l'école. »

Qu'espérais-je ? Que l'une d'elles ose avouer : « Oui, je suis d'accord, Esther », et qu'elle se confesse : « Moi aussi, il m'a violée » ? Qu'elle essuierait mes larmes, prendrait ma main et, qu'ensemble nous dénoncerions notre agresseur ?

Ce n'est pas arrivé. Pourtant, je suis persuadée de ne pas avoir été sa seule victime.

Au mois de juillet 2015, j'obtins mon diplôme et intégrai une agence de publicité à Genève. Enfin, j'étais libre. Libre de ne plus voir, au quotidien, mon violeur. Hélas, il était avec moi partout, tout le temps. Son ombre marchait dans mes pas. Ses mains exploraient mon entrejambe. Ses murmures de jouissance persistaient entre mes tempes. Sa bouche et son sexe colonisaient des territoires interdits.

Jour et nuit, il était là.

J'étais sa prisonnière pour l'éternité.

Entravée par ces souvenirs, j'ai décidé de déménager. J'aimais Genève, mais cette ville était liée à mon viol et je redoutais de croiser la route du « monstre ». Vivre ainsi m'étouffait. Je devais repartir de zéro. Prendre un nouveau départ.

J'ai choisi de rejoindre ma famille à Lyon, espérant retrouver auprès d'elle ma sérénité perdue. La compagnie d'Anaïs m'a, effectivement, apaisée. Mais j'avais beau lutter et tenter d'oublier l'horreur dont j'avais été victime, elle hantait ma mémoire.

En janvier 2017, j'ai créé ma propre agence de graphisme. Ce choix attestait de ma soif d'indépendance et esquissait, aussi, mes premiers pas vers l'asociabilité. Je refusais de l'admettre mais, en réalité, je fuyais les autres. Je fuyais les hommes. Je me terrais dans mon appartement comme un ours dans sa grotte. Je rencontrais rarement mes clients et me contentais d'e-mails et d'appels. Quand Anaïs me proposait de sortir, je prétextais être débordée. Peu à peu, je me constituais un cocon et, plus cette enveloppe devenait imperméable, plus j'étais en sécurité. Mes interactions sociales se limitaient à Facebook, Instagram et Twitter : derrière un écran d'ordinateur, je ne craignais rien.

Et j'ai rencontré Benoît.

Il commentait régulièrement mes créations sur Facebook et, très vite, nous avons commencé à discuter par messagerie privée. Il était doux, prévenant, à l'écoute. J'ai placé une telle confiance en lui, qu'un jour, je me suis confiée :

« On m'a violée. »

Voilà la phrase que j'ai tapée dans la boîte de dialogue. Une longue minute s'est écoulée. J'ai aussitôt regretté ma franchise. Benoît a finalement répondu à mon message en me témoignant sa compassion. Ses mots m'ont procuré un réconfort inattendu et j'ai baissé la garde. Le lendemain, nous nous sommes donné rendez-vous dans un bar et j'ai passé une excellente soirée en sa compagnie. À minuit, il m'a raccompagnée chez moi et, sur le pas de ma porte, m'a demandé l'autorisation de m'embrasser.

J'ai accepté.

Les yeux fermés, ma bouche contre la sienne, j'ai acquis la certitude que cet homme ferait taire mes démons.

Nos premiers mois en couple ont été heureux. Hélas, tout rapport sexuel se révélait impossible. Dès que la main de Benoît s'aventurait sur mon corps, le souvenir du professeur m'assaillait. Je repoussais alors mon amant d'un geste brusque et m'endormais en pleurant.

J'ai senti son désespoir grandir et j'ai eu peur qu'il perde patience. Toutefois il n'en montrait rien. J'aurais dû me douter que cette réaction cachait une terrible frustration.

Consciente que le *problème* venait de moi, j'ai cherché de l'aide.

Prendre des médicaments ?

Hors de question ! Je n'étais pas « malade ».

Consulter un psychothérapeute ?

Impensable ! Mettre des mots sur ce viol le rendrait encore plus concret. Encore plus insupportable.

Sur Internet, j'ai participé, de manière anonyme, à des forums de discussion avec des femmes ayant le même traumatisme que moi. L'une des abonnées a évoqué un groupe de soutien dans la région lyonnaise. Les réunions étaient animées par Nahash, qui n'avait pas son pareil pour réconforter les victimes les plus désemparées.

Un soir de novembre 2017, je me suis donc rendue dans les locaux de cette association et j'ai rencontré Nahash, une grande silhouette vêtue de violet, les cheveux courts, les épaules larges, de grands yeux rieurs teintés d'une légère mélancolie. Son physique tout en douceur et sa voix réconfortante appelaient à la confidence. Pour preuve : les femmes du groupe se livraient en toute confiance. Sans hésitation. Sans pudeur. Leur courage me fascinait.

Quant à l'attitude de Nahash, elle était exemplaire. Jamais dans le jugement. Toujours dans l'écoute.

Lorsque le moment de partager mon histoire est arrivé, j'ai décliné. Je n'avais pas envie.

— Il faut que tu te confies.

— Je n'y arriverai pas.

— Bien sûr que si ! Tu as déjà parcouru la moitié du chemin en venant ici.

— Je ne suis pas… prête.

— Tu ne le seras jamais.

À cause de ces cinq mots, toutes les ondes positives que j'avais engrangées se sont envolées. Néanmoins, je savais que Nahash avait raison. M'armant de courage, j'ai donc raconté le viol dont j'avais été victime. Les membres du groupe m'ont manifesté leur soutien, et j'ai compris qu'auprès d'elles j'étais en sécurité. Je n'étais plus seule à porter mon fardeau. Des dizaines de mains me proposaient leur aide. Ensemble, nous étions plus fortes.

La soirée s'est achevée et, alors que je quittais la salle, Nahash m'a retenue et m'a tendu un petit livre violet.

— Il t'aidera à aller plus loin dans ta démarche. Mais je préfère te prévenir : les témoignages sont choquants. Se plonger dans cette lecture est une épreuve.

J'ai feuilleté rapidement l'ouvrage avant de le lui rendre :

— Plus tard, ai-je murmuré.

— Soit. Je garde ton exemplaire et te le donnerai dès que tu seras prête, Esther.

Tout était comme ça avec Nahash. Facile. Limpide.

Fascinée par sa personnalité, j'ai assisté à d'autres réunions. Chaque fois, ses discours me remplissaient d'allégresse et mon mal-être se dissipait. Malheureusement, les relations sexuelles avec Benoît étaient toujours inexistantes et je craignais que notre couple finisse par en pâtir.

Ce fut le cas. Mais pas comme je l'avais envisagé.

Le samedi 2 décembre 2017, nous avions passé la soirée dans un pub irlandais où la bière avait coulé à flots. Sur le chemin du retour, j'ai dû soutenir Benoît tant il était incapable d'avancer sans trébucher. Je l'ai aidé à monter l'escalier de son immeuble et j'ai cherché les clés dans son blouson pour déverrouiller la porte. Je l'ai embrassé, lui ai souhaité une bonne nuit et ai décidé de rentrer chez moi. J'étais terrifiée à cette idée. C'était la première fois, depuis mon viol, que j'allais marcher seule, dans la rue, en pleine nuit. Benoît a deviné mon inquiétude et a insisté pour que je dorme chez lui. Mais son attitude était étrange. Aujourd'hui encore, je ne saurais dire si ce jugement était faussé par mon traumatisme ou si la suite m'a donné raison. Benoît s'est approché de moi et m'a embrassée. Son haleine empestait l'alcool et me dégoûtait. Je l'ai repoussé.

La suite, je ne la raconterai pas dans le détail.

Je dirai juste que, ce soir-là, j'ai été violée par mon petit ami.

Cette tragédie a ancré une vérité en moi : j'étais responsable de mes maux. Je devais, sans en être consciente, provoquer les hommes et attirer leurs assauts. J'ai repensé aux femmes de l'association. À celle qui avait été battue par ses trois époux ; à celle qui, enfant, avait été abusée par son père avant de l'être, adulte, par son conjoint... Pour la plupart des victimes, les drames s'inscrivaient dans un cercle vicieux perpétuel. Ou comment attirer le genre d'homme que l'on fuit le plus.

Benoît s'est ensuite endormi sur le parquet du salon – à l'endroit même où il m'avait violée – et s'est mis à ronfler. Je suis restée allongée sur le sol, amorphe. Les promesses rassurantes de Nahash volaient en éclats. Tout le chemin parcouru avait été bombardé en quelques minutes. Mon corps, ce champ de ruines, n'était plus qu'un paysage apocalyptique.

Le jour s'est levé devant la grande baie vitrée du salon et j'ai senti Benoît bouger dans mon dos. Il s'est redressé et a tout d'abord évité mon regard. Puis, il a planté ses yeux humides dans les miens et a murmuré :

— Je suis désolé, Esther.

S'en est suivi un long monologue dans lequel il s'est confondu en excuses. Il a invoqué l'alcool et un passé difficile contre lequel il luttait.

Devais-je le croire et lui donner une seconde chance ?

C'est la décision que j'ai prise.

Les gens se demanderont comment moi, Esther, et mon caractère bien trempé avons pu nous laisser manipuler de la sorte. Je n'ai aucun argument à avancer. J'étais juste persuadée qu'une femme ne pouvait être victime de son propre mec. Et que le viol, au sein d'un couple, n'existait pas.

La vie a repris son cours et j'ai voulu croire que cette nuit atroce n'était qu'un faux pas. Benoît était doux, attentionné et mettait tout en œuvre pour se faire pardonner. Il fallait aller de l'avant.

Une semaine plus tard, il a voulu que je l'accompagne en discothèque. Avec le recul, je m'interroge : disposait-il d'une redoutable force de persuasion ou étais-je terrifiée à l'idée de lui refuser quoi que ce soit ? Un mélange des deux sûrement, puisque au final j'ai cédé.

À ma grande surprise se trouvait, dans son groupe d'amis, Cyrielle. Elle participait, elle aussi, aux réunions de Nahash. Enfant, elle avait été violée par son oncle. Dix années de calvaire qu'elle racontait avec une froideur déconcertante.

Nous avons longuement discuté – à voix basse – jusqu'à ce qu'elle sorte le petit livre violet de son sac.

— Il me suit partout. Tu l'as lu ?
— Pas encore.
— Il le faut !
— J'ai peur.
— Justement ! Après, tu n'auras plus peur. C'est un premier pas vers la libération, Esther.
— Alors tu as pris ta décision ? Tu vas participer au projet de Nahash ?
— Oui, je crois. J'attends le déclic. Il est imminent, je le sens. Tiens, je te prête le livre. Promets-moi de le lire.

J'ai glissé discrètement l'objet dans mon sac en la remerciant.

— N'oublie pas de me le rendre, a-t-elle ajouté. Ils sont numérotés. Nahash insiste pour tous les récupérer.

La soirée a suivi son cours. Je suis allée sur la piste de danse et, pendant un moment, j'ai oublié le professeur et les gestes déplacés de Benoît. La musique m'a transportée. Mais peu à peu la chaleur de la boîte de nuit est devenue étouffante. J'ai vu des regards se poser sur moi, des mains s'aventurer sur mes hanches. Je me suis précipitée vers les vestiaires, j'ai récupéré ma veste et je suis sortie. Le froid m'a revigorée. J'ai pensé à Nahash, à la douceur de son visage. Ses mots réconfortants ont dansé dans ma mémoire et je me suis sentie apaisée.

J'allais regagner l'intérieur lorsque des gémissements se sont élevés derrière moi. J'ai marché dans leur direction pour découvrir Cyrielle, en pleurs. Elle a d'abord refusé de m'expliquer la raison de son chagrin. J'ai insisté et ce qu'elle a dit m'a bouleversée :

— Méfie-toi de Benoît, Esther. Ce mec est dangereux.

J'ai essayé d'en savoir plus mais elle a refusé. Puis mon regard s'est posé sur son chemisier. Deux boutons étaient défaits. Des griffures striaient sa poitrine.

Elle m'a dévisagée, interdite, comme prise au piège.

J'avais compris.

— Tu sais le déclic dont je te parlais ? a-t-elle murmuré. Je viens de l'avoir... Et ce qu'a proposé Nahash, je vais le faire.

Et elle a disparu.

Je suis retournée dans le petit salon, où Benoît était vautré, la bouche ouverte, un cocktail dans la main. Il m'a souri bêtement. Dans ses yeux vacillait une flamme que je lui connaissais.

Il avait recommencé.

Et tout était ma faute.

Si ce soir Cyrielle avait été sa proie, c'était à cause de moi. En ne dénonçant pas mon violeur, je lui avais offert la chance de repasser à l'acte. Il fallait le dénoncer et briser ce cycle infernal.

J'ai dû attendre treize jours après la disparition de Cyrielle, avant de trouver, enfin, le courage de rompre avec Benoît. Mais quand je me suis rendue au commissariat pour déposer plainte, j'ai commis une erreur : j'ai relaté mon viol comme s'il avait eu lieu la veille alors qu'il remontait au samedi 2 décembre. J'avais peur que le policier ne comprenne pas qu'une victime mette autant de temps pour dénoncer son agresseur. Mon témoignage était jalonné d'incohérences. Je mélangeais les lieux, les dates, les gens. Et quand on m'a proposé des prélèvements, je n'ai pas pu les accepter : ils n'auraient rien révélé.

Je suis rentrée chez moi, désemparée. J'appréhendais la réaction de Benoît. Et plus les heures défilaient, plus je craignais d'avoir pris la mauvaise décision. Alors, j'ai lu le petit livre violet prêté par Cyrielle en espérant qu'il insuffle en moi le courage que j'avais perdu. J'ai dévoré *Le Mal des ardents* en une nuit à peine et, quand je l'ai refermé, une douleur m'a serré la poitrine. Tous ces témoignages avaient un point commun : l'abandon. Les victimes avaient été abandonnées par leurs proches, par la police, par la justice. L'une d'elles avait porté plainte vingt-deux fois pour violences conjugales. Sa vingt-troisième plainte avait été refusée par la gendarmerie. La pauvre femme était morte sous les coups de son conjoint[1]. Une autre décrivait sa longue descente aux enfers après avoir dénoncé son père pour attouchements sexuels. Elle racontait aussi comment les membres de sa famille s'étaient ligués contre *elle*. La menteuse. La sorcière.

Les mots de Nahash ont alors pris tout leur sens :

---

1. Inspiré de l'affaire Cécile Piquet, quarante-quatre ans, morte sous les coups de son époux en 2020 après vingt-deux dépôts de plainte.

— Personne ne peut vous aider. Sauf moi.

Le lendemain, j'ai retiré ma plainte. Il était trop tard : une enquête était ouverte. Elle a duré plusieurs semaines durant lesquelles Benoît s'est tenu loin de moi. De mon côté, je ne cessais de penser au plan de Nahash et sondais mon âme pour y trouver la bonne décision. J'attendais, à mon tour, le déclic. Il a eu lieu lorsque Benoît a été innocenté. L'enquête n'avait pas pu prouver sa culpabilité. Le petit livre violet avait raison : j'étais seule.

Et le cauchemar a continué.

Lundi 19 février, Benoît a tenté de m'appeler huit fois. Je n'ai pas décroché.

Aux alentours de 11 heures, terrifiée par son insistance, je suis sortie et j'ai marché jusqu'à la boulangerie. Quelques minutes plus tard, j'étais de retour chez moi. En enfonçant la clé dans la serrure, j'ai perçu un bruit de pas dans l'escalier. Je me suis retournée et une ombre a bondi sur moi. Benoît m'a bousculée à l'intérieur de mon appartement et a refermé la porte. Sans réponse à mes appels, il était venu me rendre visite, s'était terré dans la cage d'escalier, attendant le moment opportun pour s'infiltrer chez moi. Il savait que jamais je ne lui aurais ouvert.

Il m'a plaquée au sol. Tout en me maintenant les bras, il s'est positionné à califourchon sur moi, s'est penché sur mon visage et a susurré à mon oreille :

— Tu vas voir ce qu'est un viol.

J'ai voulu crier, mais il m'a frappée et j'ai perdu connaissance. Un râle m'a tirée de ma léthargie. Benoît atteignait le septième ciel. J'ai profité de sa jouissance pour le repousser d'un coup de pied et me dégager de son étreinte. Je me suis précipitée dans la cuisine pour m'emparer d'un couteau que j'ai pointé dans sa direction.

— Sors ou je te tue.

Il a essayé de me subtiliser mon arme, la lame a glissé dans ma paume et m'a blessée. Je n'ai pas lâché. J'ai repris confiance en moi et j'ai hurlé. Inquiet à l'idée d'alerter les voisins, Benoît s'est rué dehors.

J'étais ivre de rage et de joie. J'avais gagné. Mais je savais que sa vengeance serait terrible. Tant qu'il n'était pas en prison, je n'étais pas en sécurité.

J'ai sorti le téléphone prépayé que Nahash m'avait confié au cours d'une réunion. Une adresse m'a été indiquée. Je devais m'y rendre dès que possible. Sans rien. Juste moi et mes secrets. Moi et mes douleurs. Moi et mon combat.

Nahash avait été ferme sur un autre point : ne prévenir personne de mon départ. Cette décision m'emplissait de désespoir. Je refusais de laisser mes parents et ma sœur dans l'incertitude. J'ai rédigé une note en me contentant du minimum, quatre mots qui suffiraient à les rassurer : « Ne me cherchez pas. » La blessure dans ma main droite était douloureuse et j'ai dû utiliser ma main gauche pour écrire.

J'ai rempli le distributeur à croquettes de mon chat, ainsi que sa gamelle d'eau. Anaïs s'inquiéterait rapidement de mon absence et me rendrait visite. Elle récupérerait alors George et veillerait sur lui.

J'allais partir lorsqu'un message est arrivé sur le téléphone prépayé :

N'oublie pas le livre violet de Cyrielle.

J'ai paniqué. Où l'avais-je rangé ?

J'ai fouillé mon appartement sans réussir à mettre la main sur *Le Mal des ardents*. L'heure tournait. J'allais rater le rendez-vous. Tant pis !

J'ai sauté dans un taxi, direction les Textiles Grimaud. Sur la route, j'ai soudain pris conscience que, dans la précipitation, je n'avais pas vérifié si mon chat était bien dans le salon avant que je parte. J'ai secoué la tête : était-ce là le seul souci que me suscitait mon départ ?

Trente minutes plus tard, le chauffeur me déposait sur le parking de l'usine désaffectée. J'ai attendu un quart d'heure et une voiture est arrivée. La portière s'est ouverte.

— Bonjour Esther. Es-tu prête ?
— Oui.
Alors j'ai tout oublié.
Mon chat. Anaïs. Mes parents. Joliet. Benoît.
Il n'y avait que moi. Et Nahash.
J'ai vu son sourire radieux.
J'ai entendu ses mots apaisants.
Et j'ai senti son parfum entêtant.
Celui de la liberté.

Caroline

Je m'appelle Caroline Loumin.

J'ai vingt-quatre ans et je suis née à Lyon.

Mon enfance fut rythmée par les foudres d'un père qui semait la terreur dans son foyer et distribuait les coups comme d'autres distribuent les baisers.

Chaque soir, nous redoutions le retour du chef de famille. Nous ne savions jamais de quelle humeur serait le dragon – comme nous l'avions baptisé avec mon frère – en franchissant la porte d'entrée. La plupart du temps, il prenait place à table, stoïque et soucieux, sans un regard pour ses enfants. Notre père ne nous demandait pas comment s'était passée notre journée, si nous avions bien travaillé à l'école, si nos notes étaient bonnes. Il s'en fichait. Sa seule exigence : notre silence absolu pendant les repas et notre discipline en classe. Il refusait que sa « marmaille » soit source de problème, et je n'ose imaginer sa réaction si, un jour, la situation s'était présentée. Mais ni moi ni mon frère ne voulions qu'il s'intéresse à nous. Au contraire : nous nous efforcions de ne pas attirer son attention.

Ma mère redoublait de gentillesse à son égard. Elle lui préparait ses plats préférés, lavait son linge, repassait ses costumes, nouait ses cravates. Lors de soirées mondaines où elle l'accompagnait, elle se maquillait avec soin et revêtait sa plus belle robe. La voir au bras de mon immonde père m'évoquait *La Belle et la Bête*. Comment ce monstre avait-il pu séduire une femme aussi merveilleuse ?

Même si je le détestais, j'étais pourtant bien loin d'imaginer ce dont il était capable. Je l'ai découvert à l'âge de six ans.

Ce soir-là, ma mère attendait son retour, comme d'habitude, dans le canapé. À minuit, un cri m'a réveillée et, inquiète, je me suis levée. Dans le salon, à la lumière de l'écran de télévision, j'ai deviné la silhouette de mon père, menaçante. Je suis restée derrière la porte et j'ai observé la scène. Le dragon était écarlate. Il hurlait en gonflant les poumons et crachait une salve de postillons. Maman, tête baissée, était terrorisée. Il était question d'argent, de dépenses. Mon père brandissait une facture sous les yeux de ma mère, qui n'osait s'exprimer pour assurer sa défense. Cette soumission a-t-elle jeté de l'huile sur le feu du dragon ? Sans doute, car face au silence de son épouse, il s'est exclamé : « Et toi, idiote, tu ne dis rien ! » Le pire était à venir. J'ai prié pour que maman réagisse. Qu'elle se taise ne me semblait pas la meilleure attitude à adopter. J'ai compris plus tard qu'elle avait eu raison. Parler ne résolvait pas les problèmes. Parler les aggravait.

J'allais intervenir lorsqu'une première gifle s'est abattue sur maman. Pourquoi mon père punissait-il la femme qu'il aimait ? Tout ceci n'avait aucun sens... Une deuxième sommation a suivi. Puis une troisième. Et une quatrième. J'ai cessé de compter et me suis contentée d'assister à ce triste spectacle. Maman ne pleurait pas. Elle ne se plaignait pas. Jamais elle n'a tenté de se défendre ou de lutter. Elle a enduré sans ciller.

Après cet épisode, je suis devenue plus attentive aux retours de mon père, tard le soir. Je me levais pour espionner mes parents dans le salon. J'entendais les gémissements de ma mère. Ses cris. Ses supplications. Son corps qui frappait le sol ou les murs. Ses pleurs étouffés quand la douleur devenait trop insupportable. Parfois, quand le courage me manquait, je ne quittais pas ma chambre et collais l'oreille contre la cloison. Me parvenaient alors la colère et les insultes déferlant sur maman. Des années durant, j'ai été le témoin impuissant de son calvaire.

Un jour, alors que je rentrais de l'école, je l'ai retrouvée inconsciente sur le carrelage de la cuisine. J'ai tout de suite mesuré la gravité de la situation. Je me suis précipitée vers elle et j'ai pris son visage entre mes mains. Ses pommettes étaient gonflées ; une marque violette cerclait son œil droit ; ses cheveux étaient en bataille et de sa bouche coulait un filet de sang. Elle a bredouillé :

— Ne t'inquiète pas, Caroline. Tout va bien...

« Tout va bien ? »

Non, maman ! Ça ne va pas du tout ! Papa t'a massacrée. Si tu ne dis rien, un jour, il te tuera. Dénonce-le ! Porte plainte !

Ces mots, je les ai pensés mais ne les ai pas prononcés. Pourtant, quelqu'un devait agir. Déterminée, j'ai décroché le combiné du téléphone et composé le 15. Tante Éléonore m'avait conseillé d'appeler ce numéro en cas d'urgence. Avait-elle des doutes quant au comportement violent de mon père ?

— Samu, j'écoute.

J'ai bafouillé.

Maman. Blessée. À l'aide.

C'est tout ce que j'ai pu dire.

Je ne parvenais pas à m'exprimer correctement.

Heureusement, la femme au bout du fil a compris et m'a demandé mon adresse. J'allais la lui donner quand une porte a claqué dans mon dos.

Mon père était dans le hall d'entrée.

Sa cravate était dénouée, sa chemise à moitié déboutonnée. Il avait les cheveux gras et les joues luisantes. Il était sorti boire un verre après avoir passé son épouse à tabac. Quelle sorte d'homme était-il pour se comporter ainsi ? Était-il seulement un « homme » ?

Il s'est approché de moi. J'étais pétrifiée, combiné contre l'oreille, incapable de répondre aux questions insistantes du Samu.

Un murmure s'est élevé de la cuisine.

— Ne la touche pas, Richard.

Il a retiré le téléphone de ma main, a raccroché et m'a giflée. Le coup a retenti dans mon crâne. J'ai vacillé avant de me redresser, sonnée et apeurée.

Une autre claque a suivi et un poing lancé dans mon ventre m'a bloqué la respiration. Malgré la douleur, je ne quittais pas maman des yeux. Je devais veiller sur elle, quoi qu'il arrive.

J'ai enduré les coups de longues minutes. Mon visage n'était qu'une atroce brûlure, mon corps celui d'une poupée désarticulée. J'imaginais les titres des journaux du lendemain : « Une petite fille meurt sous la violence de son père. »

J'allais perdre connaissance quand il a cessé de frapper. Il a massé ses doigts endoloris en admirant le fruit de ses méfaits : deux femmes au tapis.

Et il est allé se coucher.

Si mon père n'a plus jamais levé la main sur moi, le calvaire de ma mère, lui, continuait.

Je me suis occupée d'elle comme si j'étais une adulte. La savoir malheureuse m'emplissait de tristesse. Je voulais qu'elle aille bien, qu'elle vive, car sans ma mère, j'étais perdue.

J'insistais pour qu'elle se confie à moi. J'avais besoin de comprendre pourquoi elle acceptait d'être traitée de la sorte. Elle m'a expliqué être sous l'emprise de mon père et que rien ne pourrait y mettre un terme. Qu'il était trop « puissant ». Je ne comprenais pas ses arguments et l'adjurais de porter plainte. Contre toute attente, je l'ai finalement convaincue. Mais elle avait raison : mon père était influent et aucune poursuite n'a été engagée contre lui. Cependant, cet affront a décuplé sa haine envers maman. Il l'a menacée : si elle retournait voir les flics, il s'en prendrait aux enfants. L'ultime monnaie d'échange. Maman a obtempéré. Entre deux coups de poing. Elle a préféré subir plutôt que de nous livrer en pâture au dragon.

Ses cris, ses pleurs, son joli visage maculé de sang et ses beaux yeux cernés de violet ont accompagné mon quotidien. Ces violences à répétition m'ont traumatisée. À l'âge de seize ans, j'ai dû consulter un psychologue. J'ai enchaîné les séances sans constater le moindre progrès. Normal : confier mes problèmes risquait de mettre en danger maman. Sans transparence avec le thérapeute, ma guérison était impossible. Aussi, plus je grandissais, plus l'envie de venger ma mère me hantait. Jusqu'à se transformer en une quête ultime.

Une amie, la seule à connaître les drames de mon passé, m'a parlé d'un groupe de soutien pour les femmes violées et battues. Curieuse, j'ai participé à une première réunion. Puis une deuxième. C'est là que j'ai rencontré Nahash et découvert son objectif : fonder une communauté de femmes indépendantes et s'affranchir du sexe fort.

Pour se joindre à ce projet, il nous fallait couper les ponts avec notre famille, nos amis ; quitter appartement, maison, boulot ; laisser derrière nous photos et souvenirs. Partir les mains dans les poches. Libres comme l'air. Pour mieux se reconstruire.

Je suis arrivée au domaine mercredi 28 février 2018. La communauté comptait alors une cinquantaine de membres : des femmes profondément dévouées à Nahash. La ferveur de certaines m'a d'ailleurs inquiétée et, durant les premiers jours, j'ai eu le sentiment d'avoir intégré une secte. Cette impression s'est toutefois rapidement dissipée grâce aux nombreuses discussions que j'avais avec Nahash et à cette sensation grandissante de sécurité que m'apportait le groupe. Ici, j'étais à l'abri de la colère des hommes.

Nahash avait acheté, quelques mois auparavant, le domaine que nous avions investi. Il avait été rénové avec soin, mais les équipements étaient spartiates. Nahash insistait pour mener une vie inspirée du

Moyen Âge. Nous n'avions pas d'électricité et notre rythme de vie se calquait sur celui du soleil. Nous ne disposions pas de l'eau courante et récupérions celle d'un puits qui ne tarissait jamais. Quelques chèvres produisaient notre lait et notre fromage. Nous cultivions nos fruits et nos légumes dans de grands jardins situés au centre du domaine. Les bâtiments étaient agencés autour de ces parcelles et nous dormions dans des dortoirs. Nous n'avions pas de chauffage mais comptions sur l'efficacité de duvets chauds, de couvertures épaisses et de nombreuses couches de vêtements. Aucune de nous n'avait pris d'effets personnels avant de rejoindre le domaine, mais Nahash avait prévu de quoi nous vêtir, avec un goût prononcé pour le violet. Cette couleur avait été choisie en hommage à sa fille décédée, mais aucune d'entre nous n'en savait plus à ce sujet. Nahash aimait écouter nos histoires mais se confiait rarement. Son personnage n'en était que plus énigmatique et son emprise sur nous plus forte encore.

Au domaine, nous étions coupées du monde, dans tous les sens du terme. Tout d'abord, la hauteur imposante des bâtiments ne nous permettait pas de voir le paysage. En gravissant les escaliers des tours situées de part et d'autre de l'entrée, nous jouissions, en revanche, d'une vue à 360°. Hélas, il n'y avait rien à admirer, sinon de vastes plaines sans voisinage. Pas d'habitations à des kilomètres à la ronde, pas de téléphone, pas d'Internet. Nous étions seules.

Notre unique contact avec l'extérieur : une femme qui nous rendait visite une fois par semaine, le coffre chargé de denrées impossibles à fabriquer nous-mêmes. Néanmoins, au fil du temps, nous sollicitions de moins en moins l'aide de cette intermédiaire et vivre un jour dans l'indépendance la plus totale devenait concret.

Notre quotidien était doux, même si certaines d'entre nous regrettaient, parfois, d'avoir tout abandonné. Elles évoquaient l'idée d'une virée dans le monde civilisé, mais Nahash les en dissuadait. Il ne fallait pas nous montrer. Nous avions disparu de la société et ne devions y retourner sous aucun prétexte. De toute façon, c'était techniquement impossible : le seul accès vers l'extérieur se trouvait être une grande porte en bois toujours verrouillée ; l'unique clé pendait à la ceinture de Nahash. Quand je déambulais dans le domaine, je me demandais si nous étions résidentes de ces lieux ou prisonnières. La réponse me troublait. Pour la chasser, je fermais les yeux et me remémorais les images de mon père rouant de coups ma mère. Aussitôt, les chaînes qui m'entravaient les mains et les pieds disparaissaient et je reprenais le cours de ma nouvelle vie sans éprouver de regrets.

Plusieurs mois se sont écoulés.

Un printemps. Un été. Un automne. Un hiver.

Les flocons d'une neige tardive ont amené la suite de l'histoire.

Ce jour-là, Nahash nous a convoquées dans la grande salle à manger. Nous nous sommes assises par terre, en cercle, et nous avons écouté son discours. J'ai alors compris pourquoi, depuis des mois, notre gourou nous obligeait à lire des témoignages de viols et de violences perpétrés sur des femmes ; pourquoi nous nous réunissions pendant des heures pour partager, dans les moindres détails, les épreuves que nous avions endurées. Nahash gavait notre cerveau de ces horreurs pour y ancrer une haine profonde des hommes. Ainsi endoctrinées, nous n'étions plus capables d'autres sentiments à leur égard.

Nahash a terminé son discours et aucune de nous n'a osé s'exprimer. La première voix qui s'est élevée fut celle de la contestation, rapidement suivie par d'autres. J'en faisais partie. Je ne voulais pas soutenir le plan ignoble qui venait d'être exposé. Je n'avais pas choisi d'intégrer la communauté pour cette raison. Mais Nahash n'attendait pas notre avis ou notre aval. Il nous fallait obéir.

De toutes celles qui se sont interposées, j'ai sans doute été la plus virulente. Oui, un monstre m'avait fait souffrir. Oui, je le haïssais. Mais les autres hommes devaient-ils payer pour lui ? Pour Nahash, aucun doute : les mâles étaient tous les mêmes, justes bons à humilier, asservir et maltraiter les femmes. Leur présence sur terre était synonyme de danger.

Nahash n'a pas supporté mon insubordination, ni l'aplomb avec lequel je critiquais son projet. Et quand j'ai menacé de dénoncer ses plans, j'ai compris qu'une brèche vers l'enfer s'ouvrait sous mes pas.

Ensuite, mes souvenirs sont vagues.

Une main se plaque sur mon front et me maintient la tête en arrière… Un objet métallique écarte ma bouche et déchiquette mes chairs… Une douleur, si vive, si inédite que mon cerveau ne peut l'interpréter… Des hurlements autour de moi… La panique de mes consœurs… Une seringue danse devant mes yeux. Une aiguille pénètre mes chairs meurtries. Ma plaie est cautérisée, mon silence acté à jamais.

Nahash était capable du pire, capable d'invoquer des pratiques barbares et une justice moyenâgeuse pour réprimer toute révolte.

J'ai repris connaissance sous un plafond blanc et des poutres en bois rongées par les vers. Une brûlure effroyable s'est alors éveillée dans ma bouche. J'ai mordu dans un oreiller mais c'était encore pire. J'ai voulu appeler à l'aide mais seul un gémissement s'est échappé de ma gorge. Je me suis jetée sur la porte et l'ai martelée de mes poings. Elle s'est ouverte.

— As-tu changé d'avis ?

J'ai secoué faiblement la tête de gauche à droite.

Nahash l'a refermée et je suis restée à l'isolement sans avoir la moindre idée de ce qui m'attendait.

Soudain, alors que j'étais plongée dans un semi-coma, un visage s'est penché sur moi.

Esther.

— Moi aussi, j'ai refusé, Caro. Je ne veux pas être complice de toute cette folie. Hélas, nous, les résistantes, sommes minoritaires : cinq seulement à nous interposer. Nous allons toutes être réduites au silence. Comme tu viens de l'être.

Et elle a disparu.

La nuit tombait quand Nahash a réapparu, m'ordonnant de m'asseoir sur une chaise. Je me suis exécutée et, autour de moi, j'ai vu mes cheveux tomber. Le bruit d'une tondeuse s'est ensuite élevé.

— Savais-tu qu'au Moyen Âge la chevelure symbolisait le pouvoir et l'autorité ?

Par ce geste, Nahash assurait ma soumission totale. Toute cette mise en scène – la torture en public, la cautérisation pour me maintenir en vie, l'isolement, le crâne rasé – s'apparentait à l'œuvre d'un sadique.

J'ai alors compris que Nahash était pire que celui qui avait opprimé ma mère. Que sa détermination n'avait pas de limite. Qu'en échange de notre docilité nous pouvions être humiliées, torturées, sacrifiées. Cette fois-ci, j'en ai acquis la conviction : cet endroit n'était rien d'autre qu'une secte. Nous n'existions plus en tant qu'individu. Seul le groupe importait.

Je ne sais pas combien de temps je suis restée dans cette pièce, sans manger ni dormir, souffrant le martyre... Mon corps n'était que douleurs. Je n'avais qu'une envie : mourir.

Un jour, la porte de ma prison s'est rouverte.

— As-tu changé d'avis ?

J'ai secoué la tête.

Nahash a soupiré.

J'ai été conduite jusqu'à un appentis où était garée une voiture. Sur la banquette arrière attendait Esther.

Nahash a pris place au volant.

Nous avons parcouru plusieurs kilomètres aux aurores dans le plus pesant des silences. Esther tremblait. Je crois que, de nous deux, c'était elle la plus apeurée.

Notre voyage s'est terminé sur le parking d'une usine désaffectée.

Mon amie m'a entourée de son bras et, ensemble, nous nous sommes dirigées à l'intérieur du bâtiment. Nahash lui avait donné des indications et elle n'avait pas d'autre choix que de les suivre. Je le comprends. Et je la pardonne pour cela. De ses mains gantées, elle m'a tendu une paire de ciseaux tachée de mon sang séché et m'a demandé d'y apposer mes empreintes. Il fallait brouiller les pistes. Puis, elle a lancé une corde autour d'une poutre métallique et a passé l'autre extrémité autour de mon cou.

Soudain, son visage s'est illuminé.

— Essayons de fuir !

J'ai refusé. Il était hors de question de risquer la vie de mon amie.

Mais elle était déterminée.

Moi j'étais fatiguée. Je n'avais plus d'espoir.

J'ai réussi à lui arracher la corde des mains et j'ai sauté.

Je suis certaine qu'Esther et les trois autres résistantes ont connu le même sort que moi. Nous avons toutes préféré mourir plutôt que de participer au plan de Nahash. Hélas, beaucoup de fidèles étaient prêtes à servir son combat, nourries au quotidien par une haine viscérale des hommes.

Aujourd'hui, dans cette usine désaffectée, je rends mon dernier soupir. Esther disparaît dans la brume et je pleure déjà sa mort. Nous ne méritions pas un tel sort.

J'étouffe. Je faiblis. La lumière décline. La mort me tend la main. Je la saisis sans hésiter. C'est la seule porte de sortie vers ma liberté.

La sérénité me gagne mais se dissipe soudain quand je prends conscience que mon sacrifice est vain.

Rien ni personne ne pourra arrêter Nahash.

Rien ni personne ne pourra empêcher l'apocalypse qui se prépare.

Lucile

Je m'appelle Lucile.

Je n'ai plus de nom de famille. Je refuse de porter celui de mon père, encore plus celui de mon mari.

J'ai quarante-trois ans et je suis née à Oingt.

D'aussi loin que je me souvienne, j'ai toujours côtoyé la violence des hommes.

Enfant, j'ai été témoin de l'emprise de mon père sur ma mère. J'étais choquée par l'attitude de cet homme et par son manque de respect envers une femme qu'il avait pourtant épousée par amour. Il choisissait ses amies, lui interdisait toute vie professionnelle et l'astreignait au seul endroit où – selon ses mots – elle se devait d'être : la cuisine, derrière ses fourneaux. Dire que ma mère a souffert au quotidien est un euphémisme. Elle était l'esclave domestique de son époux, vivait sous son joug, contrainte d'obéir et de se plier aux exigences de l'autorité masculine. Si elle n'a jamais été victime de violences physiques, elle a enduré des violences psychologiques tout aussi dévastatrices, comme en témoignaient les boîtes d'antidépresseurs sur sa table de chevet.

Maman est décédée le 20 avril 2016, à l'âge de 65 ans, d'une crise cardiaque. Selon moi, aucun doute : mon père est responsable de sa mort. À force de la rudoyer, de la rabaisser et de la réprimander, il lui a brisé le cœur.

Dès lors, j'ai coupé les ponts avec mon père. Ma rancœur à son égard était vive et, peu à peu, elle s'est métamorphosée en colère. Je me détestais. Je n'avais jamais pris la défense de ma mère et avais préféré me taire. J'étais devenue, malgré moi, complice des violences qu'elle subissait. Ma conscience a tenté de me rassurer : je n'aurais pas pu m'opposer à l'autorité patriarcale sans envenimer la situation. Mère et fille étaient en réalité prisonnières du même homme. D'une ordure que je rêvais de punir.

J'ai réfléchi à ma vengeance sans la concrétiser. Car malgré toute mon animosité, je ne parvenais pas à me projeter dans un passage à l'acte, ni même à le formaliser. Était-ce de la lâcheté ? Non. J'attendais le déclic. Le bon moment.

Il s'est présenté un peu moins de six mois après la mort de ma mère.

Le jeudi 6 octobre 2016.

Ce jour-là, mon époux et moi avions un rendez-vous important à la banque. Mylène, notre fille de douze ans, était restée seule pour faire ses devoirs. Ces derniers mois, j'avais constaté sa tristesse omniprésente. Elle était soucieuse, anxieuse. Quand je la réveillais le matin, elle sursautait en sentant ma main se poser sur son épaule. J'ai abordé le sujet avec mon époux qui, pour sa part, n'avait remarqué aucun changement chez Mylène. Nullement convaincue par son point de vue, j'ai entrepris une discussion en tête à tête avec ma fille qui s'est montrée peu loquace. Elle s'est efforcée de me rassurer avec un sourire feint, mais mon intuition maternelle savait qu'elle cachait un secret.

De retour de notre rendez-vous, nous avons trouvé un camion de pompiers, une ambulance et une voiture de police garés au pied de notre immeuble. Des passants observaient la scène, agglutinés sur le trottoir d'en face. La stupeur se lisait sur tous les visages. Bien sûr, j'ai aperçu la flaque rouge sur le bitume sans toutefois comprendre qu'il s'agissait de sang, sans imaginer un seul instant que cela puisse me concerner.

Franck et moi nous sommes hâtés vers le hall d'entrée, quand, soudain, une main a retenu mon poignet.

— Êtes-vous les parents de Mylène ?

Nous avons acquiescé.

Le regard du policier s'est assombri. Il nous a demandé de le suivre jusqu'à l'ambulance. Interloqués, nous nous sommes exécutés.

Mylène était allongée sur une civière. Ses joues avaient perdu leur teinte rosée habituelle, ses beaux cheveux blonds étaient maculés de sang et une grimace affreuse tordait son sourire angélique.

J'ai caressé son front avec douceur. Du bout des doigts, j'ai glissé jusqu'à son cou. Mylène avait revêtu son vêtement préféré : une robe violette que je lui avais offerte quelques semaines plus tôt.

Un pompier nous a assuré que tous les efforts avaient été mis en œuvre pour sauver notre enfant, mais je refusais d'accepter que Mylène ait quitté ce monde. Je me suis contentée de répondre, l'air détaché :

— Ne vous inquiétez pas : ma fille va bientôt se réveiller.

Médusé, le pompier m'a dévisagée. Avec le recul, je pense qu'il a dû s'armer d'énormément de courage pour me faire entendre raison :

— Votre fille est morte, madame. Elle s'est défenestrée.

J'ai accueilli ces mots avec la violence d'un coup porté dans le ventre. L'air s'est raréfié. Une douleur a comprimé ma poitrine.

Une nouvelle fois, j'ai détaillé, sur cette civière, la petite silhouette violette. Cette tache de couleur s'est lentement étendue, est devenue de plus en plus grande jusqu'à inonder tout mon champ de vision.

Quand je me suis éveillée, j'étais allongée. À ma gauche se tenait un pompier, à droite mon époux. Une sirène hurlait dans mon crâne.

« Votre fille est morte. »

Persuadée que j'étais captive d'un effroyable cauchemar, j'ai refermé les paupières et me suis endormie.

J'ai été hospitalisée plusieurs jours durant lesquels les médecins m'ont gavée de médicaments. Les infirmières m'aidaient à me lever, mais je ne tenais pas sur mes jambes qui flageolaient sans interruption. La dose d'antidépresseurs était si forte que, bientôt, j'ai senti un grand vide dans ma tête et dans mon cœur. Je n'arrivais plus à penser, ni à réfléchir, ni même à souffrir. Je refusais de traverser, avec autant de détachement, cette période de deuil. J'ai exigé de quitter l'hôpital. Les médecins ont accédé à ma requête. Une autre épreuve s'est alors présentée à moi : les auditions avec la police. Au fil des entrevues, j'ai compris que la piste accidentelle n'était pas retenue par les enquêteurs. Selon eux, Mylène était trop grande pour se pencher ainsi à la fenêtre sans avoir conscience du danger.

Plus ils insistaient, plus je les dissuadais que ma petite fille ait eu un tel accès de désespoir. Pourtant, la tristesse de son regard se rappelait à moi. Je me maudissais de n'avoir pas su faire parler mon enfant. De ne pas avoir su percer le mystère de ses silences. La culpabilité me dévorait et je n'avais qu'une envie : en finir à mon tour.

Au cours d'une énième nuit d'insomnie, je me suis enfermée dans sa chambre et l'ai fouillée de fond en comble. Je voulais comprendre.

J'ai inspecté les tiroirs de sa commode, ouvert les placards de sa penderie, feuilleté chaque manuel scolaire et chaque cahier rangés dans son bureau. Les heures s'écoulaient, la fatigue me submergeait, néanmoins je refusais de terminer ma quête bredouille. Mon opiniâtreté a été récompensée quand j'ai décidé de sortir tous les livres de la petite étagère. Derrière une collection de bandes dessinées était dissimulé un carnet. Je m'en suis emparé et en ai commencé la lecture.

Les mots qu'il contenait ont marqué mon âme à jamais. Chaque nuit, je les vois danser devant moi et se lancer dans une ronde endiablée pour former des phrases qui, aujourd'hui encore, me remplissent de chagrin et de colère.

Ma fille s'était bel et bien suicidée. Et ses motivations étaient terrifiantes : mourir pour ne plus souffrir. Pour se libérer d'un père qui, depuis l'âge de cinq ans, la violait.

J'ai relu plusieurs fois ces lignes et n'en ai assimilé le sens qu'à l'issue d'une troisième lecture.

Franck, l'homme que j'aimais le plus au monde, celui en qui j'avais placé toute ma confiance, celui que j'avais choisi pour fonder une famille, avait passé ces sept dernières années à abuser sexuellement de notre enfant. Mon rôle d'épouse s'était construit autour d'un ignoble mensonge, mon rôle de mère autour d'un terrible secret. Je n'avais rien vu et, pire encore, Mylène n'avait rien dit.

J'ai passé la nuit recroquevillée sur le lit de ma fille, m'enivrant des effluves de son parfum qui persistait dans les draps. J'ai pleuré des heures durant, avant de retrouver la plénitude au soleil levant.

Ma réflexion était arrivée à son terme.

Ma vengeance était prête.

J'ai pris mon petit-déjeuner avec Franck, comme si de rien n'était. Puis j'ai caressé sa main et, les larmes aux yeux, j'ai enclenché la première étape du plan : convaincre mon époux de déménager. J'ai expliqué que chaque magasin de cette ville, chaque rue de ce quartier, chaque objet dans cet appartement me rappelait Mylène. Franck m'a écoutée sans m'interrompre. Il a toutefois manifesté sa stupeur quand j'ai assuré vouloir couper les ponts avec notre famille, nos amis, le travail… Il me fallait tout plaquer pour repartir de zéro. Sans nouveau départ, je ne survivrais pas.

À son tour, il s'est mis à pleurer. Il m'a enlacée et nous sommes restés ainsi de longues minutes. Je luttais contre l'envie de lui planter le couteau à pain dans le dos, mais j'ai gardé mon calme.

Hélas, Franck ne s'est pas laissé convaincre ce jour-là.

J'ai dû insister, me gaver de placebos qu'il croyait être des antidépresseurs et simuler un suicide pour qu'il accepte enfin le changement de vie que je souhaitais.

Nous nous sommes ensuite lancés à la recherche d'un bien immobilier. Franck s'étonnait des annonces que je sélectionnais : des parcelles de plusieurs hectares sur lesquelles étaient érigés de grands bâtiments. Je ne prêtais pas attention à ses remarques et visitais sans relâche. C'est finalement un domaine dans le Beaujolais qui m'a séduite. Il était à l'abandon depuis dix ans et le montant exorbitant des travaux de rénovation dissuadait les acquéreurs potentiels.

Franck était récalcitrant, mais à force de chantage affectif, il a cédé. J'ai alors pris conscience de posséder un redoutable pouvoir de persuasion qui me serait fort utile le moment venu.

Nous avons vendu notre appartement, ainsi que les deux maisons héritées de nos parents. Nous nous sommes retrouvés à la tête d'un joli pactole qui a permis de financer les travaux de réhabilitation du domaine. Nos comptes en banque étaient bien garnis, notamment les miens. Chercheuse en biochimie, j'étais à l'origine d'une avancée spectaculaire en enzymologie qui m'avait valu une coquette récompense financière en 2015.

Les travaux achevés, nous nous sommes installés au domaine au printemps 2017. En avril, Franck et moi avons démissionné et rompu tout contact avec nos proches. J'avais peur qu'au cours de cette étape mon époux se rétracte. Mais il était docile et motivé.

Toutefois, je suis certaine qu'il n'aurait pas supporté cet isolement sur le long terme. Aussi ne fallait-il pas perdre de temps. Et, peu après notre emménagement, j'ai décidé d'enclencher la deuxième étape du plan.

Cette nuit-là, Franck dormait, allongé sur le dos. J'ai entouré sa gorge de mes mains et j'ai serré de toutes mes forces. Il s'est débattu, en vain : sa vigueur était émoussée par la forte dose de somnifères que j'avais placée dans son verre de vin. J'ai relâché l'effort dès que Franck a cessé de gigoter. J'aurais pu recourir à un moyen plus simple, plus rapide, mais je voulais voir cette étincelle de terreur dans ses yeux. Cette étincelle que lui-même cherchait dans le regard apeuré de notre fille.

Avant qu'il rende son dernier soupir, je me suis penchée à son oreille et ai murmuré : « Je sais ce que tu as fait à Mylène. Tu le paies aujourd'hui. Et les autres paieront aussi. »

J'ai chargé sa dépouille dans notre voiture et j'ai roulé à travers la campagne. Je me suis garée devant l'entrée d'un petit bois, ai traîné le cadavre jusqu'à un trou creusé la veille. J'ai jeté le monstre à l'intérieur et me suis activée pour le reboucher. Alors que la terre recouvrait le visage de Franck, il m'a semblé voir bouger ses doigts. J'ai suspendu mon geste. Était-il encore vivant ? Peu importait. Au contraire : l'imaginer souffrir ainsi me grisait.

Je suis rentrée au domaine, le cœur léger.

La troisième étape du plan sonnait.

Elle était simple : rallier des femmes à ma cause.

Pour y parvenir, j'ai choisi d'intervenir dans différentes villes de la région pour le compte d'associations de soutien aux femmes en détresse. J'ai rencontré des victimes qui avaient déposé plainte plusieurs fois contre un proche violent avant que la justice daigne faire son travail. D'autres avaient vu leur tortionnaire s'en tirer devant les tribunaux avec indulgence. Dans le pire des cas, certaines femmes assistaient à la relaxe de leur violeur. Les exemples étaient nombreux, tous aussi révoltants les uns que les autres et, plus ces récits me parvenaient aux oreilles, plus ma haine envers les hommes grandissait.

En quelques semaines, j'ai recueilli des dizaines de témoignages prouvant que les femmes victimes des hommes étaient livrées à elles-mêmes. Abandonnées.

J'ai jeté sur le papier toutes ces histoires. Cet ouvrage serait le manifeste de ma cause. Un outil de propagande. Un sérum de vérité. J'ai baptisé ce recueil *Le Mal des ardents*. Ce titre n'était pas innocent : je savais que mon plan irait plus loin. Dans cet ouvrage, j'exposais aussi les fondements d'une société nouvelle, grâce notamment au développement de communautés sans hommes. Je voulais rassembler des femmes autour de moi pour les mettre à l'abri de la menace du sexe fort, pour leur apprendre à vivre en totale indépendance. Si les hommes n'étaient pas capables d'évoluer à nos côtés sans nous porter préjudice, la seule solution était de les bannir de notre quotidien.

Au sein des groupes de parole, j'ai repéré les femmes les plus traumatisées et les plus influençables. Je leur donnais rendez-vous dans un local plus modeste et leur confiais un exemplaire de mon manifeste. Cinq femmes ont été facilement convaincues. Puis dix. Puis vingt. Elles comprenaient, en lisant le petit livre violet, que la société les avait abandonnées et que jamais elles ne seraient en sécurité.

Je leur confiais ensuite un téléphone prépayé. Elles n'avaient plus qu'à retourner chez elles, se préparer au départ et m'appeler dès qu'elles se sentiraient prêtes. Je leur communiquais alors l'adresse du rendez-vous et allais les chercher.

Certaines se sont présentées avec des effets personnels, mais j'ai exigé qu'elles s'en débarrassent. Où nous allions, elles n'avaient besoin de rien. Elles avaient seulement besoin de moi.

À l'automne 2017, nous étions déjà trente-cinq à vivre au domaine. Nous formions une communauté unie par un code vestimentaire : le violet, la couleur choisie par Mylène pour mourir.

Notre quotidien s'inspirait de celui du Moyen Âge. Nous disposions de nombreux ouvrages sur le sujet et notre vie s'organisait sur ce modèle en toute simplicité, sans qu'aucune de nous éprouve la moindre frustration. Quitter le domaine était strictement interdit, mais cela n'affectait pas mes disciples. La sérénité gorgeait les cœurs. La peur n'existait plus.

Mon premier objectif était atteint : prouver à mes adeptes que la femme pouvait s'affranchir de l'homme.

Je n'avais plus qu'à amorcer la suite.

Quand mon moral était bon, je la répudiais comme étant la pire des solutions. Mais dès que le souvenir de mon père insultant ma mère, ou l'image de Franck violant Mylène m'assaillait, l'envie de me venger revenait, plus forte encore, jusqu'à s'imposer.

Il fallait venir en aide à toutes celles qui subissaient encore les affres du sexe fort. Il fallait changer ce monde. Il fallait inverser la tendance.

Grâce à une amie encore salariée du laboratoire où j'exerçais, j'ai pu obtenir le matériel nécessaire à mes recherches. Je me suis enfermée de nombreuses semaines dans une aile reculée du domaine – seul endroit pourvu d'électricité – et mes expériences ont débuté.

Huit ans auparavant, j'avais mené des études approfondies sur l'ergot de seigle. J'avais découvert que ses propriétés conduisaient à de redoutables crises d'hystérie, qui pouvaient entraîner le suicide du sujet contaminé. C'est sur ce facteur que j'ai commencé mon travail. Première modification à opérer sur l'alcaloïde d'ergot : que le sujet intoxiqué n'attente pas à la vie d'autrui mais qu'il mette, tout simplement, fin à ses jours. Un jeu d'enfant pour la biologiste surdouée que j'étais. En revanche, la seconde propriété s'est révélée plus complexe à paramétrer : élaborer un poison qui n'agirait que sur une cible donnée. Mais à force de persévérance, j'y suis parvenue. Enfin, je le croyais…

Un soir de février 2019, j'ai convié les cinquante-deux habitantes du domaine à une réunion. Nous nous sommes rassemblées dans la grande salle à manger et j'ai exposé la suite de mon plan. Toutes ont écouté en silence. Au fil de mon discours, j'ai vu l'excitation sur certains visages, la terreur sur d'autres. J'avais envisagé de telles réactions. Des disciples émettraient des réserves. Je devais user des bons mots pour les rassurer et les convaincre. À l'avenir, j'aurais besoin d'elles pour produire l'alcaloïde en grande quantité. Je devais m'assurer de leur fidélité et, surtout, de leur loyauté.

Très vite, j'ai compris qu'il serait impossible de toutes les persuader. Je m'étais trompée sur le profil de certaines qui m'ont témoigné leur dégoût et leur déception. D'après elles, en proposant la violence comme solution à nos maux, je ne valais pas mieux que ceux que je voulais éradiquer. Je me suis défendue en argumentant, mais leurs voix ont alors couvert la mienne. Et l'une d'elles a menacé de me dénoncer.

Caroline Loumin.

Cinq autres femmes se sont ralliées à elle : Cyrielle, Anne-Laure, Laëtitia, Maëlle et Esther. J'aurais dû me méfier de cette dernière, la seule à avoir oublié le manifeste – ou plutôt celui que Cyrielle lui avait prêté. J'avais accepté ses excuses, même si je savais que sa négligence pourrait être fatale à mon projet. J'avais dû régler ma commande de livres avec un chèque au nom de Franck et je craignais que la police remonte ma piste grâce à ce détail.

Caroline était dangereuse. Il fallait l'éliminer. Par la même occasion, elle servirait d'exemple, ce qui en dissuaderait d'autres de contrecarrer mes plans.

Nous vivions comme au Moyen Âge. Je châtierai donc comme au Moyen Âge : les traîtres seraient privées de leur langue, de leur voix.

Quand j'ai puni Caroline, un mouvement de panique a secoué l'assemblée, mais personne ne s'est interposé. La soumission de la majorité des femmes était totale, et la violence de ma répression décuplait tant mon autorité que mon emprise.

Caroline ne devait pas succomber à ses blessures : je voulais lui donner une seconde chance. J'étais sûre qu'elle la saisirait. J'ai donc cautérisé sa plaie et, après plusieurs jours d'isolement – qui, je pensais, l'auraient fait réfléchir –, je lui ai demandé si elle avait changé d'avis. Mais elle campait sur ses positions.

Alors, je l'ai conduite aux Textiles Grimaud accompagnée d'Esther. Cette dernière a tenté de me dissuader, mais mes menaces ont eu raison de ses envies d'argumenter. Les deux résistantes ont traversé le parking et, d'où je me tenais, j'ai pu voir le corps de Caroline pendre au bout de la corde.

Une de moins.

Je croyais qu'Esther comprendrait la leçon. Que participer à une telle mise en scène, à l'endroit même où elle avait disparu, calmerait ses ardeurs. Je pensais que ce stratagème dissuaderait les résistantes. Qu'elles seraient terrifiées à l'idée qu'un cadavre soit retrouvé là où des chauffeurs de taxi les avaient déposées avant qu'elles ne disparaissent. Ce fut le cas pour Maëlle. Quant aux autres, je m'en suis débarrassé.

Mutilation. Humiliation. Isolement. Et pendaison.

Certains ne comprendront pas mon geste. Ils me jugeront : comment a-t-elle pu torturer et tuer ces femmes qu'elle avait promis de protéger ? Ma réponse est simple : j'ai préféré supprimer les disciples réfractaires plutôt que de mettre en péril tout le plan. Les changements sociaux d'une telle ampleur nécessitent souvent des sacrifices. Je les ai commis sans hésiter.

Cette mutinerie a entaché mon humeur et, surtout, ralenti mes recherches sur l'alcaloïde. Mais cette interruption imposée s'est révélée bénéfique. Le recul m'a permis d'apporter une solution aux difficultés de formulation et, en janvier 2020, ma molécule modifiée était prête.

En parallèle, j'avais contacté les femmes qui n'avaient pas pu rejoindre notre communauté, la plupart parce qu'elles étaient mères de famille. Elles étaient toutefois prêtes à œuvrer sur le terrain. Depuis un an, elles soumettaient leur candidature à des minoteries de la région dans le but d'intégrer leur réseau de livraison. Je n'avais plus qu'à leur confier le sérum qu'elles injecteraient le moment venu dans les sacs de farine de seigle.

Avant de déployer mon poison à grande échelle, il me fallait le tester. J'avais besoin d'un village cobaye. C'est tout naturellement que j'ai choisi celui où vivait mon père : Oingt. J'ai confié la tâche à Maria, mon contact à la minoterie des Moineaux. Avant d'arriver au village des Pierres Dorées, elle s'est arrêtée sur un parking, est allée à l'arrière du camion et, avec la seringue que je lui avais fournie, a empoisonné un sac. Le boulanger d'Oingt a ensuite fabriqué, malgré lui, un pain maudit.

Ce premier essai s'est soldé par un échec. Mes cobayes s'étaient bel et bien donné la mort, mais le paramètre indispensable n'était pas entré en ligne de compte. Hommes et femmes avaient mis fin à leurs jours.

J'ai poursuivi mes recherches et, un mois plus tard, je résolvais enfin le problème.

Il n'y avait plus de temps à perdre.

Mes disciples ont fabriqué de nombreuses doses de sérum que j'ai réparties entre mes livreuses. Nous avons déployé ce nouveau poison sur de petites communes afin de nous assurer de son efficacité et, en une matinée, des dizaines de sacs de farine ont été contaminés. Dans le journal, j'ai découvert les milliers de victimes tuées par l'ergot de seigle. Après toutes ces années de préparation, mes efforts étaient enfin récompensés. L'heure de la vengeance avait sonné. J'allais pouvoir frapper fort. Ma prochaine cible : les villes.

Hélas, le projet a été menacé une nouvelle fois.

Alors que je communiquais à mes disciples les chiffres – très encourageants – relayés par la presse, Maëlle, en proie à une crise de panique incontrôlable, a tenté de s'enfuir. Elle n'était pas fiable. Je devais remédier à cela.

Agacée par ce temps précieux que je perdais, j'ai tiré Maëlle par les cheveux jusqu'à la voiture et j'ai pris la route. Dans mon empressement, j'ai omis de me faire accompagner et cette erreur m'a été fatale. Sur le parking de l'usine désaffectée où j'allais l'exécuter, Maëlle, malgré sa faiblesse physique, s'est débattue et m'a échappé.

Grâce à elle et au manifeste retrouvé chez Esther, les enquêteurs ont pu me localiser et ma mission a été avortée.

Il flotte dans l'air l'âcre parfum du travail inachevé.

Je peste contre les erreurs que j'ai commises et contre la lâcheté de celles qui m'ont abandonnée. Mais les médias parlent de mon combat et je suis certaine qu'il inspirera d'autres femmes. Je compte sur l'engagement de mes plus fidèles alliées, celles que j'ai formées, celles à qui j'ai transmis la composition de la molécule d'ergot modifiée qui ne réagit qu'avec une hormone : la testostérone.

À son contact, les hommes n'ont plus qu'une envie : se suicider.

Un policier me passe les menottes.

Ma langue glisse sur ma molaire. J'y ai logé un comprimé de ma composition. Je l'ingérerai dès que le moment sera opportun.

Je refuse de considérer cette issue comme un échec et garde espoir.

Moi, Nahash, née Lucile, sais que mon combat survivra. Des femmes trahies, battues, violées, reprendront le flambeau et, ensemble, elles délivreront notre société du mal.

Des mâles.

Six mois plus tard

Thomas regarda l'heure sur la pendule de la cuisine.

7 h 29.

Léa était en retard. Comme d'habitude. Il l'appela une nouvelle fois et entendit un « 5 minutes » chantant provenir de la salle de bains. Depuis quelques mois, sa fille allait mieux. Elle avait enfin réussi à se confier à une psychothérapeute et à mettre des mots sur ses multiples traumatismes. Les séances étaient douloureuses et se terminaient souvent en crises de larmes, mais la voie de la guérison s'ouvrait devant elle. Thomas savait que Léa ne serait plus jamais la même. Les plaies se soignent, mais les souvenirs laissent des blessures qui ne cicatrisent pas. Les victimes de viol, d'attouchements, d'abus sexuels, de violences n'ont pas d'autres choix que d'apprendre à vivre avec leurs démons qui, en apparence, se taisent, mais, en réalité, ne cessent de chuchoter à leur oreille les horreurs subies.

L'affaire des pendues résolue et Lucile Mullin hors d'état de nuire, Thomas put se consacrer pleinement à sa fille. Tous les deux passaient leurs journées à regarder des séries en se gavant parfois de chocolat. Léa avait ressorti les vieux jeux de plateau de son père auxquels ils jouaient jusque tard dans la nuit, quand enfin le meilleur dérobait le trésor sans réveiller le dragon. Des éclats de rire s'élevaient dans l'appartement, prouvant que la légèreté et la douceur avaient retrouvé leur place dans le cocon familial.

Quand Léa s'endormait sur le canapé, lovée contre son père, ou qu'elle se jetait dans ses bras en quête de câlins, ou qu'elle le couvrait de baisers pour le remercier d'un cadeau, il ne pouvait contenir son émoi. La jeune fille avait été trahie par un homme, mais acceptait l'affection d'un autre. Thomas lui en était infiniment reconnaissant.

Si les progrès de Léa étaient notoires, le combat n'était pas encore gagné. L'adolescente avait repris quelques kilos, mais les troubles du comportement alimentaire étaient vicieux. Léa devait être surveillée avec attention, sans jamais être brusquée. Un équilibre fragile.

Thomas but une gorgée de café et balaya l'écran de son téléphone portable. Il lança l'application d'un quotidien national et, en page d'accueil, apparut un article titré « Le mal des ardents ». La journaliste retraçait les faits. Entre fin 2017 et début 2018, cinquante-deux femmes avaient disparu dans la région Auvergne-Rhône-Alpes sans laisser de traces. Toutes avaient rejoint Lucile Mullin, une femme rencontrée au sein d'associations. Elles s'étaient établies sur son domaine où elles vivaient chichement et en toute indépendance. Lucile, endossant le rôle de gourou, leur avait ensuite imposé de participer à des attentats visant les hommes. Si la plupart des résidentes de la communauté avaient soutenu ce projet, d'autres s'y étaient opposées. Ce qui leur avait valu d'être sacrifiées. Leur nom : Caroline, Cyrielle, Anne-Laure, Laëtitia et Esther.

Hélas, ce n'était pas la mutinerie de cinq femmes qui avait empêché Lucile de mettre son plan à exécution. En empoisonnant la farine grâce à un ergot de seigle modifié, la biochimiste avait ainsi conduit six mille cinq cent vingt-huit hommes à la mort. Elle n'avait montré aucun regret avant de se suicider pendant son interrogatoire, sinon celui de n'avoir pu éradiquer plus de « mâles ». Elle avait prévu d'étendre sa parole, son manifeste et son combat à d'autres régions de France. Des fidèles se seraient regroupées dans des domaines isolés de l'hexagone, auraient fabriqué l'ergot de seigle en grande quantité et contaminé la farine de centaines de minoteries. L'aboutissement d'un plan d'une telle envergure aurait été effroyable.

La réussite de l'enquête s'était jouée sur de petits détails. Que se serait-il passé si Esther avait retrouvé le livre violet avant son départ ? Si Maëlle n'était pas parvenue à échapper aux mains de sa tortionnaire ? La secte n'aurait pas été démantelée et l'ergot modifié aurait certainement engendré des dizaines de milliers de victimes supplémentaires.

Lorsque les policiers avaient interrogé Lucile avant qu'elle ne meure sous leurs yeux, ils avaient pu constater sa témérité et son absence totale d'empathie. Selon elle, les quelques hommes tués par son poison ne constituaient qu'un chiffre ridicule au regard des femmes quotidiennement victimes du sexe fort. Pour étayer son argumentaire, elle s'appuyait sur des statistiques. En France, au cours d'une année, en moyenne 94 000 femmes étaient victimes de viol ou de tentative de viol. Parmi elles, 10 % portaient plainte et seulement 10 % de ces plaintes finissaient devant une cour d'assises. Une enquête menée par l'INED[1] en 2016 avait permis de mesurer le nombre de personnes ayant subi des violences sexuelles au cours de leur vie. Elles concernaient 14,5 % des femmes.

Sur le sujet des violences conjugales, 125 840 femmes en avaient été victimes en 2019 et 146 avaient été tuées par leur partenaire – soit une augmentation de 21 % par rapport à 2018. Parmi ces victimes, 41 % avaient subi des violences antérieures de la part de leur compagnon[2].

Selon Lucile, gouvernement, tribunaux et forces de l'ordre sous-estimaient les dépôts de plainte et autres appels au secours. La biochimiste avait alors choisi d'être la porte-parole de ces victimes livrées à elles-mêmes.

Si la plupart des femmes s'étaient offusquées de l'idéologie défendue par Lucile et des moyens mis en place pour parvenir à ses fins, des associations extrémistes lui avaient en revanche apporté leur soutien.

Thomas redoutait cette minorité, celle qui voulait résoudre les problèmes par la violence, la haine et le meurtre. Il était persuadé que le combat contre les hommes – ceux qui battaient, violaient, tuaient – ne pouvait être gagné que par l'union des deux sexes. Qu'ensemble ils pouvaient se dresser contre les monstres de cette planète. Les pères et les mères

---

1. Institut national d'études démographiques.
2. « Violence et rapport de genre » (Virage), INED, 2016.

devaient œuvrer au bon comportement de leurs rejetons, les témoins de violence devaient apporter leur aide en dénonçant les bourreaux, les victimes ne devaient plus avoir peur de franchir la porte d'un commissariat ou d'une gendarmerie, les enquêteurs devaient les accompagner du mieux possible, les verdicts à l'encontre des coupables devaient être exemplaires.

Hélas, l'idéologie de Lucile promettait de faire des émules et les forces de l'ordre exigeaient la plus grande des vigilances de la part des minoteries. Les disciples de Lucile avaient été chassées du domaine et – même si elles avaient été placées sous surveillance – pourraient reproduire l'ergot modifié pour empoisonner d'autres hommes...

Léa entra dans la cuisine et Thomas éteignit son portable. Elle l'embrassa et s'assit à table. Elle était si belle. Si fragile. Il éprouvait tant d'amour pour elle. Il était prêt à tout pour la protéger. Pour la sauver.

Mais, soudain, un détail attira son attention.

Se devinant épiée, Léa leva les yeux de son bol :

— T'as vu un fantôme, p'pa ?

Thomas ne répondit pas.

Il n'avait d'yeux que pour la robe de sa fille.

Une robe de couleur violette.

Aux armes citoyennes,
Nos armes seront
Les larmes qui nous viennent
Des crimes sans nom.
Aux hommes qui nous aiment,
Ensemble, marchons.
Et au Diable les autres.

« Aux armes citoyennes. »
Zazie

Merci

À Pierre-Romain, commandant de brigade criminelle, pour ses lectures attentives, ses conseils et son intelligence.

À Alain, technicien de scène de crime, pour sa bonne humeur et sa disponibilité.

À Laurent, boulanger, pour ses précieuses informations quant à la fabrication du pain.

À mes libraires adorées : Cyrielle Kubler, Caroline Vallat et Anne-Laure Billon (pardon de vous avoir assassinées dans ce roman).

À Gérard Collard, Jean-Edgar Casel et Arno Will, de la Griffe Noire.

À Alexandra Charroin-Spangenberg et Rémi Boute de la Librairie de Paris.

À Jérôme Toledano, à la librairie Forum et à tous les libraires.

À Christine Liogier, Frédéric Prou, Baptiste Rollet, à l'équipe de l'*Agenda stéphanois* et au média IF. Saint-Étienne pour leur soutien en région.

À Jessica, Laurence et Jérôme de Bepolar.
Aux blogueuses et blogueurs pour leur soutien.

Aux lectrices et lecteurs pour leur fidélité.

À Caroline Noel, Yvan Fauth, Laurine Valenheler, Lucile Muller, Olivier Courbon et Michel Goujon.

À toute l'équipe des éditions de l'Archipel pour son professionnalisme, son enthousiasme et sa confiance. Mention spéciale à Jérôme Pescheux, mon éditeur, pour son sens du détail et… ses jeux de mots foireux !

À ma famille.

Et enfin merci à Éric pour le courage et l'amour qu'il me donne.

À DÉCOUVRIR
AUX ÉDITIONS DE L'ARCHIPEL

L'ÎLE DES SOUVENIRS

Delphine, 22 ans, est étudiante à Lyon. Issue d'une famille bourgeoise, elle tente de s'affranchir de son éducation stricte en écumant bars et boîtes de nuit. Au cours d'une soirée, elle suit une ombre mystérieuse jusqu'à sa voiture...
Quand elle se réveille dans une maison abandonnée, elle est menottée à un radiateur. Bientôt rejointe par une autre prisonnière.
L'enquête confiée à la Crim' n'avance pas assez vite aux yeux de l'opinion. Sous pression, le capitaine Romain Mandier accepte l'aide d'un *profiler* et d'une psycho-traumatologue.
Qui est cet homme en noir, qui hante les souvenirs confus d'une des captives ? Pourra-t-on exhumer de sa mémoire en lambeaux les fragments qui mèneront au coupable ?
Une fois de plus, Chrystel Duchamp surprend par une intrigue des plus originales, et un épilogue aussi glaçant que retors !

ISBN 978-2-8098-4697-3 / 240 pages / 20 €

*Cet ouvrage a été composé
par Facompo à Montrouge (Hauts de Seine)*

*Impression réalisée par
CPI France
en février 2023
pour le compte des Éditions Archipoche*

Imprimé en France
N° d'édition : 772
N° d'impression : 3051610
Dépôt légal : mars 2023